함께 길을 가다

언론학자 · 미술인 · 법조인이 함께
걸어온 길 위의 이야기

함께 길을 가다

언론학자 · 미술인 · 법조인이 함께

걸어온 길 위의 이야기

언론학자, 미술인, 법조인의 아름다운 인연

기억이 확실치는 않지만 김정, 이석연, 정진석 세 사람이 처음 만난 때는 2006년, 또는 그 이듬해 여름이었을 것이다. 정진석과 김정 두 사람은 그보다 먼저 2004년 무렵에 만났다.

김정은 특이한 경력을 지닌 화가다. 1969년 1월에 조선일보 출판국 미술기자로 입사하여 10년 동안 소년조선일보에 연재소설 삽화를 그리고 주간조선에 미술 관련 기사를 쓰기도 했으니 언론인 겸 화가라 할 수 있다.

조선일보에 근무하는 동안 김정은 주변 언론인을 습관적으로 스케치했다. 대상이 된 인물은 방대했다. 세월이 흐른 후에 세어보니 191명에 달했다. 인물 스케치에 그치지 않고 신문사 사옥, 주변의 풍경, 취재차량에 이르는 다양한 풍물을 그림으로 남겨놓았다. 언론인과 신문에 관련된 사물을 애정 어린 손길로 그려 영원히 보존될 수 있도록 만든 것이다. 신문사 재직 기간에는 조선일보 주최 전국학생미술대회 예심과 본심의 심사위원으로 참여하면서 박고석, 이승만 등 당대의 여러 원로 화가를 자주 접할 기회가 있었다. 김정이 만난 미술인들에 관해서는 『미술인 추억』(기파랑, 2018)이라는 자신의 책에 34명의 인물스케치와 그들과 관련한 추억담을 기록해 두었다. 그는 "미술도 과학이고 수학이다. 음악, 문학 등 폭넓은 인문학적 관점으로 보아야 한다"고 말한다. 아리랑을 그림으로 형상화하는 노력을 기울이고 있는 것도 그런 사상이 배경에 깔려 있다. 1979년 대학교수로 자리를 옮긴 뒤에는 전국의 소나무와 아리랑을 집중적으로 연구했다.

김정은 1920년 초 관철동 한옥에서 조선일보가 창간되던 무렵의 풍경까지 살려냈다. 당시를 경험했던 언론계 원로와 화가들의 증언을 토대로 관철동에 남아 있는 한옥을 찾아다니고 옛 사진을 뒤져 고증을 거치는 노력을 기울인 결과였다. 현장을 확인하는 기자의 치밀함에 화가의 상상력과 그림 솜씨가 어우러져 흔적 없이 사라진 초기 조선일보의 풍경이 그림으로 살아났다. 사실에 기초한 역사적 장면이면서 화가의 따뜻한 체온이 스며있는 그림임을 누구나 저절로 느낄 수 있었다.

정진석은 월간조선에 「발굴, 191명의 인물과 사옥社屋 풍경을 그린 김정 화백, 그림으로 보는 조선일보 역사와 인물」(2004년 9월호)이라는 제목으로 김정 교수의 그림을 소개했다. 이 글은 그 이듬 해에 김정 교수가 출간한 저서『화첩에 담긴 조선일보 풍경』(예경, 2005)에도 약간 수정하여 수록되었다. 「화가의 치밀한 손길과 고증의 조화」라는 제목의 '해제'였다. 김정과 나는 그 후 허심탄회한 대화를 나누는 사이가 되었다.

이석연은 김정의 소개로 장충동 타워호텔에서 2006년 무렵에 처음 만났다. 이 변호사는 법률관련 단체는 물론이고 경실련, 참여연대를 비롯하여 다양한 사회활동을 펼치고 있었으며 교육계, 문화계 등 전방위적인 분야에 관련되어 있었기 때문에 신문에 등장하는 그의 이름을 더러 보았을 터인데도 시민운동에 관심이 없던 나는 그가 어떤 인물인지 솔직히 잘 모르고 있었다. 첫 인상은 소탈하면서도 사회현상에 상당한 관심을 가진 활동가로 보였다. 그로부터 우리 세 사람은 언제나 김정의 주선으로 가끔 만났다. 그런데 2008년 3월에 이석연이 법제처장에 취임했기 때문에 그의 처장 재임기간(~2010.8)에는 세 사람의 만남은 중단되었다. 김정은 이 변호사의 법제처장 재직 시에도 만난 적이 있었다고 들었다.

2010년 8월에 처장직에서 물러난 이석연은 서울시장 출마설이

나돌던 적도 있었다. 본인도 출마를 잠시 고려했던 것 같은데, 결국 정치에 직접 나서지는 않았다. 이때부터 자연스럽게 우리 세 사람의 만남이 이어졌다. 이석연도 특이한 경력을 지닌 법조인이다. 그는 중학교 재학기간에도 늘 수석을 놓지지 않았고 수석으로 졸업했지만 수재가 걷는 범상한 길을 가지 않았다. 고등학교 진학 대신 졸업 반년 만에 대입 검정고시에 합격하고, 절에 들어가 책을 스승으로 삼았다. 20개월 동안 독파한 책이 400여 권에 달했다.

그 후 어려운 행정과 사법 양 고시에 합격했지만 절에서 읽은 독서를 통해서 얻은 지식과 지혜가 삶의 원동력이자 자양분이 되었다. 그의 저서 『책, 인생을 사로잡다』, 『여행, 인생을 유혹하다』, 『사마천 한국견문록』의 제목을 보더라도 그가 법조문만 신봉하는 사람이 아니라는 사실을 알 수 있다. 괴테의 『파우스트』, 사마천司馬遷의 『사기史記』는 지금도 손에서 놓지 않는 책이다. 그는 "공정함과 정의가 삶의 올바른 가치로 정립되고, 그리하여 묵묵히 일하는 사람이 뚜벅뚜벅 정도正道를 걷는 대다수의 사람들이 제대로 평가받고 대접받는 한국사회"를 꿈꾸는 이상주의자이면서 시민운동에 직접 뛰어들었던 활동가이다.

정진석은 언론 현장과 언론학계에서 평생을 보냈다. 젊은 시절
에는 문학에 뜻을 두어 조선일보 신춘문예 동화부문에 입선한 경
력이 있고(1959년), 몇 개 문학 관련 입선 경험도 있었지만 1964년 3월
에 공보부 방송조사연구실(KBS) 연구원으로 언론계에 투신하면서
언론인의 길을 걸었다. 한국기자협회 편집실장, 관훈클럽 초대 사
무국장을 역임했고, 1980년 한국외국어대 신문방송학과 교수가 되
어 2004년 2월에 정년퇴직했다. 여러 신문과 잡지에 칼럼을 쓰고
언론 역사 관련 저술과 고신문 영인본 발간을 직접 진행하여 근세
사 역사의 자료를 복원했다. 한국 최초의 신문 한성순보-한성주
보를 비롯해서 서재필의 독립신문, 영국인 배설(裵說. Ernest Thomas
Bethell)이 창간한 항일신문 대한매일신보, 해방공간의 4대 신문(조선
일보, 동아일보, 서울신문, 경향신문), 6·25전쟁기간의 4대 신문, 총독부
언론통제 자료집과 같은 방대한 분량의 옛날 신문, 잡지와 사료의
영인작업을 수행했다. 언론계와 학계에 재직하는 동안 언론현실과
언론사 연구라는 한 길을 걸어온 것이다.

　세 사람은 15년 넘는 기간을 교유했지만 자주 만나지는 않았다.

1년에 두 세 차례 만났을 정도다. 서로 다른 분야에서 살아왔고 앞으로도 그럴 것이다. 태어난 고향, 출신학교, 전공, 직업이 모두 다르다. 김정과 정진석은 교수라는 공통점은 있지만 전공분야는 언론과 미술이라는 차이가 있다.

하지만 세 사람 사이에 공통점도 없지는 않다. 바로 인문학적인 소양을 중요하게 여기는 사람들이라는 점이다. 그렇다고 하여 현실적으로 주고받을 수 있는 아무런 이해관계가 없으면서 이렇게 오랜 기간 만나고 대화를 이어갈 수 있다는 사실은 대단히 특이하고도 소중하다고 생각한다. 더구나 세 사람이 공저를 낸다는 사실은 모르긴 해도 우리사회에서 아주 희귀한 일이 아닌가 한다.

2020년 4월에

이석연 · 김정 · 정진석 세 사람의 뜻을 모아 정진석 쓰다

차례

제1부

법조인 이석연

이석연은 한손에는 법전, 한손에는 고전을 평생 놓아본 적 없는 법조인이다. 깊이 있는 독서와 법에 대한 고민을 담은 글에서 사회와 미래를 향한 그의 따뜻한 시선을 느낄 수 있다.

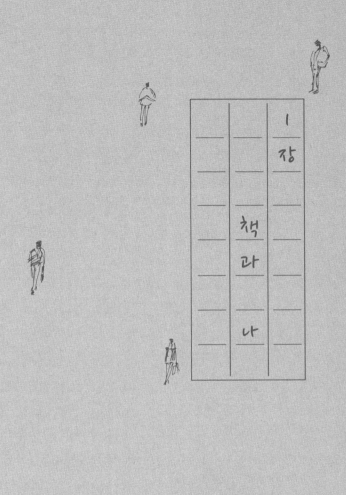

1 장

책과 나

지금의 나를 만든 건 8할이 독서였다[*]

나는 아웃사이더다. 지방대를 나와 사법시험과 행정고시에 합격하고, 인권변호사와 시민운동가로 활동하다 법제처장을 지냈다. 그만한 경력이라면 스스로를 성공한 아웃사이더라 여기며 주류에 편승해 편한 삶의 길을 걸을 수도 있었을 것이다. 그러나 그렇게 하지 않았다고 나는 자부한다. 내 삶이 올곧은 방향으로 나아가도록 늘 소신과 원칙을 중시하며 나태함을 경계했다. 모두가 가려고 하는 편하고 넓은 길보다 좁고 험한 길을 걸으며 내 나름대로의 순수함과 열정을 지키고자 노력했다. 이런 지금의 나를 만든 건 8할이 독서였다.

---

[*] 『책, 인생을 사로잡다』(까만양, 2012)의 서문을 수정, 보완했다.

초등학교 6학년 어느 여름날이었다. 가족들이 모두 논밭에 나가고 나 혼자 집에 남게 되었다. 어머니께서 나가시면서 혹시 비가 오면 마당에 널어놓은 고추와 콩을 거두어 놓으라고 신신당부하셨다. 당시 내가 살던 시골에는 여름날 오후가 되면 거의 매일 한차례 소나기가 지나가곤 했다. 나는 방문을 열어젖히고 책 속에 빠져들었다. 그때 읽은 책은 청소년용 삼국지로 기억한다. 얼마 지났을까, 문득 밖을 보니 멀리 무지개가 보이면서 소나기가 이미 한차례 지나간 뒤였다. 마당에 널어놓은 고추와 콩이 빗물에 모두 휩쓸려갔음은 물론이다. 어머니께서는 깊은 잠에 빠지지 않았다면 그렇게 소나기가 퍼붓는 것을 몰랐을 리 없다면서 정신 나간 녀석이라고 꾸짖었다. 정말이지 나는 그때 비가 오는지 몰랐다. 책 속의 또 다른 세계에 몰입해 있었던 것이다.

그런 일이 있은 후 중국 고전 관련 책을 읽다가 고봉유맥高鳳流麥이라는 고사성어를 발견하고 나만 정신 나간 녀석이 아니었구나, 라고 감탄한 적이 있다. 중국 동한시대, 고봉이라는 선비는 책읽기를 좋아하며 밤낮으로 책에 파묻혀 지냈다. 하루는 아내가 일하러 나가면서 고봉에게 뜰에 말리고 있는 보리를 좀 보라고 했다. 아내가 나간 후 비가 쏟아졌고 고봉은 닭 쫓는 작대기를 든 채 책을 읽느라 보리가 빗물에 떠내려가는지도 몰랐다는 이야기다.

1971년 9월 나는 중학교를 졸업한지 6개월 만에 대학입학자격 검정고시 전과목에 합격했다. 그것도 독학으로 해냈다. 가정형편 때문이 아니라 남과 다른 길을 가보고 싶은 마음에서 모험을 했다. '남이 가지 않는 길을 간다'는 지금까지 내 인생의 좌우명이다.

그해 대학입학 예비고사까지 통과하고 김제 금산사에 들어갔다. 도 닦으러 간 것이 아니다. 그대로 대학에 진학하기에는 채워지지 않은 무언가가 있다는 생각이 들어 책을 읽기 위해 갔다. 20개월 동안 400여 권 넘게 읽었다. 세계문학, 동서양고전, 철학, 역사서, 전기물 등이었다. 처음에는 사서 읽다가 교직에 있는 친지 등의 도움으로 도서관에서 책을 대출해오기도 하고 나중에는 절에서도 많은 책을 구해주었다. 물론 그 중에는 내용이 난해하고 무미건조한 것도 있었으나 대부분 독파했다. 결코 재미있다고 볼 수 없는 괴테의 『파우스트』와 씨름하기도 하고, 사마천의 『사기』에 푹 빠져 들기도 했다.

 "인간은 노력하는 한 방황한다"는 『파우스트』의 키워드는 젊은 날의 독서 격랑기부터 지금까지 항상 뇌리에 잠재하면서 나로 하여금 올바른 길을 찾아가도록 독려해준다. 한편 사마천은 "인간은 누구나 한 번 죽는다. 어떤 죽음은 태산보다 무겁고 어떤 죽음은 새털보다 가볍다. 그것은 죽음을 이용하는 방법이 다르기 때문이다"고 말했다. 생식기를 절단당한 치욕을 감내하면서 역사에 우뚝 선 그의 『사기』를 읽을 때마다 내가 처한 고민과 고통의 현실이 부끄럽게 여겨지면서 힘이 솟는다.

 사마천의 『사기』 130편에는 우리가 언제 어떤 상황에서도 활용할 수 있는 인생의 지혜가 무궁무진하다. 나에게 가장 영향을 준 역사인물로서 나는 사마천을 꼽는다. 사마천이라는 역사 인물과의 만남은 나에게 소신의 일관성을 유지하고 사회적 약자와 소외된 인간에 대한 관심과 안목을 기르도록 함으로써 그 후 공직자로

그는 아직도 책에 둘러싸여 산다. 가장 행복한 시간 역시 혼자 책을 보며 사색에 잠길 때다. ⓒ 한국일보

서, 시민운동가로서, 법조인으로서 삶의 자세를 형성하는 데 영향을 준 소중한 인연이었다. 왜 내가 사마천의 인생역정과 『사기』의 세계에 매료되었는가에 대해 몇 가지 말씀 드리고자 한다.

　　이 치욕과 수모(사마천이 한무제에게 직언하다 생식기를 거세당한 궁형을 받은 사실)를 생각할 때마다 하루에도 창자가 아홉 번이나 뒤틀리고 등골에 흐르는 땀이 옷을 적시지 않은 적이 없었습니다. 그러면서도 살아남았던 것은 오직 하나, 하늘과 인간의 도리를 탐구하여 고금의 변화를 관통하는 한편의 학술을 완성하겠다는 한줄기 집념 때문이었습니다.

　대학시절 고시공부에 매달리며 방황할 때, 『사기』의 집필과정을 밝힌 사마천의 이 글을 접하고 눈이 번쩍 뜨이면서 온몸에 전율이 일었다. 그 후 2000년의 시공을 뛰어넘은 사마천의 인생역정과 『사기』에 그려진 인간과 세태世態에 매료되었다. 그가 인류 역사상 가장 위대한 역사서이자 문학서인 『사기』를 저술했다는 것 때문만은 아니다. 그는 정의를 삶의 올바른 가치로 여기고 이를 몸소 실천한 지식인의 전형을 보여주었다. "거짓의 아름다움을 추구하지 않고 악을 숨기지 않는다(불허미 불은악 不虛美 不隱惡)"는 『사기』 전편을 관통하는 집필원칙이다. 이것은 오늘을 사는 지식인의 글과 행동에서도 소중히 견지되어야 할 가치이다.

말과 행동 사이에 괴리가 없고, 일관성 있는 소신을 지킨 것이 화근이 되어 결국 궁형의 치욕을 받게 된 사마천, 그는 이렇게 절규한다.

> 하늘의 뜻天道은 늘 착한 이만 돕는다고 했다. 그런데 도척 같은 자는 천수를 누리고 백이, 숙제는 굶어 죽었다. 근자에도 나쁜 짓만 하면서도 대를 이어 호의호식하는 이들이 있는데 과연 천도란 있는 것인가, 없는 것인가(천도시야비야 天道是耶非耶)!

사마천은 역사는 언제나 정의가 승리한 것이 아니라는 사실을 자신의 기구한 처지에 빗대어 갈파하고 있다. 『사기』 전편에 사마천의 인간에 대한 고뇌가 묻어 있다. 내가 삶의 역경과 선택의 순간에 사마천을 생각하고 그에게 배우려고 하는 이유가 여기에 있다. 사마천에 의해 복원된 3000년에 이르는 인류사에는 인간으로서 경험 가능한 것, 생각하고 상상할 수 있는 것의 대부분이 담겨 있다. 그 중에서도 사기 「열전」은 백미다. 특히 사마천은 사기열전에서 사회에서 소외된 자, 소수자, 이단아 등에 대한 무한한 신뢰와 애정을 가지고 기술하고 있다. 내가 『사기』에서 길을 찾는 또 하나의 까닭이기도 하다.

이렇게 젊은 시절 독서로부터 얻은 지식과 지혜가 지금까지 내 삶의 자양분이자 자신감을 갖게 해주는 원천이 되었다. 나는 대학을 지방에서 나왔지만 행정고시, 사법시험을 어렵지 않게 좋은 성적으로 합격했다. 폭넓은 독서로부터 얻은 주변 지식의 풍부함과 글쓰기로 다져진 표현력이 답안에 반영된 결과였다. 성공한 모든 사람들의 비결은 바로 독서다. 한 권의 책을 읽은 사람과 백 권의 책을 읽은 사람의 삶은 같을 수가 없다.

책을 많이 읽고 생각하는 힘을 기른 사람들은 사고가 자유롭고 하는 일에 자신감을 갖는다. 아울러 무언가 새로운 것에 도전하는 모험심과 용기가 충일하다. 비록 시행착오를 겪을지라도 종국에는 제대로 된 길을 찾는다. 나는 공직자, 시민운동가, 법조인 그리고 생활인으로서 항상 '남이 가지 않는 길을 간다'는 모험과 도전하는 정신으로 임했지만 늘 책 속의 지혜와 함께 했기 때문에 큰 틀에서 벗어난 적이 없었다. 그리고 일관성 있는 소신을 지켜왔다고 자부한다. 『책, 인생을 사로잡다』도 바로 그런 소신의 일면이었다.

물려주고 싶은 유산, 나의 독서노트[*]

"열 가구가 사는 고을에도 반드시 나만큼 성실하고 믿음을 주는 사람이 있겠지만 나처럼 배우기를 좋아하는 사람은 없을 것이다." 『논어』「공야장公冶長」에 나오는 말로, 배움과 학문에 대한 공자의 자부심과 자신감을 드러내는 명구名句이다. 나도 공자를 흉내내어 감히 한마디 하고자 한다. "어디를 가도 나보다 공부를 많이 한 사람은 있겠지만 나처럼 책을 많이 읽은 사람은 드물 것이다"라고. 나는 오랫동안 독서노트를 써왔다. 내 독서노트는 보통의 격언집이나 명언록과는 다르다. 독서와 여행 등 내 삶의 과정에서 직접 겪고 부딪히며 고민할 때 순간적으로 뇌리에 각인된 것, 여운을 남기면서 스쳐지나간 것을 기록했다. 그때그때마다 채취한 싱싱한

---

[*] 『호모 비아토르의 독서노트』(와이즈베리, 2015)의 서문을 발췌했다.

활어活魚들로 가득하다고 할 수 있다. 지금도 계속 써나가고 있는 내 독서노트는 책을 통해 얻은 지적인 성과와 치열한 고민의 흔적을 기록한 내 마음의 보물창고이자 사유와 생각의 격전지다.

그 곳의 활어들은 반드시 책에서만 얻은 것은 아니다. 신문기사에서 얻는 것도 있고, 여행지에서 본 좋은 표어나 문구, 유적에 새겨진 명언, 심지어 비문碑文의 내용까지 옮겨 적기도 했다. 영화대사 중에서도 기억할 만한 것을 메모했다. 책을 읽으면서 순간적으로 강렬한 인상을 받거나 기억하고 싶은 문장을 나의 단상과 함께 적는다. 저자의 생각에 의문을 단 내용도 있다. 때로는 요약하거나 편집한 것도 있다. 책과 상관없는 나만의 생각과 다짐을 오롯이 적은 부분도 있다. 앞장부터 차례로 쓰는 일반적인 형태의 메모가 아니라 아무 쪽이나 펼쳐서 쓰기 때문에 남들이 보면 두서가 없어 보이지만 바로 그 점이 내 독서노트의 장점이자 개성이다. 나는 그런 기록이 마음에 든다. 초원을 뛰어다니는 말들의 흔적처럼 예측할 수 없는 자유로운 행보와 같아서 매우 리듬감 있는 기록이 되었다. 가끔 노트를 들여다보면서 이것은 언제 어디서 무엇 때문에 썼지, 라며 기억의 조각을 짜 맞추기도 한다. 나는 그런 과정이 생각을 유연하고 기민하게 해준다는 것을 어느 순간 깨닫게 되었다.

자녀들에게 물려주고 싶은 유산이 바로 내 사유와 삶이 담긴 독서노트다. 물질적 유산은 쉽게 없어지지만 정신적 유산은 나의 아들에서 아들로 이어지면서 영원히 기억될 것이기 때문이다.

몇 년 전 나는 『책, 인생을 사로잡다』라는 저서를 통해 이미 자유롭게 이동하며 세계를 정복한 유목민들의 삶에서 힌트를 얻어 유목적 읽기(노마드 독서법)에 대한 방법과 기술을 소개한 바 있다. '끊임없이 이동하는 자만이 영원히 살아남는다'는 유목정신이 바로 나의 독서편력이다. 건너 뛰어 읽고, 장소를 달리하여 다른 책을 읽고(겹쳐 읽기), 다시 읽고(재독), 좋은 문장을 베껴 쓰기, 다시 쓰기, 외우기 등이 이른바 노마드 독서법의 내용이다.

독서는 모험과 낭만이라는 꿈을 향해 성실성과 결단력으로 인간 정신의 전역을 활보하고 측량하는 영혼의 고고학이자, 남들이 가지 않는 길을 찾아 떠나는 내면의 여행이다. 우리 시대의 석학 이어령 선생은 "독서는 씨뿌리기이며, 변화이며, 행동"이라고 했다. 모험과 도전, 꿈과 낭만과 용기를 찾는 정신은 내면의 여행인 독서와 온몸으로 떠나는 독서인 여행에서 싹이 튼다. 나는 독서와 여행을 통해 인간의 삶을 통찰하고 역사의 교훈을 되짚어 보려는 소박한 꿈을 죽는 날까지 멈추지 않을 것이다.

사마천, 한국사회를 꾸짖다*

조선의 성종成宗은 학문을 장려한 군주였다. 유능한 관료들을 골라 공무에서 벗어나 초야에 묻혀 공부에 전념할 수 있도록 배려했다. 그 혜택을 받은 유호인兪好仁은 몇몇 동료들과 송도(개성)기행을 떠났다. 그때 행장에 가장 먼저 챙긴 책이 사마천의 『사기』였다 (유호인의 『송도기행』). 고려 인종 때의 학자로서 강좌칠현江左七賢의 한사람으로 불렸던 임춘林椿은 강원도 동해안을 유람하면서 사마천을 닮고 싶은 심정을 글로 남겼다. "옛날 사마천은 천하를 주유함으로써 생각이 더욱 옹골차고 문장이 활달하게 되었다. 이렇듯 무릇 대장부라면 널리 먼 지방을 돌아다니면서 천하를 주름잡는다면 가슴속 큰 뜻을 넓게 되리라"(임춘의 『동행기』).

---

* 『사마천 한국견문록』(까만양, 2015) 서문 중에서.

조선의 천재 문장가인 연암 박지원 문장의 기운이 그렇게 활달하고 웅장하고 막힘이 없던 것도 바로 사마천의 『사기』에서 비롯되었다(박종채, 『나의 아버지 박지원』). 조선 후기의 르네상스를 이끌었던 정조正祖는 정약용, 박제가 등에게 명하여 『사기』의 내용 가운데 통치와 백성의 교화에 귀감이 될 만한 부분을 발췌하여 『사기영선史記英選』을 편찬하기도 했다. 세월을 훌쩍 넘어 『토지』의 작가 박경리 선생은 고백한다. "온 생의 무게를 펜 하나에 의지한 채 사마천을 생각하며 살았다"고. 이웃 중국, 일본에서도 각 시대를 이끈 인물들의 『사기』에 관련된 일화는 일일이 열거 할 수 없을 정도다. 사마천을 흠모한 일본의 국민작가는 그의 필명인 시바료타로司馬遼太郎 자체가 "사마천을 따라가기가 참으로 요원하구나司馬遼太郎"라는 뜻이다. 이 말처럼 『사기』는 역사의 시공을 초월하여 지식인들에게 영감과 의욕을 불러일으켜 왔으며 지금도 인류의 지적 정신사에 유형, 무형의 큰 영향력을 발휘하고 있다.

지금부터 2100년 전 사마천에 의해서 복원된 3000년에 이르는 역사에는 인간으로서 경험 가능한 것, 생각하고 상상 할 수 있는 것의 대부분이 담겨 있다. 그리고 그것들은 현재 진행형이기도 하다. 『사기』는 위대한 역사서이기에 앞서 뛰어난 문학서이고, 사마천은 역사가이기에 앞서 탁월한 문장가이다.

오래 전부터 나는 사마천이 한국사회를 본다면 어떻게 기록했을까에 관심을 가지고 우리의 현실을 직시하면서 『사기』의 내용을 새로이 반추해 봤다. 정치, 경제, 사회 뿐만 아니라 문화, 역사의 면에 이르기까지 『사기』의 시각에서 본, 즉 사마천의 눈으로 본 한

국사회의 자화상이 궁금했다. 『사마천 한 국견문록』은 바로 그러한 시각에서 본 사 유의 산물이다. 다만 그 내용을 집필하는 과정에서는 사마천 뿐만 아니라 때로는 동서고금 인물들의 시각에서도 한국사회 를 조명하였다.

궁극적으로 비록 지난至難한 일이기는 하지만 공정함과 정의가 국민적 삶의 올 바른 가치로 정립되고, 그리하여 묵묵히 일하는 사람이, 뚜벅뚜벅 정도를 걷는 대다수의 사람들이 제대로 평가받고 대접받는 한국사 회를 꿈꾸면서 이 책을 썼다.

사마천의 『사기』에 담긴 사상의 원칙을 한 글자로 요약하라면 나는 '직直'이라고 말하겠다. 한자 '直'은 '곧다, 바르다'를 뜻한다. '直'은 '十(열 십)'과 '目(눈 목)', 'ㄴ(숨을 은)'의 합자合字로, 열 개의 눈 으로 숨어있는 것을 바르게 본다는 뜻을 함의한다. '열개의 눈'이 란 어느 한 곳에 고착된 편벽한 시선이 아닌, 만물의 변화와 이치 를 꿰뚫어 볼 수 있는 폭넓은 시선에 대한 은유라고 볼 수 있다.

우리가 살고 있는 세상은 투명한 물처럼 모든 것을 비추고 있지 않다. 바르지 못한 것이 바른 것처럼 위장을 하고 있어 혼란이 점 차 가중되고 있는 것이 작금의 현실이다. '직直'의 정신은 허위를 찌르는 '창槍'과 같다. 바른 것을 바르다 하고, 그른 것을 그르다 하는 일격一擊의 정신이 지금 우리에게 요구되는 삶의 자세다. 내 가 '거짓의 아름다움을 추구하지 않고 악을 숨기지 않는다 不虛美

不隱惡'는 사마천의『사기』집필의 정신을 견지하려는 이유도 여기에 있다. 헛된 영화를 추구하지 않고 악을 용인하지 않는 것, 그것이 바로 '직直'의 혜안이며 사마천이『사기』를 통해 우리에게 전하고자 했던 세계관이라고 확신하기 때문이다.

『사기』의 숲은 넓고 깊었다. 그 숲에 깃든 한 마리 새에 불과하다는 생각으로 전전긍긍 할 때 나는 연암 박지원의 글에서 힘을 얻었다. 연암은 사마천이『사기』를 쓸 때의 마음을 '나비를 잡는 아이'에 비유했다. 연암은 "앞무릎을 반쯤 구부리고 뒤꿈치는 까치발을 하고 두 손가락은 집게 모양으로 내민 채 살금살금 다가갑니다. 손끝을 알아챈 순간 나비는 그만 싹 날아가 버립니다. 사방을 돌아보고 아무도 보는 사람이 없자 아이는 웃고 갑니다. 부끄럽고 한편 속상한 마음인 것이 바로 사마천이『사기』를 쓸 때의 마음입니다"라고 했다.

사마천이 놓친 나비는 바로『사기』이다. 그 나비가 연암에게로 날아왔을 때 연암은 지금 내가 살고 있는 것은 사마천이 살던 때와는 다르니 "반고班固나 사마천이 만약에 다시 살아 나온다 하더라도 결코 반고나 사마천을 배우지 않을 것이다"라고 했다. 연암은 사마천의 정신을 읽지 않고 그의 문장만을 흉내 내는 당시의 세태를 '사마천을 배우지 않을 것'이라는 말로 비판을 했다. 사마천이 살았던 시대는 '지금'과 다르기 때문에 곧이곧대로 받아들인다면 괴리가 있을 수밖에 없다는 것이 연암의 생각이다. 연암은 사마천을 부정한 것이 아니라 사마천을 제대로 이해하는 방법을 말한 것이다.

사마천이 지금 한국사회에 살아있다면 무슨 말을 했을까? 그래서 책의 제목을 『사마천 한국견문록』이라고 정했다. 미지의 깊은 숲처럼 펼쳐진 『사기』의 세계를 탐방하고, 그것을 현실의 세계에 적용하려는 나의 의지를 '견문록'이라고 표현했다. 독서란 저자의 생각을 자신의 것으로 만드는 것이다. 사마천이 일군 『사기』의 영토를 '탈脫'영토화해서 나의 영토로 만드는 것이 『사기』의 바른 독법이라 생각한다. 내가 사마천이 되는 것, 그 동화同化가 비록 미흡할지라도 그러한 노력이 사마천의 정신을 현실 속에서 온전히 살려내는 길이다.

『사마천 한국견문록』은 『사기』라는 텍스트를 통해 지금 우리 사회가 직면한 제반의 문제점을 살펴보고 새로운 대안을 모색하고자 하는 작은 출발의 일환이기도 하다. 만연한 '악惡의 평범성'과 관료주의, 정권과 상관없이 권력을 잡은 자들의 특권과 되풀이 되는 반칙, 직언이 없는 정치, 곡학아세하는 지식인, 대권쟁취자들의 고질병, 존경할 만한 원로가 없는 사회, 변절이 미화되는 세태, 일관성이 없는 법치 등 우리 모두가 인식하고 있지만 좀처럼 개선되지 않는 제반 현상을 『사기』의 원문을 토대로 그 해법을 모색해 보려는 것이 『사마천 한국견문록』을 출간하게 된 또 다른 의도이다.

그만둘 때를 알면 위태롭지 않다[*]

들고 날 때가 확실해야 한다!

사람의 욕심은 끝이 없다. 하나를 얻으면 또 하나를 얻고 싶어하는 게 인지상정인가 보다. '말 타면 경마 잡히고 싶다'는 속담도 그런 보편의 심정을 대변하고 있다. 사실 욕심을 부리는 일이 그다지 나쁜 것만은 아니다. 공부에 대한 욕심이 없다면 어찌 좋은 대학을 갈 수 있겠는가? 문제는 정도를 벗어난 탐욕이다. 사실 욕심과 탐욕의 사전적인 뜻은 별반 큰 차이가 없다. 그렇지만 실생활에서 두 단어의 활용방식을 가름해보면 탐욕은 욕심보다 상당히 부정적인 용도로 구사되고 있다.

---

* 『사마천 한국견문록』(까만양, 2015) 중에서.

대기업이 골목상권에 진출해 자신들의 이윤을 추구하는 일은 탐욕스러운 일이다. 이미 모든 것을 갖고 있는 사람이 더 많은 것을 얻기 위해 가진 게 없는 사람들의 생활을 침범하는 일은 상식과 보편을 벗어나는 일이다. 먹고 살기 위해 하나라도 더 얻으려고 노력하는 서민들의 욕심은 도덕적 판단의 대상이 아니다. 실존의 문제다. 욕심을 도덕적 기준에서 판단할 것인가, 아니면 실존의 차원에서 판단할 것인가라는 문제는 상당히 어려운 철학적인 논제에 속하기에 이 자리에서 완벽히 설명할 수는 없지만, 나는 욕심은 '실존'의 문제라고 생각한다.

　사마천은 「화식열전」에서 먹고 사는 일, 즉 실존의 중요성을 강조하기 위해 "창고가 가득차야 예절을 알고, 먹고 입을 것이 넉넉해야 영욕을 안다"는 관중管仲의 말을 인용한다. 그 말은 곳간에서 인심이 난다는 우리 옛말과도 일맥상통하는 면이 있다. 관중의 언급에 기대어 보면 탐욕이란 '예절과 영예를 벗어나는 욕심'이라고 정의 내릴 수 있다. 무엇인가를 이루거나 얻기 위해 갖게 되는 건강한 욕망과 욕심은 인간의 보편적인 의지다. 문제는 욕심이 탐욕이 되는 것이다.

　멈춰야 할 때 멈추지 못하는 것이 바로 탐욕의 속성이다. '추醜'하다는 것은 멈추지 못함에서 오는 욕망의 과잉이다. 시인 이형기는 「낙화」라는 시에서 '가야 할 때가 언제인가를 / 분명히 알고 가는 자의 뒷 모습은 / 얼마나 아름다운가'라고 했다. 아름다움은 바로 가야 할 때를 아는 '자족自足'에서 출발한다.

하늘에서 내려 준 목숨을 다 누릴 수 없는 행동 – 상앙商鞅의 비극

『사기』의 「상군열전」은 공이 있는 자에게는 상을 주고 죄가 있는 사람에게는 벌을 주는 신상필벌信賞必罰의 원칙으로 진나라를 부국강병하게 만든 상앙(공손앙 또는 위앙으로 불림)의 치적을 다룬다. 상앙은 법가法家의 대표 사상가로, 인간은 욕망에 의해 행동하는 존재이기에 두루뭉술한 '예禮'보다는 칼날 같은 '법'으로 다스려야 한다는 생각을 가진 인물이다. 진秦 효공孝公은 상앙을 등용하여 법을 바꾸도록 지시하였으나 감룡甘龍과 두지杜摯 등의 신하와 주변의 반대가 만만치 않았다.

두지가 말한 반대의 요지는, "100배의 이로움이 없으면 법을 고쳐서는 안 되며, 10배의 효과가 없으면 그릇을 바꿔서는 안 됩니다. 옛 것을 본받으면 허물이 없고 예법을 따르면 사악함이 없습니다"라는 것이었다. 이에 상앙은 "세상을 다스리는 데는 한 가지 길만 있는 것이 아니므로, 그 나라에 편하면 옛날 법을 본받을 필요가 없습니다.… 그러므로 옛날 법을 반대한다고 해서 비난할 것도 아니며, 옛날 예법을 따른다고 하여 칭찬할 것도 못됩니다"라고 하자 효공이 결심을 하고 상앙에게 새로운 법을 제정하도록 명령한다.

상앙의 법령은 살 떨릴 정도로 매우 엄했다. 상앙의 법령으로 진나라는 부강해졌지만 내심 사람들의 원망은 높아져 갔다. 그러자 진나라에 은거하고 있던 선비 조량이 상앙을 찾아와 당신의 교화는 민심을 얻지 못해 위태로운 지경에 처했으며, 만약 효공이 죽기라도 한다면 당신의 파멸은 한 발을 들고 넘어지기를 기다리는 것처럼 잠깐 사이에 다가올 것이니 지금이라도 전원으로 물러날 것을 권고했다. 그러나 상앙은 이를 받아들이지 않았다.

그 뒤 효공이 죽고, 상앙에 의해 자신의 사부가 코를 베이는 일을 지켜봤던 태자가 즉위했다. 그러자 그동안 상앙에게 불만을 가졌던 사람들이 그가 모반을 꾸민다고 밀고를 하였다. 도망을 가던 상앙은 함곡관 부근의 여관에 묵으려 했으나 주인이 여행증이 없는 자를 묵게 하면 상앙의 법에 의해 처벌을 받는다며 거부를 하자 "아! 법을 만든 폐해가 결국 이 지경까지 이르렀구나"라며 탄식한다. 상앙은 진나라를 떠나 위나라로 갔으나 과거에 위나라를 속여 침략을 한 일로 인해 진나라로 돌려보내져 결국에는 다섯 필의 말에 머리와 사지가 묶여 찢어지는 거열형에 처해졌다.

상앙의 법령이 잘못된 것은 결코 아니다. 그럼에도 불구하고 그의 운명이 비극적이 된 것은 조량의 말을 깊이 생각해보지 않았기 때문이다.

뒤를 돌아보지 않는 욕망의 종착역은 파멸이다. 상앙이 진나라의 부국강병을 이룬 것은 사실이다. 그러나 그의 법령은 당시의 도리와 이치에서 너무 앞선 파격이었다. 조량은 "당신은 왕의 명령보다 깊게 백성들을 교화시키고 백성들은 왕이 명령하는 것보다 빠르게 당신이 하는 일을 본받습니다"라고 이유를 설명한다. 신하된 자가 왕 위에 군림하는 형국은 도리에 어긋난 것이다. 상앙은 자신의 욕망 때문에 그의 공적을 잃은 것은 물론 가문이 멸족하는 화를 입었다. 사마천은 상앙에 대해 성품이 본래 잔인하고 덕이 없는 인물이며, 그가 효공에게 행한 유세는 내용이 없는 미사여구의 언변으로 벼슬을 얻고자 하는 마음에서 나온 것에 지나지 않는다고 혹평을 했다.

세속의 일을 버리고 적송자赤松子를 따라 노닐다

장량은 뛰어난 계책으로 유방을 도와 한漢나라를 건설한 개국 공신으로 인품이 넉넉하고 겸손한 인물이다. 유방이 한나라를 건설한 후 공신들에게 상을 봉할 때 장량에게 "진영의 장막 안에서 계책을 운용하여 천리 밖에서 승부를 결정한 것은 자방의 공이다. 스스로 제나라 삼만 호를 선택하라"고 하자 자신의 공은 전적으로 폐하께서 거두어 주었기에 때때로 적중한 것이지 자신의 능력 때문이 아니라며 제나라 삼만 호는 감당하지 못하겠으니 유현에 봉해달라고 청했다. 장량의 인품이 어떤지 짐작할 수 있는 대목이다. 다른 사람이 장량과 같은 공적을 세웠다면 어떠했을까? 소동파는 「유후론」에서 '천하에 크게 용기 있는 자는 갑자기 큰일을 당해도 놀라지 않으며 이유 없이 당해도 놀라지 않는다. 이는 그 품은 바가 심히 크고 그 뜻이 심히 원대하기 때문이다.'라는 문장을 통해 장량의 성품과 기개를 설명했다.

소동파가 장량의 뛰어난 성품으로 꼽은 것은 바로 '인내'이다. 젊었을 때 그는 진시황을 시해하려다 실패했는데, 이는 젊은 시절 그의 성정이 굉장히 다혈질적이었다는 것을 보여주는 일화이다. 진시황 시해가 실패로 돌아가자 장량은 성과 이름을 바꾸고 도망을 가다가 하비下邳의 다리에서 노인을 만나 굴욕적인 경험을 하게 된다. 노인이 이유 없이 신발을 다리 아래로 벗어던지며 주어다가 신기라고 했다. 장량은 화를 참고 노인에게 신을 신겨 준다. 이후로 그 노인은 장량을 새벽에 불러내는데, 세 번째 날이 되자『태공병법太公兵法』이라는 책을 전하며 이 책을 잘 익히면 왕의 스승이 될 수 있을 것이라 하였다. 이에 대해 소동파는 노인이 장량의 욱하는 기질을 꺾어서 큰 계획을 성취할 수 있게 하려 했다고 설명하면서, 장량의 인내심은 가장 장량다운 것이라고 평했다.

한 고조 유방은 유후 장량의 도움으로 천하를 통일한 후에도 천하의 경영을 그와 함께 논의했다. 한 고조는 한나라를 세운 후 한신을 비롯해 많은 공신들을 토사구팽兎死狗烹했지만 장량은 그리하지 않았다. 이유는 그의 뛰어난 계책과 타인을 너그러이 품을 수 있는 인품 때문이라 여겨진다. 이는 유방 스스로도 "장막 안에서 계책을 세워 천리 밖에서 승리를 결정짓는 데에 나는 장자방만 못하다"라고 했다는 것만 봐도 그의 쓰임새가 어떠했는지 알 수 있다. 황제의 두터운 신임을 얻었음에도 그는 경거망동하지 않고 자신의 위치를 정확히 알고 있었다. 즉, 물러날 때가 언제인지 스스로 잘 알고 있었다.

자리를 유지하기 위해 토사구팽을 마다하지 않는다는 것은 정치에서 자연스러운 속성이라 할 수 있다. 토사구팽을 당하지 않으려면 물러날 시기를 잘 알아야 한다. 장량은 권력과 토사구팽의 관계를 이미 간파했기에 말년에 이렇게 말하고 정계에서 물러났다.

집안 대대로 한韓나라 승상을 지냈는데, 한나라가 멸망하자 만금의 재물을 아끼지 않고 한나라를 위해서 원수인 강한 진나라에 복수를 하니 천하가 진동했다. 지금은 세 치의 혀로 제왕의 군사가 되어 만호에 봉해지고 지위는 제후 반열에 올랐으니, 이는 평민이 최고에 오른 것이니 나로서는 만족스러운 것이다. 세속의 일을 버리고 적송자를 따라 노닐고 싶을 뿐이다.(『사기』, 「유후세가」)

세상을 뒤흔든 권력도 십 년을 넘기기 어렵고 아름다운 꽃의 붉음도 십 일을 넘기지 못한다는 '권불십년 화무십일홍權不十年 花無十日紅'의 속뜻을 장량은 널리 헤아리고 있었다. 진시황에 의해서 멸망한 한나라 귀족의 가문에서 태어나 세 치의 혀로 천하를 도모했던 그의 세월이란 일장춘몽과도 같은 것이기에 이쯤에서 만족하고 물러나 적송자처럼 살겠다는 그의 의지는 세속의 영욕에 휘둘린 우리의 마음에 많은 여운을 남긴다. 장량이 정치에서 물러나 도인처럼 유유자적하게 살던 곳이 바로 장가계로, 중국인들 사이에서는 '장가계에 가보지 않았다면 백세가 되어도 어찌 늙었다고 할 수 있겠는가?'라는 말이 있을 정도로 아름다운 곳이다. 나아가고 물러서야 할 때를 잘 아는 사람의 말년은 지극히 아름답다는 것을 장량을 통해 다시금 확인해 본다.

너무 큰 명성을 누리므로 오랫동안 머물기 어렵다

가시나무에 누워 자고 쓰디쓴 곰쓸개를 핥으며 패전의 굴욕을 되새겼다는 와신상담臥薪嘗膽의 고사성어는 월越나라 왕 구천句踐과 오吳나라 왕 부차夫差의 이야기에서 유래했다. 오나라 왕 합려가 월나라를 쳐들어갔다가 패하자 합려는 그의 아들 부차에게 아비의 원수를 꼭 갚아달라고 당부를 한다. 부차는 장작 위에서 잠을 자며 자신의 방을 드나드는 사람에게 "부차야, 아비의 원수를 잊었느냐?"라고 외치게 하며 복수의 칼날을 갈았다. 이 소식을 들은 구천은 참모인 범려의 만류에도 불구하고 오나라로 쳐들어갔다가 회계산에서 크게 패한다. 구천은 목숨을 구걸하며 오나라의 신하가 되겠다고 맹세한 후 겨우 월나라로 돌아갔다. 이후 곰쓸개를 핥으며 "너는 회계산의 치욕을 잊었는가?"라는 말을 곱씹으며 두 가지 이상의 음식을 먹지 않는 검소한 생활로 백성들과 함께하며 복수를 다짐한다.

이 때 오나라는 제나라를 정벌하려고 했는데, 오자서가 극구 만류하며 먼저 월나라를 칠 것을 간언했다. 그러나 오나라 왕은 그 말을 듣지 않았다. 결국에는 고소산姑蘇山에서 패해 월나라 왕에게 강화를 청했다가 거절을 당한다. 오나라 왕은 오자서의 충언을 듣지 않았지만 월나라 왕은 범려의 충언을 받아들였다. 범려는, 회계산의 일은 하늘이 오나라에게 준 기회인데 그것을 취하지 않아 지금에 이르렀으며, 지금은 하늘이 월나라에게 기회를 주었는데 그것을 받아들이지 않으면 하늘의 뜻을 거스르는 것으로 결국에는 벌을 받게 된다는 논지로 구천을 설득했다. 이로써 오나라왕은 "나는 면목이 없어 오자서를 대하지 못하겠다"는 말과 함께 자결했다.

범려는 구천을 도와 회계산의 치욕을 복수한 공로로 재상이 되었지만 구천의 인간성이 어질지 못하다는 것을 꺼림칙하게 생각하였다. 당시 범려의 심정에 대해 사마천은 "다시 월나라로 돌아온 범려는 너무 큰 명성을 누리므로 오랫동안 머물기 어렵다고 생각했다. 게다가 구천의 사람됨이, 어려움은 함께할 수는 있어도 편안함을 함께 하기는 어렵다고 생각하여, 구천에게 떠난다는 편지를 써서 말했다"라고 설명하고 있다.

속이 좁은 사람이 큰일을 이루게 되면 사단이 나게 마련이다. 구천은 복수의 일념으로 살아 그것을 이루었지만 그 이상은 해내지 못한 인물이다. 복수라는 눈앞의 한 수는 알아도 멀리 내다보고 두는 덕망의 수가 없기에 편안함을 같이할 수 없는 인물이라는 것이 범려의 생각이자 사마천의 설명이다. 범려가 떠난다는 말을 들은 구천은 그대에게 월나라를 나누어 주려 하니 만약 받지 않는다면 벌을 내리겠다고 호통을 쳤다. 범려는 그 말에 동요하지 않고 "군주는 자신의 명령을 내리고, 신하는 자신의 생각을 행동으로 옮깁니다"라는 말과 함께 얼마 되지 않는 재물을 꾸려 식솔과 함께 바다로 떠나 다시는 돌아오지 않았다고 한다. 유랑을 하던 범려는 제나라에 정착해 이름을 '치이자피'라고 개명하고 아들과 함께 농사를 지으며 살면서 거대한 부를 축적했다.

이제 어느덧 예순 다섯, 이 전 처장은 함석헌 선생, 법정 스님, 김수환 추기경 같은 사회의 귀감이 되는 원로의 모습을 마음에 품고 산다. ⓒ 한국일보

이상득 의원의 눈물

2010년 8월 나는 법제처장에서 물러나면서 퇴임사에서 중국 남송 때 시인인 육유陸游의 「유산서촌遊山西村」이라는 시를 인용했다. 나의 퇴임이 조직의 발전에 새로운 계기가 되고, 나는 다시 새로운 길을 가겠다는 마음에서 그리 했다.

> 산이 첩첩하고 물이 겹겹이라 길이 없을 듯싶지만,
> 버드나무 짙푸르고 꽃잎 화사한 곳에 또 마을 하나가 있네.
> 山重水複疑無路
> 柳暗花明又一村

그런데 가만히 살펴보면 '꽃잎 화사한 곳에 또 마을 하나가 있네.'라는 구절이 요즘 유독 눈에 밟힌다. 길이 없을 것 같지만 가다 보면 또 하나의 마을이 눈앞에 나타나는 것처럼, 물러설 때를 알면 그 뒤에 더 화사한 마을이 새롭게 기다리고 있다는 것이 내심 큰 위안이 된다. 가야할 곳을 알고 돌아가는 자의 앞에 꽃잎 화사한 또 하나의 마을이 있다는 것을 몸소 보여주는 강직하고 아름다운 정치인과 지도자들의 뒷모습을 보고 싶다.

우리사회에는 존경할 만한, 젊은이들의 귀감이 될 만한 원로元老가 거의 없다. 그만둘 때가 되었는데도 물러나지 않고 권력욕, 명예욕, 재물욕에 집착하는 노욕老慾 때문이다. 노욕에 사로잡혀 그동안 쌓은 명성마저 무너뜨리고 비참하게 퇴장한 원로들을 우리는 수없이 보아왔다.

나는 이상득 의원이 구속되어 재판을 받을 때 구치소로 접견을 간 적이 있다. 사건을 수임한 변호사가 아니라 도의상 찾아간 것이다. 그때 이상득 의원은 동생인 이명박이 대통령에 당선된 직후 장남이 자신에게 "이제 모든 공직에서 물러나 쉬시라고 했다"고 말하면서 눈물을 떨구던 모습이 기억난다. 만일 그때 동생의 요청대로 모든 직위에서 물러나 초야에서 유유자적했더라면 존경받는 원로로 남지 않았을까 하는 아쉬움이 있다.

법정스님은 말한다. "나이 70이 넘어서도 어떤 지위에 집착하는 것은 통행금지 시간이 지났는데도 길을 가는 것과 같아서 위태롭다"고. 로마의 정치가이자 철학자인 키케로는 폐부를 찌르는 이야기를 한다. "노욕은 나그넷길이 얼마 남지 않았는데 노자路資를 더 마련하는 것과 같이 어리석은 일이다." 노욕은 누추하다. 원로가 없는 사회는 삶의 풍경이 경박해질 수밖에 없다는 것을 사회의 지도자들이 깊이 인지할 필요가 있다.

사마천은 사기 「이장군열전」에서 "도리불언 하자성혜桃李不言 下自成蹊"라고 했다. "복숭아나무와 오얏나무는 말이 없지만 그 아래 절로 길이 생긴다." 즉 덕이 있는 사람 밑에는 따르는 사람들이 모여든다는 뜻이다. 나는 오늘도 그런 원로를 꿈꾼다

이중섭, 그는 한국의 빈센트 반 고흐였다*

청년시절 우연히 마주한 그림

청년시절 어느 미술서적에서 황소의 얼굴과 몸 일부를 클로즈업한 그림을 우연히 마주했다. 붉은 바탕에 노란색 유화물감으로 덧칠한 황소가 막 고개를 내 쪽으로 돌리고 있었다. 처절하도록 아름답고 맑은 눈을 가진 황소는 울부짖다가 체념한 듯 처량한 눈길을 보내고 있었다. 순간 나는 온 몸이 마비된 듯 그림에 빨려들었다. 평론가들은 이 소를 강인한 저항의식의 발로라고 평가했다. 하지만 나는 이 그림이 무언가 갈구하면서 소망을 들어 달라고 호

---

* 이 글은 2015.9.7. 서귀포시와 『조선일보』가 공동주최한 서귀포 KAL호텔에서 열린 '2015이중섭과 서귀포' 세미나에서 발표한 글을 요약, 보완한 것이다.

「노을 앞에서 울부짖는 소」, 1953~4년, 종이에 유채, 32.3×49.5cm, 개인소장

소하는 화가의 애절한 마음을 표출한 것으로 본다.

그 후 나는 이중섭의 삶과 그림에 대해 흥미를 갖게 되고 그에게 빠져들었다. 그러다가 10여 년 전 그의 서한집에서 그의 진면목을 접할 수 있는 또 한 폭의 그림을 접했다. 종이에 연필과 유채로 된 「길 떠나는 가족이 그려진 편지」였다. 그림 아래에는 이중섭이 큰 아들에게 일본어로 쓴 편지글이 있다. "아빠가 오늘 … 엄마, 태성이, 태현이를 소달구지에 태우고 … 아빠가 앞에서 황소를 끌고 따뜻한 남쪽나라로 함께 가는 그림을 그렸다. 황소군 위에는 구름이다."

역시 노란색으로 채워진 그 황소의 모습을 보자, 불알이 축 늘

「길 떠나는 가족이 그려진 편지」, 1954년, 종이에 유채, 10.5×25.7cm, 개인소장

어져 있으며 뒷다리와 꼬리에는 힘이 들어가 있고 표정에는 여유와 흡족함이 넘치고 있다. 앞서 본 황소의 애절한 호소는 이제 가족을 태우고 따뜻한 남쪽 나라로 감으로써 이루어진 것이다. 바로 이중섭이 소망했던 꿈이 이루어진 황소의 모습이다. 그러나 화가에게 현실은 가혹했다.

이중섭의 이 두 점의 「황소」 그림은 지금까지도 뇌리에 깊이 각인되어서 나로 하여금 이중섭에 대한 탐색을 계속하게 한다.

그림에 얽힌 일화

이 편지 그림 이전에 이중섭은 「길 떠나는 가족」이라는 그림(종이에 유채)을 먼저 그렸다. 이 그림에 얽힌 일화에서 이중섭의 가족에 대한 애착을 엿볼 수 있다. 이 그림은 1952년 12월 부산 르네상스다방에서 개최된 동인전에서 당시 청년이던 김태헌 씨(94세)가 쌀 한 가마를 주고 다른 두 점의 그림과 함께 구입했다고 한다. 그런데 며칠 후 이중섭이 찾아와 그 그림은 일본에 있는 가족에게 보낼 그림이라면서 대신 새로이 그린 「황소」 그림을 내 놓으며 바꿔 달라고 간청했다고 한다. 그러면서 황소 그림을 잘 보관해 달라고 신신당부했다는 것이다.

그 후 김씨는 60여 년간 「황소」 그림을 소장해 오다가 2010년 서울옥션 경매에 내놓았다. 한편 「길 떠나는 가족」의 그림은 20여 년 전 안병광 유니언약품 회장이 20억 원에 구입해서 소장해 오다가 2010년 위 황소 그림을 35억 6천만 원에 낙찰 받고 돈이 모자라 대

신 「길 떠나는 가족」을 김태헌 씨에게 주고 그 차액을 지급했다고
한다(안병광과의 인터뷰). 결국 그 그림은 원래의 구입자에게 돌아간
것이다.

작품과 삶을 통해 본 이중섭

그 동안 이중섭에 관해서는 그의 천재성과 극적인 삶의 요소들
이 크게 부각되거나 그의 삶과 작품에서 민족적 저항의식이 강조
되기도 했다. 그리하여 신비로운 이미지가 형성되어 있는 게 사실
이다. 나는 이중섭의 작품과 생애에서 민족적이고, 이념적이고,
저항적인 측면을 크게 강조할 필요가 없다고 생각한다. 이 글에서
는 그의 편지글과 그림을 보며 내가 느껴온 화가의 모습을 풀어보
고자 한다. 주로 아내 마사코에게 보낸 진솔하고 절절한 편지글에
서 그는 천재도, 투사도, 광인도 아닌 한 가족의 일원으로서 고민
하고 노력하는 일상의 인간이라는 것이 여실히 드러난다.

맑은 마음에 비친 인생의 참모습을 표현하는 것이 미술이다

이중섭 그림의 원천은 가족에 대한 사랑과 집념이었다. 춥고 배
고프고 괴로울 때는 물론이거니와, 사경을 헤맬 때도 조금만 더
참으면 사랑하는 아내와 자식을 만난다는 희망을 놓지 않았다고
그는 고백한다. 그러나 이 희망이 깨지자 그는 삶의 의욕을 잃고
자학과 상실감으로 생명의 끈을 스스로 단축시켰다. 그의 가족에

「길 떠나는 가족」, 1954년, 종이에 유채, 29.5×64.5cm, 개인소장

대한 집착과 사랑은 "선량한 우리 네 가족이 살아가기 위해서는 필요하다면 남 한 둘쯤 죽여서라도 살아가야 하지 않겠소(1954. 7. 24 자)"라고 할 정도로 극단적이었다.

이중섭의 「소」는 주로 강인한 저항정신과 민족의식의 상징으로 해석되고 있다. 그러나 중섭 자신은 소에 대해서 지극히 인간적이고 소박한 사유를 드러낸다. 그는 아내에게 보낸 편지에서 두어 차례 「소」를 언급한다. "어떤 고난에도 굴하지 않고 소처럼 무거운 걸음을 옮기면서 안간힘을 다해 그림을 그리고 있소", "우리의 새로운 생활을 위해서 들소처럼 억세게 전진, 전진 또 전진합시다."

가족에 대한 사랑이 그의 그림과 예술관으로 승화되어 있다. 그는 말한다. 자신이 가장 사랑하는 아내를, 모든 걸 바쳐 사랑할 수 없는 사람은 결코 훌륭한 일을 할 수 없다고. 그리고 예술은 무한하고, 참된 애정의 표현이다. 참된 애정이 충만함으로써 비로소 마음이 맑아지는 것이며, 마음의 거울이 맑아야 비로소 우주의 모든 것이 마음에 비치게 되는 것이다. 그림은 두 사람의 맑은 마음에 비친 인생의 모든 것을 새롭게 표현하는 것이라고.

이중섭의 한국인으로서의 예술적 정체성은 무엇이었나?

"중섭처럼 그림과 인간, 예술과 진실이 일치한 예술가를 이 시대에선 나는 모른다." 청년시절부터 이중섭과 절친했던 친구 구상의 회고다. 이중섭의 삶과 그림에는 우리의 전통적인 삶의 모습이 그대로 투영되어 있다. 그의 주머니에는 항상 도자기 파편, 연적, 목각 부스러기 등이 가득차 있었던 것처럼, 이중섭은 우리의 전통을 중시했다. 우리 전통에 그의 장인 정신이 결합되어 그의 작품은 전혀 다른 차원으로 승화된다.

그는 우리의 전통을 찾는다는 것은 과거로 돌아가려는 원시적인 시도가 아니라 그동안 잃었던 우리 본래의 모습으로 돌아가는 것이라고 보았다. 외국에 나가 그곳의 작품들을 하루라도 빨리 보고, 보다 새로운 표현을 시도하지 않으면 안 된다고 하면서도 "어디까지나 나는 한국인으로서 한국의 모든 것을 세계 속에 올바르게, 당당하게 표현하지 않으면 안 되오. 나는 한국이 낳은 정직한 화공이라고 자처하오"라고 당당히 말한다. 더 나아가 세계인들에게 한국 사람들이 최악의 조건하에서 생활해 온 삶의 편린들을 그림으로 보여 주고 싶다는 것이 그의 일본행의 꿈이었으나 결국 좌절되고 말았다.

이중섭과 법조인 이광석李光錫

이중섭의 편지에는 당시 서울고등법원 판사로 있던 이광석이 가끔 등장한다. 이중섭은 가족을 일본으로 떠나보내고 고단한 삶을 영위해 가던 시절에 이광석에게 도움을 받고 그를 정신적 의지처로 삼은 듯하다. "한 달 이상 판사 이광석 형 댁에 신세를 지고 있소… 자형과 형수는 나에게 방 하나를 내어주고 불을 때고, 두꺼운 이불과 맛있는 음식을 신경 써 주어서 불편 없이 제작에 열중하고 있소", "부산에 가서 자형을 만나 마씨의 건(이중섭의 오산고보 후

을 확실히 받을 수 있도록 법적절차를 밟고 돌아오겠소" 등에서
두 사람의 관계를 엿볼 수 있다.

이광석은 중섭의 이종사촌으로 같은 해인 1916년에 출생했으나
광석이 생일이 빨라 중섭은 그를 형으로 불렀다. 이광석은 평양
출신으로 일본 와세다대학 법학부를 졸업하고 1942년 만주국 고등
문관시험, 1943년 일본고등문관시험 사법과에 합격했다. 해방 후
에 서울지방법원 여주지원 판사를 시작으로 서울지방법원, 1951년
부터는 서울고등법원 판사를 지냈다. 이광석은 청렴한 법관으로
알려졌다. 부산 피난법원 시절에는 토굴에서 거처할 정도로 청렴
했다고 한다. 중섭은 일본유학 시절에도 이광석과 친하게 지낸 것
으로 알려졌다.

1954년 초겨울 중섭은 신촌의 이광석 집으로 거처를 옮겼으나
1955년 이광석이 미국으로 유학을 떠나는 바람에 중섭에게는 든든
한 버팀목이 사라졌다. 그 당시 이광석이 서울에 있었더라면 중섭
의 최후가 그렇게 비극적이지는 않았을 것이라는 것이 내 나름대
로의 생각이다. 이광석이 미국 남감리교대학원에서 법학석사학위
를 받고 귀국했을 때(1956년 가을)는 이미 중섭이 사망한 뒤였다.

그 후 이광석은 서울지방법원과 대구고등법원 부장판사를 거쳐
1960년 변호사 개업을 한다. 1990년대에 사망한 것으로 보이나 그
에 관한 인물정보는 남아 있지 않다. 다만 그가 젊은 시절 「간통죄
는 폐지되어야 한다」는 논문을 쓴 것으로 보아 진보성향의 법조인
이 아니었나 추측될 뿐이다.

반 고흐의 삶과 비슷한 이중섭

이중섭에 대해서 평론가들은 그의 화풍이 '루오' 혹은 '피카소'를 닮았다고 평하기도 하고, '모딜리아니'를 연상한다고도 말한다. 그런데 나는 오래 전부터 빈센트 반 고흐(Vincent van Gogh, 1853~1890)의 삶과 예술을 들여다 볼 때마다 이중섭이 떠올랐다. 반 고흐와 이중섭은 그림의 내용이나 화풍이 아니라 삶의 궤적과 그림으로 승화된 인간의 참 모습이 닮았다.

첫째, 둘 다 한창 활동해야 할 시기에 요절했다는 것(고흐 37세, 이중섭 40세), 둘째, 요절의 원인이 가난과 고독, 상실감, 무력감 속에서 자살하거나 절망과 자학으로 스스로의 생을 포기했다는 것, 셋째, 생전에 그들의 작품이 제대로 평가받지 못하고 사후에 이르러 세계적인 평가를 받게 되었다는 것, 넷째, 고흐는 '해바라기', 이중섭은 '소' 그림을 화가 자신과 동일시 할 정도로 주로 노란색을 사용하여 상징화했다는 것, 다섯째, 무엇보다도 가족에게 보낸 편지(반 고흐는 주로 동생 테오에게, 이중섭은 주로 아내에게)로 각자의 삶과 예술, 인생에 대한 적나라한 생각을 기록으로 남겼다는 것에서 그렇다. 여기서는 그 중 몇 가지로 고흐와 이중섭을 간략히 대비해 본다.

노력이 통하지 않는 시대를 산 그들

소외되고 버림받은 사람들의 입장에서 그들의 고뇌를 색칠하고 그들을 대변하기 위해 그림을 그린 고흐는 많은 작품과 편지를 남

「해바라기」, 1888년, 캔버스에 유채, 73×95cm, 런던내셔널갤러리 소장

기고 불꽃같은 짧은 생애를 마감했다. 이중섭 역시 소외받는 사람들과 천진난만한 어린이의 세계를 사랑하고 표현했다. 이중섭은 때로는 힘찬 모습으로, 때로는 처량한 모습으로 우리 앞에 우뚝 섰다가 홀연히 사라졌다.

가난과 소외의식은 평생 고흐를 따라 다녔다. 그가 1888년 8월 동생 테오에게 보낸 편지이다. "나는 지금 네 번째 해바라기를 그리고 있다. 우리는 노력이 통하지 않는 시대에 살고 있는 것 같다. 그림을 팔지 못하는 건 물론이고 완성된 그림을 담보로 돈을 빌릴 수조차 없다. 우리가 살아있는 동안 상황이 나아질 것 같지도 않다. 다음 세대의 화가들이 좀 더 풍족한 생활을 할 수 있도록 발판을 마련해 주는 것으로 보람을 삼기에는 우리의 인생이 너무 짧구나. 아니 모든 시련에 용감히 맞설 만한 힘을 유지할 수 있는 날이 더욱 짧기만 하다."

테오에게 모든 경제적 지원을 의존해야 했던 고흐는 동생에 대한 끊임없는 부채의식에 시달려야 했다. 고흐는 테오에게 약속한다. "네가 보내준 돈은 꼭 갚겠다. 안되면 내 영혼을 주겠다."

1987년 3월 고흐가 그린 해바라기는 런던 크리스티 경매에서 당시 가격으로 약 4천만 달러(약400억원)에 일본의 야스다安田화재해상보험에 낙찰되었다. 지금까지 국제경매시장에서 반 고흐의 작품은 가장 높은 가격에 거래되고 있다.

이중섭은 평남 평원군의 부농 출신으로 해방 전까지는 가난과는 거리가 멀었으나 6·25 때 월남한 이후 가난은 죽을 때까지 그를 따라다녔고 결국 그의 삶을 단축시킨 원인이 된다. 그의 그림 역시 제대로 팔리지 않았으며 정당한 평가도 받지 못했다. 심지어 그림 값도 떼이기 일쑤였다. 그는 가장으로서의 역할 부재에 대한 죄의식에 끊임없이 괴로워했다. "나는 지금 우리 네 가족의 장래를 위해서 목돈을 마련하기 위한 제작에 여념이 없소. 내가 얼마간의 생활비를 버는데도 무능하다는 그런 생각으로 실망하지 말고 용기백배해서 기다리고 있어주기 바라오." 그러나 때로는 "돈 걱정 때문에 너무 노심하다가 소중한 마음을 흐리게 하지 맙시다"라는 체념을 내보이기도 한다. 그 역시 노력이 통하지 않는 시대에 살았던 것이다.

그러나 그의 사후 50여 년이 지난 2010년 이중섭의 황소 그림은 앞서 본 바와 같이 서울옥션 경매에서 35억 6천만 원이라는 파격적인 가격으로 낙찰되었으며 그의 다른 작품도 현재 국내 경매시장에서 최고 수준의 가격으로 팔리고 있다.

노란색으로 상징화된 예술혼

현재 반 고흐가 그린 해바라기는 모두 11점으로 알려졌다. 그중 10점은 그의 사후 유럽 각지로 흩어졌고 단 한 점만이 암스테르담 반 고흐 미술관에서 전시되고 있다. 해바라기 그림에서 사용한 색상은 대부분 그가 좋아했던 노란색과 녹색이었다. 특히 반 고흐의 노란색에 대한 집착은 광적일 정도였다. 그는 「노란 집」, 「아를의 침실」, 「추수(수확)」 등의 다른 대표작에서도 볼 수 있듯이 노란색을 주로 사용한다. 심지어 그는 높은 색도의 노란색에 도달하기 위해서 압생트라는 독한 술에 중독되어 그의 사인 중의 하나인 황시증을 초래하기까지 했던 것으로 알려졌다.

이중섭의 소 그림이 국내외에 현재 몇 점이 남아 있는지 정확히 알 길이 없다. 10여 점 내외가 아닐까 한다. 이중섭 역시 주로 노란색과 주황색을 사용하여 소 그림을 그렸다. 그리고 그의 작품

「달과 까마귀」, 1954년, 종이에 유채, 29×41.5cm, 호암미술관 소장

에서 달은 항상 노란색으로 칠해졌는데 노란 달을 통해 그가 보고 싶었던 것이 바로 황소의 그 처량한 눈이 아니었던가 한다.

광기가 환희로 치솟아 오른 순간을 살다 간 사람

반 고흐의 편지글을 읽다 보면 그는 화가이기 이전에 뛰어난 문학가, 문장가였다는 사실에 놀란다. 엄청난 독서량을 바탕으로 한 해박한 그의 지식은 그의 그림과 인생에 고스란히 반영되어 있다. "듬성듬성 서 있는 나무 사이로 바람이 지나가듯 별이 스며드는 게 보인다. 그 색채는 얼마나 인상적이던지… 대지는 틀속에 넣어

짜내기라도 하듯 어린 곡물을 키워낸다. 바로 그 대지에 서면 수백 점의 걸작품이 있는 전시회에 와 있다는 느낌을 받게 된다.(1883. 11. 16 테오에게 보낸 편지)" 이 얼마나 탁월한 관찰과 절묘한 묘사인가!

고흐를 죽음으로 몰고 갔던 정확한 병명이 무엇인지 우리는 모른다. 의사들 사이에서도 의견이 분분했다. 법의학자 문국진 박사는 반 고흐는 자살의 위험인자를 모두 지니고 있었다고 분석한다(『반 고흐 죽음의 비밀』, 문국진, 2003). 자살미수의 체험, 상실감, 고독과 절망감, 성격, 알코올 의존, 정신장애 등 그런 위험인자에 쌓여서도 반 고흐 자신의 표현대로 "광기가 환희로 치솟아 오르는 순간"에 그는 그리고 또 그렸다. 지금 우리가 감탄하는 그의 불후의 명작들은 바로 그 순간에 태어났다.

삶은 외롭고 서글프고 그리운 것

이중섭 역시 고독과 가난, 현실에 대한 무력감과 상실감, 가족과의 재회가 물 건너갔다는 절망감 속에서 자신을 죽음으로 몰고 감으로써 사실상 자살한 것이나 다름없다. 그의 죽음은 미필적未必的 고의에 의한 자살이었다고 해도 지나치지 않다. 1955년 12월 아내에게 보낸 마지막 편지에는 그렇게 원했던 가족이 있는 도쿄에 가는 것이 이제는 어렵다고 썼다. 이때 그는 이미 자신의 병이 깊어져 더이상 회복가능성, 아니 회복에 대한 자신감이 없었을 것이다. 그는 죽음을 예견하고 있었는지도 모른다. 그 후 이어지는 정신분열적 증세와 거식증, 황달증 등은 그가 자초한 죽음의 한 과정에 불과했다.

"삶은 외롭고 서글프고 그리운 것", 그가 표표히 떠나면서 남기고 간 이 메시지가 청량하고 해맑은 가을 하늘 아래 메아리치면서 우리의 삶을 되돌아보게 한다.

나를 매혹시킨 한 편의 시*

절정

매운 계절의 채찍에 갈겨
마침내 북방으로 휩쓸려 오다

하늘도 그만 지쳐 끝난 고원
서릿발 칼날진 그 위에 서다

어디다 무릎을 꿇어야 하나
한 발 재겨 디딜 곳조차 없다.

이러매 눈 감아 생각해 볼밖에
겨울은 강철로 된 무지갠가 보다

– 이육사

---

* 『나를 매혹시킨 한 편의 시 6』(문학사상사, 2002)에서 발췌, 보완했다.

한계상황에서의 극복 의지의 발로

대학원 석사과정 2년차인 1979년 후반, 갑자기 평정심을 잃으면서 초조와 불안이 엄습해 왔다. 그동안 연기해 왔던 군에 입대해야 한다는 절박함과 아울러 대학원을 마칠 때까지 무엇인가를 성취해야 한다는 강박관념이 나를 무겁게 짓누르고 있었다. 더욱이 자식 교육을 위해 모든 희생을 감내하고 문전옥답까지 팔아가며 뒷바라지해 오던 고향에 홀로 계신 어머님을 생각할 때마다 가슴이 미어지는 듯한 회한이 되씹어졌다. 그동안 해이해진 생활의 에너지를 한 곳으로 모으는 긴장과 분발의 시간이 요구되었다.

이제 더 이상 여유와 낭만이 허용되지 않는 한계상황이었다. 그리하여 그해 석사논문, 행정고시, 다음 해 초에 있을 사법시험까지(두 시험 모두 1차시험 면제 상태였다) 마무리한다는 결의를 다지고자 삭발을 하고 고향 근처의 '대실'이라는 한촌으로 거처를 옮겨 두문불출 상태에 들어갔다.

이때 뇌리에 맴돌던 시가 이육사의 「절정」이었다. 당시 내 마음은 그야말로 시간의 제약에 쫓겨 "어디다 무릎을 끓어야 하나 한 발 재겨 디딜 곳조차 없"는 상황이었던 것이다. 그렇지만 고통의 시간 속에서도 이를 극복하려는 강인한 집념과 의지가 샘솟고 있었다. 혹독한 겨울이었지만 "강철로 된 무지개"를 그렸던 것이다.

「절정」을 책상 앞에 붙여놓고 마음의 평정과 집중력을 잃지 않으려고 나 자신을 채찍질하는 결의의 글을 일기에 쏟아부었다. 일기라기보다는 자신에 대한 기도문, 호소문, 결의문이었다.

초인적인 힘과 능력은 원치 않습니다. 부귀영광의 공명심과 주지육림의 호화판은 저의 관심 밖에 있습니다. 오직 성실하고 알찬 순간순간으로 내 일과가 충만되기를 바랄 뿐입니다. 자신의 위치를 알고 자신의 역량을 믿고 꾸준히 일하는 자의 앞길에 저의 응심이 함께하기를 빕니다…….

이제 저의 최선의 순간순간만이 다가오고 있습니다. 이 순간의 내가 장래의 나를 형성할 것입니다. 모든 것을 사리한 심정으로 임하려고 합니다. 나에게 있어서 결코 기적은 창조의 한계를 벗어나지 못하리라는 신념이 잠재하고 있는 한은…….

(1979년 8월 26일 일기 중에서)

그 결과 대학원을 마치면서 석사 학위를 받고 행정고시에 합격할 수 있었다. 집념, 인고의 절정에서 거둔 결실이었다(비록 사법시험은 몇 년이 더 지나고 제대 후에야 결실을 맺었지만).

그로부터 2년 후인 1981년 말, 정훈장교로 임관되어 병과교육을 마치고 전방사단의 대대 정훈장교로 배치되었다. 영하 20도의 밤에 철책 순찰을 돌며 모든 것이 낯설고 황망한 광야에 버려진 듯한 극한 상황에서 나 자신을 적응시키기 위해 몸부림쳤다. 이때에도 나는 「절정」을 되뇌이며 강인한 초극의지로써 어려움을 극복하고 전방 근무를 추억의 장으로 만들 수 있었다.

이처럼 「절정」은 내가 역경에 처해 있을 때 절망적 한계상황이 아닌 극복 가능한 한계상황을 설정해 희망의 무지개를 쫓게 한 뜻 깊은 인연을 간직한 시이다.

이육사! 1944년 1월 어느 혹한의 새벽, 중국 북경 주재 일본 총 영사관 감옥에서 40세의 나이로 그의 치열한 삶을 마감한다. 일경에 의해 체포, 구속되기만 네 차례, 그러면서도 그는 혹독한 조국의 현실에 좌절하거나 체념하지 않고, 시를 통해 절망적 상황을 극복하려는 고결한 정신력과 높은 시혼을 우리에게 남겨주었다. 그는 한국 현대시에 남성적이고 대륙적인 색채와 기질을 불어넣은 동시에 시를 통한 진정한 참여와 저항을 보여준 '선구자'였다.

"백마 타고 오는 초인"(「광야」)과 "청포를 입고 찾아온 손님"(「청포도」)을 기다리는, 조국 광복을 향한 그의 불굴의 의지와 집념은 "강철로 된 무지개"(「절정」)를 그리면서 절정에 달한다. 그의 사망 후 얼마 안 있어 해방을 맞음으로써 그가 「절정」에서 그렸던 한계상황은 극복 가능한 희망의 무지개였음이 입증된다.

그런 점에서 그의 「절정」의 구도, 특히 "겨울은 강철로 된 무지개"라는 비유가 작위적이라거나 막연한 이미지의 표상이라는 문학적 차원의 비평에 나는 동의하지 않는다. 어느 문학작품이건 작가가 처한 시대적 상황과 그가 추구한 치열한 삶의 궤적을 떠나서는 작품을 제대로 평가할 수 없기 때문이다.

올해가 가기 전에 육사가 태어나 자랐던 경북 안동의 도산면, 녹전면 일대, 「절정」의 무대로 설정된 북간도 일대의 만주벌판 그리고 그가 최후를 맞이한 북경을 거치는 답사여행을 떠나리라.

2장

여행과

나

여행의 진수는 완전한 자유에 있다[*]

　나는 1994년 5월, 15년간에 걸친 공직생활을 마감하고 변호사를 시작하면서 다짐한 것이 있었다. 일 년에 적어도 두 번, 여름과 겨울 방학을 이용해 전 가족이 열흘 내지 보름 일정으로 직접 계획을 짜서 세계를 누벼보기로 했다. 이 세계여행 계획은 아이들이 고3이 되었을 때도 거르지 않았으며 최근까지 실행에 옮겼다. 여행비용 좀 아낀다고 큰 부자가 되는 것도 아닐 테고, 보름 더 공부한다고 가고 싶은 대학이나 직장에 꼭 가는 것도 아닐 것이다. 장기적으로 볼 때 오히려 그보다 몇 배로 세상을 사는 귀중한 지식과 지혜를 얻게 된다. 실제로도 여행에서 경험이 지금의 우리 가족에게 커다란 자산이 되고 있음을 실감한다. '讀万卷書　行万里

---

[*] 『여행, 인생을 유혹하다』(까만양, 2013)의 서문에서 발췌했다.

路(독만권서 행만리로, 만권의 책을 읽고 만 리 길을 여행하라)'라고 했다. 그 웅지를 실천하는 길은 더 넓은 세계를 향하여 떠나는 것이다. "자식을 사랑한다면 여행을 보내라"고 했다.

여행이란 낯선 곳에서의 관찰과 경험을 통해 인식을 확장하고 자신의 내면에 '자유의 기상'을 불어넣는 의식적인 탐사 과정이다. 다양한 곳에 살고 있는 사람들의 모습을 통해 '삶의 지혜'를 두텁게 쌓아가는 배움의 여정이다. 아름답고 장엄한 풍경을 통해 상상력과 감수성을 고양하는 자기발전의 기회다. 그런 의미에서 나의 여행은 실학적이며 유목적이라고 밝히고 싶다. 다른 나라의 역사와 문화를 통해 배움의 계기를 마련하는 '실학적 동기'와 끊임없이 이동하면서 나의 정신을 자유롭게 만들어 고착된 삶을 갱신하고 치유하는 '유목적 동기'가 바로 내 여행의 원천이자 철학이다.

영국 낭만주의를 대표하는 작가이자 수필가인 해즐릿(William Hazlitt)은 "여행의 진수는 자유에 있다. 마음대로 생각하고 느끼고 행동할 수 있는 완전한 자유에 있다. 우리가 여행하는 주된 이유는 모든 장애와 불편에서 풀려나기 위해서다. 자신을 뒤에 남겨두고, 다른 사람을 떼어 버리기 위해서다"라고 말했다. 즉, 여행은 내가 아닌 다른 사람으로서의 나를 떼어내려는, 즉 현실에 의해 왜곡된 자신의 모습을 치유하는 것을 목적으로 한다는 것이다. 그러므로 여행에서 얻어지는 자유란 자기성장과 치유의 결과이지 도피의 부산물이 아니다.

자기성장이나 치유는 아름다운 풍경을 보는 것만으로는 얻어지지 않는다. 물론 여행을 가게 되면 장대한 풍경에 압도되어 정서가 순화되는 건 사실이다. 그러나 그것만 본다면 반쪽짜리 여행이 될 수밖에 없다. 사람들이 사는 모습과 그 사회의 역사와 문화를 탐색하는 인문적 시야가 없다면 여행은 자기만족의 정도에서 벗어날 수 없다. 세계적 지성으로 손꼽히는 인류학자 레비 스트로스 (Claude Levi Strauss)는 여행의 또 다른 현실을 다음과 같이 통렬하게 지적했다.

> 시멘트에 묻힌 폴리네시아 섬들은 남쪽 바다 깊이 닻을 내린 항공모함으로 그 모습을 바꾸고, 아시아 전체가 병든 지대의 모습을 띠게 되고 판잣집 거리가 아프리카를 침식해 들어가고, 아메리카·멜라네시아의 천진난만한 숲들은 그 처녀성을 짓밟히기도 전에, 공중에 나는 상업용·군사용 비행기로 인해 하늘로부터 오염당하고 있는 오늘날, 여행을 통한 도피라는 것도 우리 존재의 역사상 가장 불행한 모습과 우리를 대면하게 만들기 밖에 더하겠는가? … 여행이여, 이제 그대가 우리에게 맨 먼저 보여주는 것은 바로 인류의 면전에 내던져진 우리 자신의 오물이다.(『슬픈 열대』, 139~140쪽)

여행을 통해 역사상 가장 불행한 모습을 대면하게 된다는 레비 스트로스의 진술은 여행에 대한 낭만적 기대를 다시금 되돌아보게 한다. 아름다운 풍경이나 관광지의 위락시설 뒤에 가려진 환경 파괴, 가난과 비참, 전쟁의 상흔. 레비 스트로스가 '인류의 면전에 던져진 우리 자신의 오물'이라고 표현한 것들을 똑바로 직시할 수 있는 인문정신이 없다면 우리의 여행은 도피적인 자기위안을 넘어설 수 없을 것이다. '인류의 면전에 던져진 우리 자신의 오물'이라는 표현이 다소 과격하게 들리기는 하지만 여행이란 아름다운 것만 볼 수 없다는 엄연한 진실을 알려준다.

나는 생존을 위해 끊임없이 이동하는 유목민처럼 체험할 수 있는 모든 것을 하나도 놓치지 않으려고 여행 중에 움직이고 또 움직였다. 역사를 알고 여행하는 사람은 인생을 두 배로 산다는 말을 가슴에 담고, 보다 더 넓은 시야를 얻기 위해 틈나는 대로 공부하며 여행을 했다. 이러한 여정의 모든 순간에는 책이 있었고, 책은 모든 움직임의 방향키가 되어 나의 여행과 탐사를 풍요롭게 만들어 주었다. 여행은 온몸으로 떠나는 독서라는 말이 있듯이 여행과 독서는 나의 정신을 일깨워주는 두 가지 키워드이자 내 인생을 지탱해주는 두 기둥이다.

프루스트는 말했다. 진정한 여행의 발견은 새로운 풍경을 보는 것이 아니라 새로운 시야를 찾아가는 것이라고. 나는 평소에 등산

을 가더라도 남들이 가지 않는 길로 가는 것을 좋아한다. 남이 가지 않은 곳에 가는 이유는 프루스트의 말처럼 '새로운 풍경'을 보려는 것이 아니라 '새로운 시야'를 찾기 위해서다. 그 '새로운 시야'를 찾기 위한 인문학 탐사여행기를 『여행, 인생을 유혹하다』라는 제목으로 출간한 적이 있다. 법조인으로, 시민운동

가로, 공직자로 살아오면서 나는 늘 고고학자가 되고 싶었던 꿈을 가슴 한편에 간직하고 있었다. 비록 고고학자의 길을 걷지는 못했지만 탐사여행기를 통해 그 꿈을 조금이나마 맛 볼 수 있었다. 독서와 여행을 통해 인간의 삶을 통찰하고 역사의 교훈을 되짚어보려는 나의 소박한 꿈은 죽는 날까지 멈추지 않을 것이다. 삶 자체가 곧 여행이 아니던가!

내 생애 잊지 못할 여정旅程 (I)—트로이 가는 길

2015년 5월, 결혼 30주년을 기념하여 아내와 둘이서 5000년 문명 탐사의 길에 나섰다. 20여 일간 두바이를 거쳐 이집트의 카이로, 룩소르, 아스완, 아부심벨 등을 탐사하고 이어 이스탄불로 날아와 신화와 역사가 살아 숨 쉬는 현장, 아나톨리아 반도(터키)의 곳곳을 찾아갔다.

이때 깨달았다. 5000년 고대문명 앞에서 인간이 배울 수 있는 것은 오직 겸손뿐이라는 것을, 또한 이집트의 암울한 현실에 직면해서는 '역사는 반드시 앞으로만 나아가지 않는다'는 사실을. 특히 서양 역사가 시작된 터키의 트로이 전쟁의 현장에서 눈부시게 짙푸른 다르다넬스 해협을 바라보며 역사와 인간에 대한 상념에 시간가는 줄 모르기도 했다. 이 글 트로이 가는 길은 바로 그 잊지 못할 여정의 한 페이지다.

신화의 영역에서 현실세계로 편입된 그 트로이 유적지로 간다. 트로이는 황량한 들판에 볼품없는 목마만 하나 세워져 있어 별 볼 것이 없고, 이스탄불에서 하루에 다녀오기는 어렵다고 이미 다녀온 사람들이 말한다. 나는 통념을 깨는 데 익숙하다. 고정관념의 뒤통수를 치는 데, 상식의 틀을 벗어나려는 데, 때로는 큰 대가를 치르기도 하였지만 결국 해내고 만다. 트로이에는 일상 여행객의 통념을 깨는 무언가가 있다고 나는 오래전부터 확신하고 트로이행을 추진해 왔다. 두 번째 찾는 이번 터키 여행의 주목적의 하나도 바로 트로이 탐사였다(트로이는 1998년 유네스코지정 세계문화유산으로 등재됨). 넉넉한 사전지식과 자료섭렵을 거치고 주변 경로의 역사적 의의를 탐색하는 데 신경을 썼다. 하루 묵는 일정 못지않게 알차게 시간 활용이 가능하다는 자신감으로 하루 일정을 택했다.

하늘이 잔뜩 찌푸려 있다. 아침 6시 30분 현지인 가이드와 운전기사, 그리고 아내와 넷이서 숙소 그랜드 하얏트 호텔을 출발했다. 이스탄불 시내를 벗어나 그리스 국경 방향으로 난 고속도로에 진입한다. 근처 휴게소에 들러 터키식 아침식사를 들었다. 뷔페식 샐러드와 빵, 그리고 갓 구운 터키 전통의 치즈토스트가 없던 식욕을 불러 온다. 휴게소는 깨끗하고 시설이나 서비스의 질도 좋았다. 휴게소를 나와 1시간 가량 달려 테키르타크(Tekirdag)를 지나자 날씨가 개이면서 푸른 하늘이 보이기 시작했다. 청명한 드높은 대기가 아름다운 대지를 부드럽게 감싸고 있었다. 초록과 진한 황초록의 건물이 어우러진 풍경은 눈의 피로를 덜어주면서 마음을 편안하게 해주었다.

그리스 국경을 30여 분 남긴 지점인 케잔(Kesan)교차로에서 좌회전하여 겔리볼루(Gelibolu) 방향으로 향한다. 조금 달리니 지도상 잘록하게 들어간 지점에 다다르고 비로소 양쪽으로 바다가 보인다. 오른쪽은 에게해이고 왼쪽은 마라마르해다. 양 바다는 다르다넬스 해협을 통해서만 연결된다. 10시 30분 즈음 겔리볼루 항 선착장에 도착했다. 겔리볼루는 인구 1만여 명 항구도시로 터키 차낙칼레주의 유럽과 아시아를 연결하는 해상교통의 주요지점이다. 역사적으로는 다르다넬스 해협을 둘러싸고 격전이 벌어진 곳이다. 특히 제1차 세계대전 때 터키공화국의 국부로 추앙받는 무스타파 케말(아타튀르크) 장군이 군지휘관으로서 진가를 발휘하여 터키 현대사의 주역으로 발돋움하는 전투가 이곳에서 벌어졌다. 한편, 6 · 25전쟁 때 미국, 영국에 이어 가장 많은 전투병력을 파견한 국가인 터키의 군인들은 바로 이 항구에서 출발하여 부산항으로 향했다.

제1차 세계대전 당시 이곳 겔리볼루에서 차낙칼레로 이어지는 다르다넬스 해협 양안의 장악을 둘러싸고 벌인 영국, 호주, 뉴질랜드, 프랑스 등의 연합군과 독일, 오스트리아 편에 가담한 터키군 사이의 치열한 전투에서 터키군은 연합군을 격퇴했다. 다르다넬스 해협에서의 강력한 터키군의 저항으로 흑해로 진격하여 러시아를 도우려던 연합군의 전략은 차질을 빚게 된다. 이로 인한 러시아의 정정政情 불안은 결국 로마로프 왕조를 타도하는 러시아 사회주의 혁명으로 이어졌다. 1차 세계대전 때 다르다넬스 해전에서의 터키군의 승리가 향후 전개될 세계사의 흐름을 결정적으로 바꿔 놓은 셈이다.

겔리볼루 항구의 평화롭고 아름다운 풍광

　10시 50분 페리에 승선하여 30분 후 양안의 아시아쪽 지점인 차르닥(Çardak)항에 도착했다. 페리 선상에서 멀어져가는 겔리볼루의 전경을 바라보니 더 없이 소박하고 평온한 모습의 아름다움을 드러내고 있어 1차 세계대전의 격전지였음을 무색하게 한다. 멀리 갈리볼루 항구의 킬리트바히르(Kilitbahir) 언덕 위에 커다란 글씨가 터키어로 새겨져 있다.

　　멈춰라. 여행자여, 그대가 아무 것도 모른 채 발을 들여 놓는 이곳은 한 시대가 가라앉은 곳이다.

잠시 숙연한 마음이 든다. 이 차르닥에서 다르다넬스 해협을 오른쪽으로 바라보면서 랍세키, 차낙칼레를 거쳐 우회전하여 50여 분 지나면 트로이에 닿는다. 오른쪽으로 보이는 건너편 대지가 손에 잡힐 듯 가까이 있고 해협의 짙푸른 바닷빛이 마음을 씻어주고 심장까지 싱그러운 내음을 불어넣고 있다. 왜 다르다넬스 해협이 숱한 전투와 영웅들의 활동무대가 되었는지 이곳에 오니 깨닫게 된다. 바로 양안의 대지가 비옥하고 손에 닿을 듯이 가까운 양안의 지정학적 위치 때문이다. 길이 61km, 폭 1~6km의 다르다넬스 해협은 이스탄불을 양분하는 보스포로스 해협과는 비교가 되지 않을 정도로 군사 정치적 의의가 큰 곳이다. 이곳을 봉쇄(장악)하면 마르마르 해협을 거쳐 흑해로 나가는 길이 막혀 바닷길은 무용지물이 된다. 그리스의 신화의 영웅 이아손이 지휘하는 아르고(Argo) 탐험대도 이 다르다넬스 해협을 통과하여 흑해 연안의 콜커스 왕국까지 황금모피를 찾으러 떠났다가 다시 이곳을 거쳐 그리스로 돌아오지 않았던가! 터키정부는 2023년부터 이곳 해협을 통과하는 모든 선박에 통행세를 징수할 방침이라고 한다. 지금도 군함 3척 이상은 통과를 제한하고 있다.

트로이에 진입하면서 주변을 보니 이 곳이 황량한 벌판이 아니라 짙푸른 나무와 비옥한 토지가 드러나는 평화로운 지역임을 금세 느낄 수 있다. 터키의 여느 관광지와는 달리 주변은 비교적 한가하고 차량도, 사람도 많지 않았다. 오히려 이것이 나에게는 더 위안이 되었다.

「트로이 6」과 「트로이 7」의 성벽을 지나면 성문이 있던 자리가 나

트로이성 입구에서

온다. 성문 왼쪽으로 트로이 성내 주택의 흔적들이 보이고 이어
몇 계단을 오르면 트로이의 가장 높은 전망대에 다다른다. 이곳
은 아테네 신전이 있던 곳으로 멀리 다르다넬스 해협이 보이고 트
로이의 드넓은 평원이 푸른 하늘 아래 펼쳐지고 있었다. 북쪽으
로는 트로이의 항구가 있었는데 그곳이 트로이 전쟁 때 그리스 함
대가 정박했던 곳으로 보여진다. 지금은 평원이 되었지만 당시에
는 성 밑 바로 아래까지 바다였던 것이다. 하인리히 슐리만(Heinrich
Schliemann)은 바로 이 점을 인식하고 이곳이 트로이 전쟁의 현장이
었음을 직감하면서 발굴작업을 감행했다.

  1871년 독일의 사업가이자 아마추어 고고학자였던 슐리만에 의

트로이 발굴 현장

해 트로이가 발굴되기까지는 트로이와 트로이 전쟁은 신화 속에서만 존재했다. 어린 시절부터 호메로스의 『일리아스』에 나오는 트로이 전쟁이 사실이라고 굳게 믿은 슐리만은 사업가로서 많은 돈을 모은 40대 후반 트로이 탐사와 발굴에 나섰다. 당시 소위 전문가라는 학자들은 그를 비웃고 매도하면서 그의 발굴작업을 방해하기까지 했다. 예나 지금이나 안정된 인생항로를 걷는 사람들은 자신이 속한 분야에 얽매이지 않고 영역을 넘나드는 사람들을 경멸한다. 그러나 역사는 바로 그런 아마추어와 아웃사이더들의 꿈과 열정에 의해서 발전해 왔다.

　이어 「트로이 2」의 성 앞에 가까이 다가가니 한 무리의 독일인 관광객이 가이드의 설명을 경청하면서 멈춰 있는 것이 보인다. 바로 슐리만이 이른바 프리아모스의 보물을 발견한 곳이다. 당시 슐리만은 보물이 묻혀 있는 것을 직감하고 인부들에게 마침 오늘이 자기의 생일이어서 하루 쉰다면서 모두 돌아가도록 지시하고 아내 소피아와 함께 떨리는 손길로 보물들을 캐내기 시작하였다. 그는 소피아에게 금제왕관과 금목걸이를 씌우면서 '당신이 바로 헬레나요'라고 했다고 한다. 슐리만이 발굴한 보물들은 독일로 가져갔고 그중 일부는 2차대전시 독일패전 직후 소련군이 가져가 지금은 러시아에 있는 것으로 밝혀졌다.

바다로 통하는 지하통로. 트로이 멸망시 아이네아스 일행이 이 통로를 통하여 바다로 탈출한 것으로 추정된다.

공회당과 시장터가 있는 언덕에서 한참을 밑으로 내려가니 관람 경로 맨 마지막에 동굴이 보인다. 이 동굴은 트로이 지하도를 통하여 바다로 연결되어 있다고 한다. 트로이 멸망시 아이네아스 등이 이 동굴을 통하여 바다로 탈출한 것으로 추정된다. 직접 보니 충분히 현실적인 근거가 있는 이야기다. 이 지하통로는 로마 건국과도 관련되어 있다. 트로이가 불바다가 되었을 때 트로이 왕 프리아모스의 사위였던 아이네아스가 일족을 이끌고 탈출에 성공한다. 이 지하통로를 통하여 바다로 빠져 나간 아이네아스 일행은 오랜 항해 끝에 알바롱가라는 곳에 도시를 건설하는데 이 도시가 훗날 로마의 모체가 된다.

트로이 유적지 곳곳에는 빨간 장미처럼 보이는 아름다운 꽃들이 간간이 피어 있었고 짙푸른 숲이 우거져 있어 금방이라도 옛 트로이인들이 튀어나와 얘기를 걸어올 것 같은 착시현상까지 느껴진다. 이렇게 풍요롭고 아름다운 곳이기에 – 전략적 요충지로서의 중요성을 차치하고라도 – 로마인들도, 그리스인들도 이곳에 성과 도시를 다시 건설하고 그 유적을 남겼던 것이다. 트로이는 분명히 살아 숨쉬고 있었다. 트로이 성곽은 주변에 수목과 산림이 어우러져 있고 멀리 평원을 아우르는 자태로 의연히 서 있었다. 누가 트로이를 허허벌판에 아무것도 볼 것 없고 목마조차도 조잡하여 없는 것보다 못하다고 폄훼했던가! 목마를 보려면 차라리 차낙칼레 해변 공원에 있는 영화 「트로이」에서 실제 사용된 후 기증한 목마를 보러가는 것이 나을 것이다. 나는 트로이 성 언덕 위에 한참을 서서 트로이인들의 번영의 속삭임과 함성 소리를 마음 깊은 곳으로부터 듣기 위해 상념에 잠겼다.

3시간여 머물다 트로이를 떠나려니 발길이 떨어지지 않아 몇 번이고 뒤돌아봤다. 마치 오랫동안 정든 사람, 정든 땅과 이별하는 듯한 아쉬움이 남아 있는 것처럼(터키 정부는 2018년 여름 현지에 트로이 박물관을 개관하였다).

차낙칼레(Çanakkale) 시내의 한 아울렛의 식당에서 늦은 점심식사를 하고 다시 다르다넬스 해협을 건너 맞은편에 있는 아베데시(Abidesi)에 도착했다. 그곳에서 15분 거리의 에게해 바다가 시원스럽게 보이는 곳(Cape)의 끝부분 마비다트에는 차낙칼레 전쟁기념탑이 있다. 오스만 제국이 제1차 세계대전에 패하였음에도 터키 본토가 보전될 수 있었던 것은 바로 차낙칼레 전투의 승리 덕분이었다. 때문에 겔리볼루와 다르다넬스 해협, 차낙칼레는 현재의 터키인들에게 성지나 다름없다.

그 바로 근처 안작(Anzac) 마을에는 1차 세계대전 때 전사한 호주와 뉴질랜드 군인들의 묘지가 있어 지금도 많은 호주인과 뉴질랜드인들이 찾고 있다. 특히 이 묘지에는 터키공화국이 수립된 직후 아타투르크 대통령이 안작을 방문하는 추모자들을 위하여 직접 쓴 글이 비문에 새겨 있다. 그 내용이 힘들게 찾아와 표표히 떠나가는 나그네에게 깊은 여운을 남기고 있다.

피를 쏟으며 생명을 던진 영웅들아, 지금은 친구의 나라 땅에 누워 있구나. 평안하게 누워 있으라. 우리 땅에 나란히 누워 있는 조니(서양인)들과 메흐멧(터키 병사)들 사이에는 아무런 차이가 없다. 당신들, 아들들을 먼 나라에 보낸 어머니들, 눈물을 닦으라. 당신들의 아들들은 우리의 품속에 편안히 누워 있다. 생명을 이 땅에 바쳤기에 그들도 우리의 아들이다.

전쟁이 끝난 지 얼마 지나지 않아 적군 병사에게 이러한 예를 갖추고 그들을 추모하는 정신은 바로 터키공화국이 오스만제국의 오랜 관용과 공존, 포용의 정신을 그대로 물려받은 것이 아닐까.

오후 5시 반 즈음 이스탄불을 향하여 출발했다. 특히 에게비트에서 겔리볼루에 이르는 주행로는 다르다넬스 해협을 바짝 끼고 나 있어 짙푸른 해협의 정취를 청명한 하늘빛과 함께 맛볼 수 있었다. 건너편 아시아 쪽 대지가 더 가깝게 손짓하고 있다. 아내와 함께 걸으면서 풍광을 감상하려니 그지없이 삽상하고 흔쾌한 기운이 가슴 깊숙이 스며든다. 이 느긋함과 낭만과 한가로움이여! 여행의 멋과 품격이란 바로 이런 것이 아닌가 한다. 오랫동안 기억될 여정이었다.

내 생애 잊지 못할 깨달음의 여정旅程 (Ⅱ)

세계 최고最古의 고고학 유적지인 룩소르 기행을 마치고 나일강 상류에 있는 아부심벨로 가는 여정에서의 일이다. 그날(5월 6일) 룩소르 역에서 오후 6시 25분 출발, 아부심벨로 가는 전초기지인 아스완 역에 밤 9시 25분 도착하는 열차를 타기 위해 출발 20분 전 역에 도착했다. 역사는 작고 아담했으나 많은 사람들로 붐비고 있었다. 개찰구를 벗어나 플랫폼에 당도하자 현지 가이드는 열차가 1시간 가량 지연된다고 한다. 그는 아스완으로 가는 자기 친구에게 우리를 좀 도와주라고 부탁했다면서 떠났다. 그 젊은 친구는 자신을 현지 영어 관광가이드라고 소개하면서 기차가 언제 도착할지는 정확히 모른다는 실망 섞인 말을 꺼낸다.

현지 여행사를 통해서 내가 산 열차표는 특급열차 1등석 3호차의 두 좌석이었다. 이 친구는 앞쪽 세 번째 차량에 탑승하라고 했

아스완 남쪽 아부심벨 신전

다. 당연히 열차 호수를 찾아서 타면 되겠지 하고 한쪽 귀로 흘려
들었다. 열차는 한 시간이 지나도록 오지 않고 언제 온다는 안내
방송도 없다. 간간이 나오는 안내멘트는 내가 알아들을 수 없는
아랍어다. 섭씨 35도가 넘는 플랫폼에 대부분 현지인이거나 수단
등 인근 국가 국민들로 보이는 사람들이 부대끼고 오가면서 나와
아내를 외계인 보듯 쳐다본다. 요상한 표정을 짓기도 하고 무언가
시비를 걸어올 듯한 자세를 취하기도 한다. 10세 전후로 보이는 아
이들이 땟국이 절절 밴 옷을 걸치고 맨발차림으로 떼 지어 다니면
서 "원달러, 원달러"를 외치며 손을 내민다. 열차를 기다리는 사람

들 중 외국인은 우리 외에 눈을 씻고 찾아도 없다.

1시간 40여 분을 기다려도 열차는 오지 않았다. 간간이 정차하는 열차는 낡고, 더럽고, 먼지와 흙이 뒤덮이고, 차창밖에는 벌레들이 기어 다니고 있다. 설마 내가 타고 갈 열차는 아니겠지…. 2시간 정도 기다리자 드디어 아스완 행 열차가 도착했다. 내가 기대했던 특급열차가 아닌 간간이 정차하던 바로 그 낡은 열차다. 사람들로 북적여 몇 호차인지도 알 수 없을 뿐만 아니라 출입문이 막혀버릴 정도로 북새통이었다.

가이드가 소개한 친구는 자기 칸을 찾아야 한다면서 우리 보고 앞쪽으로 가라는 말을 하고는 더이상 모른 척하고 떠났다. 어느 칸을 타야 할지 막막했다. 열차에는 밖이건 안쪽이건 몇 호차인지 표시가 전혀 없다. 그제서야 앞에서 세 번째 차량이 3호차라고 한 말을 떠올려 그쪽으로 가려고 하니 각 문 출입구마다 사람들이 뒤엉켜 짐을 끌고 그곳을 빠져나가기도 힘들었다. 겨우 세 번째 칸을 찾아 들어가니 차안은 벌써 비집고 들어설 틈조차 없다. 통로까지 사람들이 꽉 들어차 앉거나 기대어 있었다. 그런데 웬걸, 좌석에 번호가 적혀 있지 않다. 빈 좌석도 없었다. 제일 앞쪽의 두 좌석을 가리키고 물으니 그곳에 앉아 있던 젊은 친구 하나가 우리 표를 보고는 서투른 영어로 옆쪽의 한 좌석씩 있는 앞 뒤 두 좌석이 우리 좌석이라고 한다. 이미 점거하고 있는 두 사람을 몰아내고 좌석을 겨우 확보했다.

에어컨은 커녕 선풍기조차 없어 열차 안은 찜통이었다. 쾌쾌하고 비위가 상할 듯한 냄새가 코를 찡그리게 했다. 먼지가 겹겹이

쌓인 차창 손걸이에 무심코 손을 댔다가 손이 시꺼멓게 됐다. 의자도 바닥도 더럽고, 벌레가 기어 다니는 모습도 눈에 띄었다. 게다가 떼 지어 다니는 불량배로 보이는 무리가 시도 때도 없이 문을 쾅쾅 여닫으며 출입문 옆 좌석에 앉은 우리를 흘끔 쳐다보고 뜻 모를 웃음을 짓곤 한다. 가방과 소지품에 신경 쓰면서 몸을 뒤로 기대거나 눈을 붙이고 있지도 못할 긴장된 상태로 3시간 이상을 가야 한다니 끔찍했다.

뒷좌석에 앉은 아내는 잔뜩 겁에 질린 상태로 긴장을 풀지 못하고 있었다. 대부분 무임승차하는 현지인들로 보이는 이들이 끊임없이 열차 안을 들락거리면서 큰소리로 떠들고 연신 담배를 피워댄다. 열차는 각 역마다 정차하고 안내방송은 없었다. 큰 역 외에는 역을 표시하는 간판에도 아랍어만 적혀 있고 알파벳 병기가 안 되어 있다. 다행히 내가 내리는 역이 종착역이라 역을 놓칠 염려는 없었다.

밤 8시가 넘어 출발했기에 밖은 이미 어두워 아무 것도 보이지 않았다. 특급열차 1등석에서 나일강변을 달리면서, 석양빛에 물든 사막 풍경을 눈요기 삼아 저녁식사를 하겠다는 것은 꿈같은 생각이었다. 식사는 커녕 이제 신변의 불안까지 염려하고 있는 게 현실이었다. 표 검사하는 승무원 한 명 보이지 않았다. 아무리 이집트가 무바라크의 장기 독재에 찌들었고, 그를 몰아낸 뒤에도 정치 사회 혼란이 계속되고 있다 하더라도, 그리고 소득 수준이 후진국에 머물고 있다 하더라도 이 정도까지 무질서하고 심각한 상태인지는 미처 깨닫지 못했다. 내가 귀국한 지 열흘 만에

아스완 올드 카타락트 호텔에서 바라 본 나일강

다시 이집트는 여행제한지역으로 선포되었다.

어느 역에선가 30분 넘게 정차하고 있다. 인내의 한계를 실험하고 있는 듯하다. 이때 갑자기 법정스님이 쓴 『인도기행』의 한 장면이 떠올랐다. 일반칸 열차를 탔다가 화장실 통로에 쪼그리고 앉아 9시간을 밤새워가면서 수행자로서의 참된 인내의 미덕과 영감을 얻었다는 구절이다. 그렇다, 저들은 아무렇지도 않게 저렇게 먼지바닥에 주저 않기도 하고 쾨쾨한 곳에서도 일상을 즐기고 있지 않는가. 똑같은 인간인 내가 이런 걸 견딜 수 없어 한다면 어떻게 저들과 같은 인간의 대열에 끼일 수 있단 말인가. 문제는 '관념의 차이'에 있다고 법정스님은 자문한다. 관념의 차이에 생각이 미치자이때부터 불편도 불만도 사라지면서 내 마음도 평온해지려 한다.

우리는 틀에 박힌 고정관념 때문에 새로운 세계에 나가지 못하고 제자리에 맴돌 때가 얼마나 많은가. 이렇게 마음을 추스르면서 돈으론 살 수 없는 정말 귀중한 체험을 하였다고 생각하니 어느덧 평정상태로 되돌아가고 저들 이집트 서민들의 일거수 일투족이 달리 보였다. 세계 최대의 고대유적지를 끼고 사는 사람들의 삶의 모습과 그들의 심성이 어떻게 일상에 투영되는지 알게 된 좋은 기회로 여겨졌다.

열차는 자정이 다 되어서야 아스완의 역에 도착했다. 그러나 마음속의 거리와 시간은 실제 시간보다 훨씬 더 멀고 오래 걸린 것 같았다. 두고두고 음미할 만한, 관념의 차이를 극복하는 평생 기억할 여정이었다.

함경남도 북청 이준 열사 생가 방문기*

북청의 남대천에서, '북청 물장수'를 읊다

2003년 9월 2일 오후 2시 우리 일행은 함경남도 북청을 향하여 출발했다. 목적지는 KEDO(한반도에너지개발기구) 금호지구의 골재 채취원이자 상수원 공급지인 북청의 남대천과 이준 열사의 생가다. 북청하면 북청 물장수, 북청사자놀이, 북청사과가 유명하여 금세 떠오르지만, 나에게는 이준 열사의 출생지로서 그가 젊은 시절을 보냈던 뜻 깊은 곳으로 더 크게 각인되어 있었다.

---

* 나는 2003년 9월 1일부터 6일간 북한의 신포, 북청, 함흥, 평양 등을 방문했다. 한국전력공사(한전)의 사외이사로서 당시 한전이 시공자로 있던 KEDO(한반도 에너지 개발기구)의 대북경수로 건설현장 방문이었다. 이 글은 현지에서 작성하여 귀국 후 가필한 것이다. 당시의 북한 방문기 전체는 졸저 『여행, 인생을 유혹하다』(까만양, 2013)에 실려 있다.

북청은 유배지로도 유명하다. 조선조 말기 추사 김정희 선생이 8년간에 걸친 제주도 유배에서 풀려나 한양에 온 지 얼마되지 않아 다시 현종의 묘천廟遷문제와 관련된 정쟁에 휩쓸려 60대 중반의 나이에 1년 이상 유배되어 살던 곳이기도 하다. 또한 조선 중기 오성 이항복이 인목대비를 폐하고 서궁에 유폐하는 것을 반대하다 이곳으로 유배 와 산앙정山仰停이라는 정자를 짓고 살다가 죽은 곳이기도 하다.

남대천까지의 약 18킬로미터의 도로는 한국전력공사가 포장했다고 한다. 주변의 경관은 해맑은 초가을 햇살 아래 빛나고 있었다. 우리는 평라선(평양↔라진)의 철도와 나란히 길을 달렸다(남대천 부근이 평양 기점 300킬로미터 정도다). 우리가 가는 길 오른편에는 포항에서 시작하여 동해안을 따라 북상하는 7번 국도가 비포장인 채로 양화, 금호를 거쳐 이어져 있었다. 신포시와 북청군 경계에는 검문소가 설치되어 있어 차량과 주민들을 검문검색하고 있었다. 길가에 늘어선 주민들의 호기심 어린 표정과 소박한 생활환경이 눈에 들어온다. 함경도는 평양과의 거리가 상당히 멀고 산악이 많은 지역이어서 삶의 환경이 거칠고 척박한 편인데 함흥에서 북청에 이르는 해안 부근은 함주평야와 신창평야가 있어 상대적으로 생활이 윤택한 곳이다.

우리는 군청소재지가 있는 북청을 직선거리 3킬로미터 정도 앞에 두고 남대천에서 길을 멈췄다. 남대천의 맑은 물을 배경으로 몇 장의 사진을 찍으면서 더 이상 가지 못하는 마음을 달랬다. 남대천의 폭은 직경 300미터 정도이고 양쪽으로 높고 푸른 강둑이 일직선으로 수 킬로미터나 이어져 있었다. 저 멀리 민둥산이 보이기도 하지만 이 지역은 북한 내에서 비교적 산림이 잘 조성되어 있는 곳이라고 한다. 이곳 남대천에 와보니 북청은 정말 물 맑고 산수 좋은 곳임을 한눈에 실감할 수 있었다.

그런데 '북청물장수'라는 말은 북청의 물맛이 좋고 맑기 때문에 나온 것이 아니다. 해방과 6·25 이후 북청 사람들이 월남하여 서울과 부산 등지에서 물지게를 지고 물장수를 하면서 자녀들을 교육시키고 경제적으로도 성공한 것을 보고 북청사람들의 강한 생활력을 뜻하는 말로 사용되었다. 자녀교육에 대한 북청 사람들의 열성이 전국에서 가장 높다는 말이 허언이 아닌 것은 개화기 때 북청 지역에 중학교와 보통학교가 무려 80여 개가 넘었다는 사실만 봐도 알 수 있다.

함경남도 동부에 위치한 북청군은 1258년에 몽골의 쌍성총관부雙城摠管府가 설치되어 약 100여 년간 몽골의 지배를 받았다. 이 때 북청은 삼살三撒이라고 불리다가 공민왕 때 충청도의 청주와 같다는 이유로 북쪽에 있는 청주라는 뜻의 북청으로 고친 것이 현재의 지명이 되었다. 함경산맥이 중앙을 관통하고 있어 산지가 많으나 남대천의 중, 하류가 지나고 동해안을 따라 좁은 평야지대가 펼쳐져 있기도 하다.

북청에 오니 파인 김동환의 「북청 물장수」라는 시가 절로 떠오른다. 성실하고 근면한 북청 사람들의 모습은 지금 온데간데없고 몇몇 북한 주민들만이 호기심에 가득 찬 눈으로 우리를 쳐다보고 있다. 나는 조용히 '북청 물장수'를 읊조렸다.

새벽마다 고요히 꿈길을 밟고 와서
머리맡에 찬 물을 솨아 퍼붓고는
그만 가슴을 디디면서 멀리 사라지는
북청 물장수

물에 젖은 꿈이
북청 물장수를 부르면
그는 삐걱삐걱 소리를 치며
온 자취도 없이 다시 사라진다
날마다 아침마다 기다려지는
북청 물장수

이준 열사의 생가에서 항일·애국의 의미를 되새기다

초가을의 오후 햇살이 중천에서 빛날 무렵 남대천에서 그리 멀
지 않은 북청군 룡전리에 있는 이준 열사 생가를 찾았다. 이곳 룡
전리는 한전 금호지구로부터 12킬로미터 지점에 위치하고 있다.
이준 열사는 전주 이씨 완풍대군 17대손으로, 21대손인 나와 같은
파인 종친 어른이다. 어렸을 때부터 집안 어른들한테 가문을 빛낸
분으로 이준 열사의 무용담과 항일 애국정신에 대한 이야기를 누
차 들어왔던 터다. 이번 이준 열사의 생가 방문은 남한에 있는 종
친으로서도 처음 있는 일이자, 개인적으로 가슴 뛰는 감동의 순간
이었다.

이미 하루 전에 KEDO 증명서를 제출하여 북한 당국의 방문 허가를 받았기 때문에 마을 입구에서 북한 측 안내차량의 안내를 받아 생가로 향했다. 마을길은 옛날 모습 그대로 보존되어 있었다. 생가의 주소는 '함남 북청군 룡전리 17반'이다. 현재 이준 열사의 증손자 맏이인 리일 씨가 거주하고 있으며, 대문에는 그의 문패가 걸려 있었다. 하지만 리일 씨는 보이지 않았다. 이준 열사는 슬하에 1남 2녀를 두었으며, 아들 리용 씨는 항일 빨치산 운동을 했으며 광복 후 북한정권에서 도시계획상(장관), 사법상 등을 역임하다 1954년 사망했다. 이준 열사의 생가는 6 · 25 전쟁 시 미군의 폭격으로 불탄 것을 이후에 복원했다고 한다. 원래 룡전리는 남대천을 바라보면서 함경도의 3대 평야의 하나인 북청평야가 펼쳐진 빼어난 경관을 갖추고 있어 풍수지리에 문외한인 내가 보기에도 귀인이 태어날 명당이라고 느껴졌다.

　이준 열사는 이곳 룡전리에서 1859년(철종 10년)에 출생하여 29세가 되던 해 과거시험 초시에 합격할 때까지 젊은 시절을 이곳에서 보냈다. 그 후 한성법관 양성소를 졸업하고 우리나라 최초의 검사가 되었다. 당시 부패한 법무대신을 비롯한 고위층을 탄핵하고 기소했지만 오히려 그들의 모함을 받아 자신이 구속되는 등 수난을 겪는다. 그러다 몇 달 후에 면직되고 만다. 이후 그는 독립협회에 가담하여 애국운동에 나선다.

　우리는 지금까지 이준 열사가 1907년 헤이그에서 열린 제2차 만국평화회의에 참석이 거부당하자 분함을 이기지 못한 끝에 병사한 것으로 알고 있고, 국사교과서에도 그렇게 적고 있다. 그러나 나는 그렇지 않다고 굳게 믿는다. 병사설은 일제에 의해서 왜곡된 식민사관의 연장선상에 있다고 본다. 일제가 이미 사망한 이준 열사에 대한 재판절차를 개시하여 종신형을 선고했다는 사실을 보면 왜곡의 가능성이 아주 높다. 고종은 밀사 사건에 대한 책임을 추궁당하여 강제로 퇴위되고 순종이 즉위한다. 이로써 조선왕조는 이미 그 수명을 다하고 있었다.

이준 열사는 1907년 4월 22일 부인 이일정 여사의 배웅을 받으며 서울 안국동 자택을 나선다. 헤이그까지 64일간에 걸친 고난의 여정, 그러나 다시 돌아오지 못하는 마지막 길을 홀연히 나선 것이다. 허리춤 깊숙이 고종의 밀서를 간직한 채. 헤이그로 떠나기 한 달 전인 3월 24일 밤, 이준 열사는 극비리에 궁에 입궐하여 고종과 밀담을 나눈 뒤 결연한 표정으로 어전을 물러 나왔다. 다시 그는 *"海牙密使一去後 誰河盃酒青山哭*(해아밀사일거후 수하배주청산곡, 헤이그 밀사로 한번 간 후 뜻을 이루지 못하면 어느 누가 청산에 와서 술잔을 부어 놓고 울어 주려나)"라는 시 한 수를 남겼다. 뜻을 이루지 못하면 살아 돌아오지 않겠다는 결연한 의지의 표명으로 이미 죽음을 각오하고 있었다.

이런 전후사정으로 미뤄볼 때, 그리고 당시의 상황을 기록한 각종 정황자료를 놓고 볼 때 이준 열사는 회의장 내에서 할복하지는 않았지만 적어도 그가 머물렀던 호텔 내에서 자결*했거나, 아니면

---

* 헤이그 국립도서관에서 찾아낸 사료에 의하면 이준 열사는 죽기 전 여러 날 동안 울분을 삼키지 못해 일체 식음을 전폐했다고 하며, 죽기 직전 "조국을 구하라. 일본이 끊임없이 유린하고 있다"는 마지막 말을 남겼다고 한다. 그 때가 1907년 7월 14일이었다. 이런 정황으로 볼 때 병사라기보다는 의식적인 자결이라 보는 게 더 합당하다.

제3자(일본 또는 그 배후세력)에 의해 죽임을 당했을 가능성이 충분하다. 4년 전 헤이그에 있는 이준*열사 기념관을 찾았을 때 당시 이기항 관장도 이준 열사는 병사하지 않았다는 얘기를 그곳에 있는 자료를 원용하면서 힘주어 말했던 것을** 생생히 기억하고 있다. 이준 열사의 진정한 사인을 밝히는 것이 학계뿐만 아니라 우리 후손들의 과제라 하겠다.

리향미라는 여 안내원이 생가의 유래, 이준 열사의 이곳 룡전리에서의 생활 등에 대해 설명하였다. 리향미는 자신이 이준 열사의 방계 후손이며, 룡전리에는 아직도 이준 열사 집안의 후손들이 많이 살고 있다고 전했다. 이준 열사가 쓰던 유물은 대부분 평양 중앙역사박물관에 있고 이곳 빈한한 방에는 어릴 때부터 바둑의 고수였다는 그가 쓰던 때묻은 바둑판과 빛바랜 사진 등 몇 가지만 전시되어 있었다. 마당 한가운데에는 이준 열사가 살던 당시 이용한 우물이 지금도 잘 보존되어 있었다.

이준 열사가 젊은 시절 지었다는 한문 시편이 해서체로 작은 병

---

* 이기항 관장은 헤이그에서 부인 송창주 씨와 함께 '이준 열사 기념관'과 '이준 열사 아카데미'를 운영하고 있다. 이기항 씨가 기념관을 건립하게 된 계기는 이준 열사의 순국일인 7월 14일 네덜란드 일간지에 게재된 특집 기사 때문이라고 한다. 기사를 본 그는 수소문 끝에 열사가 순국한 호텔을 찾아냈는데, 거의 폐허에 가까운 상태였다고 한다. 1층은 당구장이고, 2층과 3층은 노숙자들의 살림집으로 사용되고 있던 3층 건물의 소유권은 헤이그 시에 있었다. 그래서 이기항 씨는 전후 사정을 설명하고 건물을 구입(헤이그시에서 절반 부담)해 1995년 8월 5일 이준 열사 기념관을 개관했다. 개관과 함께 이기항 씨는 이준 열사의 죽음에 대한 진실을 밝히려는 노력을 전개하고 있다.

** 2013년 3월 4일 중앙일보와의 인터뷰에서 이기항 씨는 "이준 열사의 사망 확인서에 할복했다는 내용은 없어요. 자결했다면 만국평화회의장에서 했겠지요. 호텔방에서 주검으로 발견된 건 이상하죠. 확신할 수는 없지만 암살 가능성은 있습니다"라고 했다. 그 이야기를 나는 14년 전에 들었다.

풍에 누렇게 변색된 채로 적혀 있다. 이 한시를 해석하여 낭송해 주는 안내원의 음성이 곱고 순발력이 빼어났다. 김정일과 김일성을 찬양하는 정치구호가 설명하는 곳곳에서 맥을 끊어 놓기는 했지만 말이다.

> 도리가 있어도 실천하기 어려우면 술에 취한 것과 같으리.
> 입이 있어도 말하기 어려우면 졸고 있는 것과 같으리.
> 선생이 취하여 한가히 돌 우에 누워 있으니
> 그 지조를 사람들이 어찌 알랴.
>
> 이끼 돋은 바윗길은 유유히 산굽이를 도는데
> 가을빛 한눈에 가득하구나.
> 상공이 농촌 마음에 누어 있지 못하리.
> 머리는 희어도 나라 생각하는 붉은 마음 억제할쏘냐.

이 마을은 과거 김일성이 다섯 번, 김정일이 네 번 방문한 곳으로, 2002년 6월 4일에 김정일이 다녀가면서 마치 성역처럼 여겨지는 마을이 되었다. 일반에 공개된 것은, 특히 KEDO 지역을 방문하는 남한 측 인사들에게 개방된 것은 2002년 5월부터라고 한다. 106년이 된 사과나무 옆의 한 농가에는 '1963년 8월 4일 위대한 수령 김일성 동지께서와 위대한 지도자 김정일 동지께서 다녀가신 농장원집'이라는 붉은 팻말이 걸려 있다. '수령님께서 이 집에 직접 부엌도 들어가 보시고, 가마솥을 열어 보시고 방에 들어가서는 찬장을 열어 흰 쌀밥이 있는 것을 보시고는 시골에서도 쌀밥을 충분히 먹고 있다는 사실에 흡족해 하셨다'며 안내원이 설명했다.

이준 열사 생가마을은 북한정권이 가꾸고 다듬어 시범마을로 지정하여 자신 있게 개방한 마을이다. 그래서 북한의 계몽영화 「도시처녀 시집오네」의 촬영도 이곳에서 했다고 한다. 현대식 단장에 익숙한 우리의 눈에는 조촐하게 보일지 몰라도 오히려 당시의 농촌풍경을 제대로 간직한 소박하고 고즈넉한 느낌이 우리의 옛 고향 같은 편안함을 주었다. 시멘트 한 점 안 바르고 원형 그대로 두는 문화재 보존 방식은 우리가 배워야 할 점이 아닌가 한다.

안내원 대표의 양해를 얻어 생가 옆에 있는 유치원(탁아소)에 들러보았다. 방문에 맞춰 아이들의 목소리가 낭랑하게 들린다. 우리를 바라보는 아이들의 호기심 어린 눈망울이 내내 마음에서 지워지지 않는다.

남대천 지역의 빼어난 풍광이 내려다보이는 마을 전망대에서 이 마을의 특산물인 북청사과를 맛보았다. 품질개량이 안된 재래종 사과로 맛은 신 편이었다. 일행인 두산중공업의 박건동 부사장이 오래 보관해도 속이 비지 않고 제 맛이 난다는 사실을 몇 번 강조하면서 서너 개를 기념으로 가져가는 바람에 나도 연거푸 두 개를 먹고 한 개를 기념으로 얻어 왔다.

오후 5시경 금호지구로 돌아와 생활부지 근처에 있는 북측 운영의 게스트 하우스에 들렀다. 이발소에서 안마(목, 머리 부분)를 받았다. 요금은 1달러였으나 종업원들은 이를 사양했다. 농담으로 '돈을 동같이 안다'고 하면서 말이다. 아무래도 한전 측에 대한 고객

관리 차원에서 서비스한 것 같다.

생활부지 내 '무등식당'에서 저녁식사 도중 이곳에서 근무하는 한전 직원 한 사람이 같이 회식 중인 부장을 통해서 내가 하는 여러 시민사회 활동을 적극 지지하는 팬이라고 하면서 사인을 부탁해왔다. 식사 후 직접 나를 만나기 위해 기다리고 있기에 반갑게 악수하면서 서울에서 연락줄 것을 당부했다. 만찬 후 북한 측 '금호봉사소'로 이동하여 간단한 술을 들면서 북한 여성봉사원들의 구성진 노래를 흥미 있게 감상했다. 옥류관의 평양 파견 종업원들과는 달리 이들은 대부분 함남 부근 출신들로 순수성과 때묻지 않음이 한결 눈에 띄었다. 특히 일제강점기 말의 가요인 '찔레꽃'을 구성지게 부를 때 아련한 향수와 애틋함이 가슴을 울렸다.

밤늦게 30여 분간 숙소 주위를 산책했다. 공기가 맑은 데다 주변이 어두워 별과 달이 손에 잡힐 듯 가까이에서 밝게 비춘다. 특히 6만 년 만에 나타났다고 하는 화성의 반짝이는 모습이 선명하게 들어왔다. 서울에서는 결코 볼 수 없는 밤하늘의 장관이다.

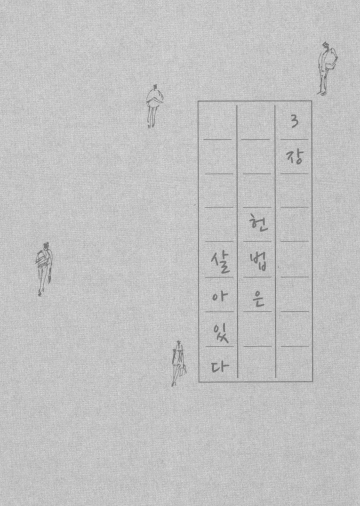

3장

헌법은

살아있다

헌법은 살아있다[*]

"대한민국은 민주공화국이다. 우리도 대한민국 국민이다."
 광화문 촛불집회에 나온 어느 고등학생이 든 피켓의 구호이다.
그런가 하면 이른바 '배신의 정치'로 몰
려 대통령과 각을 세운 어느 정치인이
원내대표직에서 물러나면서 던진 말도
"대한민국은 민주공화국이다"였다. 헌법
제1조 제1항이 문자 그대로 국민의 소유
물로 바뀌는 장면들이다.

 "대한민국의 주권은 대통령에게 있고,
모든 권력은 청와대로부터 나온다."

———————————
* 『헌법은 살아있다』(2017)의 서문을 수정, 보완했다.

이석연 전 처장은 헌법을 생활 속의 법으로 만들고자 헌법소원을 통한 공익소송에 매진
했다. ⓒ 한국일보

군사독재 시절 법과대학 화장실 낙서에서 흔히 볼 수 있었던 표
현이다. 헌법이 권력자의 전유물로 전락하고 국민은 헌법을 거론
하기만 해도 처벌받던 살벌한 긴급조치 시절, 이 표현처럼 헌법을
희화화한 것은 없었다. 국민이 주인이 되는 권리(주권), 즉 "대한민
국의 주권은 국민에게 있고, 모든 권력은 국민으로부터 나온다.(헌
법 제1조 제2항)"는 평범한 진리에 가까운 이 명제를 주인인 국민이 찾
아오기까지 기나긴 여정을 거쳐야 했다.

대통령과 그 측근 권력자들에 의해 헌법질서가 침해되는데도 헌
법을 지켜야 할 권력기관 등이 방관하자 마침내 이 땅의 주인이
나섰다. 2016년 10월 말부터 시작된 촛불집회는 세계 헌정사상 유

례가 없는 합헌적인 저항권 행사이며, 주인이 임명한 심부름꾼을 바꾸기 위한, 헌법의 틀 내에서 이루어진 평화적인 저항권 행사였다. 마침내 국민은 가장 큰 심부름꾼(대통령)을 바로 내치는 대신 그 잘잘못을 문서로 남기기 위하여 마지막 헌법 수호기관인 헌법재판소의 심판대(탄핵심판)로 올렸다.

이런 일련의 과정은 혁명도, 헌정 중단도 아닌 헌법에 근거를 둔 정당한 행위이다. 국민은 또 다른 심부름꾼인 헌법기관 등이 신속하게 일을 제대로 하는지 잠시 숨을 고르면서 예의 주시했다.

이제 헌법에 보장된 기본권과 모든 권력이 국민에게 있다는 주권재민主權在民의 헌법 조문은 더 이상 정치적 상징 조작의 장식물이 아니다. 언제라도 국민이 행사할 수 있는 권한이다. 우리 사회의 모든 현안과 문제가 헌법이 정한 적법 절차에 따라 논의되고 해결되어야 한다. 역사 문제처럼 보이는 대한민국의 건국 연대 시비 문제도 헌법에서 그 답을 찾아야 한다. 헌법은 국가와 사회의 모든 문제를 빨아들이는 블랙홀이자 이를 해결하는 아리아드네의 실*이다.

또한 헌법은 국민 개개인이 피부로 느끼는 생활규범으로서의 역할을 한다. 1990년대 후반 어느 날, 택시 운전하는 분이 내 사무실로 찾아왔다. 부친이 사망하고 1년이 지났는데 갑자기 은행으로부

---

* 아리아드네의 실(Ariadne string)은 그리스 신화에서 유래한 말이다. 아테네 왕자 테세우스는 크레타 공주 아리아드네가 건네준 실타래를 풀면서 미궁으로 들어갔다가 실을 잡고 빠져나올 수 있었다. 어려운 일, 고착 상태에 빠진 상황을 해결하는 실마리나 방법을 의미한다.

터 아버지가 생전에 보증 선 돈을 갚으라는 소장을 가지고 왔다. 당시 민법에는 피상속인(부친) 사망 시 3개월 내에 상속포기 여부를 결정하지 않으면 단순 승인한 것으로 간주되어 채무까지도 상속하도록 되어 있었다. 그 기사 분은 부친이 남긴 재산이 별로 없고, 보증채무가 있는지 몰랐기 때문에 상속포기를 하지 않고 3개월을 넘긴 것이다. 그래서 채무까지도 승인한 것으로 간주되었다.

나는 이 민법 조항에 문제가 있음을 간파하고 즉시 위헌심판제청을 하여 헌법재판소의 판단을 받도록 절차를 밟았다. 헌법재판소는 민법의 위 규정이 개인의 행복추구권과 재산권을 침해한 것으로 보아 위헌결정을 하였다. 그 후 민법이 개정되어 이제는 사망 시가 아니라 채무 등이 있음을 안 날부터 3개월을 기산하도록 변경했다. 이는 국민이 헌법의 힘을 피부로 느끼는 사례이다. 헌법은 추상적, 선언적 규범이 아닌 재판규범 또는 생활규범으로서 국민의 삶 속에 새겨지고 있다. 헌법시대가 도래한 것이다.

나는 헌법재판소 출범(1988년 9월) 후 제1호 헌법연구관으로서 5년간 헌법 실무를 맡았으며 1994년 변호사 사무실을 개업하여 헌법소원을 통한 공익소송을 활성화하고자 노력해 왔다. 150여 건의 헌법소송을 기획 또는 수임하여 그중 30여 건의 위헌결정을 받음으로써 위헌적인 법과 제도를 바꿨다. 헌법의 재판규범화, 생활규범화를 통해 헌법을 국민의 것으로 돌려놓는 데 나름대로 기여했다고 자부한다. 지금도 헌법이 지배하는 사회를 기대하면서 헌법과 씨름하고 있다.

헌법의 정신과 기본원리를 교과서에서나 볼 수 있는 것이 아니라 국민의 눈높이에 맞추어, 국민이 피부로 느낄 수 있도록 쉽게 써보려는 오랜 생각의 결실이 바로『헌법은 살아있다』이다.

진정한 헌법시대의 도래에 직면하여, 또한 개헌이 화두인 시대에, 헌법은 더 이상 전문가나 지식인, 법조인의 전유물이 아니다. 헌법은 모든 국민이 숙지하고 소유해야 할 지적 재산이다. 그런 맥락에서 이 책은 일반인이 헌법에 대한 이해와 흥미를 부지불식간에 지닐 수 있도록 평이하면서도 때론 깊이 있는 설명을 곁들였다. 이런 이해를 바탕으로 한국 사회를 바꾼 10대 위헌결정을 통해 헌법의 생생한 기능을 보여주려 했다. 정치적인 사례보다는, 예컨대 인터넷 게시판 본인확인제 위헌, 간통죄 위헌, 호주제 및 동성동본 금혼제도 위헌, 제대군인 가산점 제도 위헌 등 국민의 실생활에 광범위한 영향을 미친 사건들을 예로 들었다. 또한 인터뷰 전문가 지승호 작가와의 헌법 대담을 통해 수도이전법, 재외동포법, 가정의례법 등 주로 내가 공익소송을 했던 위헌 사례를 중심으로 헌법이 어떻게 살아서 기능하고 있는가를 보여주고자 했다.

이 글을 마칠 무렵 버락 오바마 미국 대통령의 고별연설을 접했다. 내가 가장 인상적이라고 생각한 부분은 단연 오바마의 헌법관 憲法觀이었다.

헌법은 놀랍고 아름다운 선물입니다. 그러나 그것은 단지 양피지 한 장에 불과합니다. 헌법에 힘을 부여한 것은 국민의 참여와 국민 스스로가 만든 선택에 의해서입니다.

그렇다. 지금 우리 국민의 헌법의식은 정치인이나 지식인보다 고양되어 있다. 헌법을 살아있는 규범으로 만드는 국민의 헌법에의 의지가 이제 정치를 비롯한 우리 사회를 개혁하고 주도해 나가야 할 때다.

페어플레이는 아직, 늦지 않았다[*]

나는 서울을 국토의 남쪽으로 옮기는 수도이전법에 대한 헌법소원을 제기하여 수도 이전을 막았다. 그때 균형발전을 저해했다고 '오적五賊'의 한사람으로 몰리기도 하고, 심지어는 살해 협박을 받기도 했다. 시민운동을 할 때는 시민단체의 권력화와 초법화超法化 현상을 경계하면서 시민운동도 법의 테두리 내에서 해야 한다고 역설했다. 그 결과 나는 개혁을 반대하는 수구·보수세력으로, 때로는 시민운동의 분열 세력이라고 비판받는 일도 있었다.

---

[*] 『페어플레이는 아직, 늦지 않았다』(2013)의 서문.

그동안 나는 헌법소원을 통해 정치권의 담합입법과 검찰권의 남용 등에 제동을 걸었으며, 국민의 일상생활에 불편을 주거나 시대역행적인 법률과 제도를 폐지하고 고쳤다(부모사망시 자식들이 모르는 빚을 갚도록 강제하는 상속법, 제대 군인가산점제도, 재외동포차별법 등). 때로는 욕을 먹기도 하고, 때로는 내가 직접 소송 당사자가 되기도 하면서 우리 사회의 흐름을 바꾸는 데 물꼬를 텄다. 나는 시민운동가, 법조인, 공직자로서 우리 사회의 정치, 사회적인 현안에 대해 앞날의 계산에 연연하지 않고 헌법의 원칙과 상식에 입각한 명확한 견해를 표명하곤 했다. 그러다 보니 양쪽 모두로부터 불이익을 받기도 하고 '쓴소리꾼'으로 몰리기도 했다.

하지만 이러한 일들을 하면서도 나는 그 과정을 지금까지 한 번도 제대로 밝힌 적이 없다. 심지어 나에 대한 부당한 비판과 왜곡된 사실에 대해서도 대응한 바 없다. 어디까지나 내 소신과 신념에 따라 내가 좋아서 그렇게 했던 것이지 내가 해온 것을 정치적, 정략적으로 이용하여 무엇을 할 생각이 없었기 때문이다.

우리 사회에서 묵묵히 일하는 사람이 제대로 평가받고 대접받지 못한 것이 어제 오늘의 일이 아니지만, 기회주의와 편승便乘이 정의와 공정함을 압도하고 있는 현실이 도가 지나친 상황에서 더 이상의 침묵은 미덕이 아니라고 보았다. 그리하여 미련하게 뚜벅뚜벅 정도正道를 걷는 사람들을 위하여, 그리고 비주류가 경쟁력이 되고, 아웃사이더가 그 능력을 인정받으며, 정당한 패배자가 재기할 수 있는 사회시스템이 구축되기를 희망하며 이 대담을 하게 되었다. 또한 한국사회를 달군 사건의 중심에 섰거나 그 단초를 제

이석연 변호사는 경제정의실천시민연합 사무총장을 맡으면서 정치개혁 운동을 벌이기도 했다. 대표적 활동이 2000년 제16대 총선을 앞두고 총선시민연대와 함께 한 '낙천운동'이다. 이 활동으로 공천부적격자 명단에 포함된 의원의 고소·고발에 의해 그 해 2월 검찰 조사를 받기 전 거리 행진을 하는 모습이다. 이석연 변호사가 앞줄 가운데 자리하고 있다. ⓒ 한국일보

공한 사람으로서 사실관계를 명확히 하여 기록으로 남기겠다는 의무감도 한몫 거들었다.

"사회에는 말할 자격이 없는 사람들이 너무나 많은 말을 떠들어대고 있다. 진실이 담긴 말은 듣는 사람의 가슴에 스며들어 오래 기억된다"고 아메리카 원주민 수우족의 추장은 말했다. 또한 브라질 작가 파울로 코엘료는 『연금술사』에서 "사람들은 다른 사람들이 어떻게 살아야 하는지에 대해서는 명확한 아이디어가 있는 것처럼 말한다. 정작 자신이 어떻게 살아야 하는지에 대해서는 아무런 생각이 없으면서 말이다"라고 했다.

나는 이 말을 떠올릴 때마다 부끄럽게 생각하면서 스스로를 곧

추세우려고 노력한다. 그렇다. 현금現今의 우리 사회는 미사여구로 포장된 말의 홍수 속에 있다고 해도 지나치지 않다. 정작 자신은 그렇게 살지 않으면서 말만 번지르르하게 하는 언행불일치의 지도층과 지식인, 정치인들이 국민의 착시현상 속에 득세하고 있는 것은 아닌지 걱정된다. 그러나 국민들은 그들의 본질을 꿰뚫어보고 있다는 것을 나는 피부로 느끼고 있다. 그렇기에 우리 사회의 미래는 밝다. 아직도 페어플레이가 펼쳐질 무대는 마련되어 있다.

그간 주로 진보, 좌파 성향의 인사나 소외계층의 인물들을 인터뷰하다가 파격적으로 이번 대담에 나서 준 지승호 작가에게 고마운 마음을 전한다.

법치의 핵심은 법 적용의 일관성, 형평성에 있다

존 케리 국무장관과 버트런드 러셀의 사례

얼마 전 외신이 전한 일화 한 토막이 신선한 충격으로 다가왔다. 내용인 즉 존 케리 미국 국무부장관이 보스턴 자택 앞길의 눈을 미처 치우지 않아 벌금(한국의 과태료에 해당)을 물게 됐다는 기사였다. 미국 국무장관은 세계에서 가장 바쁜 사람 중의 한 사람이다. 2015년 1월 27일 케리 장관은 오바마대통령과 함께 사우디아라비아를 방문하여 국왕 사망에 따른 조문외교를 펼치고 있었다. 그날 미국 보스턴 일대에는 폭설이 내려 시당국이 비상사태를 선포했다. 케리 장관 집 앞의 눈이 방치되자 한 시민이 민원을 제기하고 이에 시당국은 "눈 치울 때까지 매일 벌금 50달러"라는 시조례에 따라 하루치 벌금을 통지했다. 케리 장관 측은 즉각 잘못을 인정하고 벌금을 납부하겠다고 밝혔다. 만약 이런 일이 한국에서 있었다면 어떻게 되었을까? 물론 우리도 지방자치단체 차원에서 시행중인 제설除雪조례가 있다. 법은 그 위반행위의 경중에 관계없이 모든 사람에게 공평하게 적용되어야 한다는 법적용의 형평성이 살아 숨쉬는 사회에서는 당연한 법치의 한 단면이지만 왠지 우리에게는 낯선 것처럼 느껴진 것은 나만의 소회가 아닐 것이다.

5, 6년 전 CNN화면에서 본 장면이 떠오른다. 미국연방 하원의원 5명이 워싱턴DC 수단대사관 앞에서 인권탄압에 항의하는 시위를 벌이다 경찰에 체포되는 장면이었다. 경찰은 의원들이 폴리스 라인을 넘자 망설임 없이 의원들의 손을 등 뒤로 모아 노끈형 수갑을 채웠고 의원들은 순수히 체포에 응했다. 체포된 의원들 중에는 민주당 하원 원내서열 10위 안에 드는 여당 실세도 있었다. 이런 일이 한국에서도 가능할까? 상상에 맡기겠다. 이왕 얘기가 나왔으니 예를 하나 더 들어 보겠다.

영국의 철학자이자 작가인 버트런드 러셀(Bertrand Russel)이 88세 되던 1961년의 일이다. 러셀은 당시 핵무기 개발에 반대하는 시민불복종운동을 주도하던 중 그해 2월 18일 런던의 국방부 청사 앞에서 연좌시위에 참석, 대중에게 불법행동을 선동했다는 이유로 기소돼 8월 12일 중앙경찰재판소에서 징역 1월을 선고받았다. 판결이 내려지자 방청객 한 사람이 외쳤다. "부끄러운 줄 알라. 88세 노인에게 징역이라니!" 그러자 판사가 응수했다. "나잇값을 하시오." 판결 후 러셀은 1주일로 감형돼 병원구역에서 복역했다. 방청객과 판사의 문답을 소개하려는 게 아니다. 이 사례에서 주목하고자 하는 것은 영국의 법치주의 실천이다. 아무리 노벨문학상을 받은 세계적인 학자라 해도, 평화를 위한 핵무기 반대라는 정당한 목적을 가진 행동이라 해도, 법이 허용하지 않는 행위라면 법 위반에 대한 책임을 물어 법치주의를 확립하겠다는 것이 영국 법치주의의 전통이다. 아울러 법은 공정하고 일관되게 적용되어야 한다는 법치확립의 의지를 읽을 수 있다.

한국인의 70%는 법적용이 공정하지 않다고 보아

나는 법치의 핵심을 세 가지로 요약하고 싶다. 첫째, 법은 공정하고 일관되게 적용되어야 한다(법적용의 일관성, 형평성). 둘째, 법은 투명하고 모두에게 열려 있어야 한다(법의 개방성, 투명성). 그리고 마지막으로 법의 적용은 효율적이고 시의적절해야 한다(법적용의 적시성, 경제성). 이 중에서 가장 중요한 것은 법적용의 공정성, 일관성이다. 내가 법제처장으로 있을 때 한국법제연구원에 의뢰해 국민의 법의식에 관해 조사한 적이 있었다(2009년). 그때 조사한 자료에 따르면 우리 국민의 약 70%는 법이 공정하지 않다고 보고 있으며, 3명 중 1명은 법대로 살면 손해라고 생각하고 있다. 72%가 법대로 살면 손해라고 하는 조사결과도 있다. 많은 국민들이 법적용의 형평성과 일관성 결여를 문제삼고 있다. 충격적인 것은 중, 고등학생을 대상으로 한 조사에서 감옥에 10년을 살더라도 10억 원을 벌 수 있다면 부패를 저지를 수 있느냐는 질문에 20% 가까이 "그렇다"고 답변했다는 것이다. 이것은 우리 사회의 기성질서에 대한

'헌법적 자유주의자'를 자처하는 이석연 전 법제처장 ⓒ 한국일보

불신이자 사회적 신뢰의 위기이다.

그 후 2012년에 법률소비자 연맹에서 고등학생 3,000명을 대상으로 조사한 결과를 보면 더욱 놀랍다. 이들 고교생 94%가 권력과 돈이 재판에 영향을 미치고 있으며 10명 중 7명은 법률이 공평하지 않다고 생각한다. 그리고 무려 90%가 법이 잘 안 지켜지고 있으며 정치인, 고위공직자가 가장 법을 안 지킨다고 답했다. 이 결과는 고교생들 역시 법적용의 형평성과 공정성을 문제삼고 있다는 것을 보여준다. 아마 지금 국민의 법의식을 조사한다 하더라도 법과 법치주의에 대한 불신은 이보다 높았으면 높았지 낮게 나타나지는 않을 것이다.

법이 지켜지지 않는 것은 위에서부터 어기기 때문이다

  공자는 국가의 구성요소를 군사력, 경제력, 사회적 신뢰라고 하면서 그중 사회적 신뢰를 가장 중시했다(논어). 사마천은 「상군열전」에서 법치를 확립한 진秦나라의 개혁가 상앙商鞅의 입을 빌어 법이 잘 지켜지지 않는 것은 윗사람부터 법을 위반하기 때문이라고 하면서 윗사람들의 행실이 바르면 명령하지 않아도 저절로 이행되지만 윗사람들의 행실이 바르지 못하면 명령을 내려도 복종하지 않는다는 것을 강조한다. 진 효공이 법가인 상앙을 등용하고 법령을 정비할 때의 상황을 「상군열전」에서 들여다 보겠다.

  새 법령은 제정되었으나, 아직 공포는 하지 않았다. 백성이 신임하지 않을까 염려해서였다. 그리하여 높이가 세 발 되는 나무를 성안의 남문에다 세우고 글을 써 알리기를, '이 나무를 북문에다 옮겨 놓는 자에게는 10금(金)을 준다'고 사람을 모집하였다. 그러나 모두들 이상하게만 여기고 옮기려는 자가 없으므로 다시 광고하기를 '이 나무를 북문에다 옮기는 자에게는 50금을 준다'고 하였다. 어떤 자가 이것을 옮겼으므로, 얼른 50금을 주었다. 백성을 속이지 않는다는 것을 밝혀 알린 다음에, 마침내 법령을 공포하였다. 그러나 법령이 시행되자, 백성들은 도성으로 몰려와 그것의 불편함을 고하는 자가 수천이 되었다. 그러다가 태자가 법을 범했다. 상앙은 '법이 잘 시행되지 않는 것은 위에 있는 자부터 법을 어기기 때문이다法之不

行 自上犯之'라고 하고 태자를 처벌하려 하였다. 그러나 태자는
다음 임금이 될 사람이므로 형벌에 처하기는 난처한 일이라
고 하여, 그 대신 태자의 스승을 처벌하였다. 다음 날부터 백
성들은 모두 법을 지켰다. 법을 시행한 지 10년 후에 진나라의
백성들은 크게 기뻐하고 길바닥에 떨어진 물건도 집는 사람이
없었다. 산중에는 도둑이 없어졌고, 집집마다 다 넉넉하고, 사
람마다 다 족하였으며, 백성은 전쟁에 용감했고 개인의 싸움
에는 힘쓰지 않았으며, 국내의 행정은 잘 다스려졌다. 일찍이
법령의 불편을 말한 자 중에 이번에는 법령의 편리함을 말하
러 온 자가 있었다. 상앙은 '이런 자 역시 다 선도감화先導感化
를 어지럽히는 백성이다' 하여 모두 변방의 성으로 쫓아 버렸
다. 이후 진나라 백성들은 감히 법에 대해 의론하지 못했다.

이처럼 상앙은 법을 너무 엄격하게 시행함으로써 많은 적을 만
들었다. 진 효공이 죽자 태자가 뒤를 이었고 세상은 바뀌었다. 그
러자 상앙은 모반을 꾀한다는 모함을 받게 되어 이웃나라로 도망
가지 않을 수 없었다. 상앙은 달아나다가 국경 근방까지 와서 객
사에 들어 가려고 했다. 객사의 주인은 그가 누군지 알지 못한 채
이렇게 말한다. "상군商君의 법률에는 여행증이 없는 손님을 재우
면 그 손님과 연좌로 죄를 받게 됩니다." 연좌제는 상앙 때부터 생
겨난 제도이다.

"아! 신법의 폐단은 마침내 내 몸에까지 미쳤는가?" 결국 상앙
은 체포되어 가족과 더불어 몰살됨으로써 멸문지화滅門之禍를 당하

고 말았다. 개혁은 예나 지금이나 지난한 과제이고 때로는 목숨을 담보로 해야 한다는 엄연한 사실史實을 엿볼 수 있다. 상앙은 법집행의 형평성을 강력하게 주장하여 법치의 핵심을 확립하였으며 이러한 그의 법가사상에 기반한 엄격한 법치확립이 후일 진나라 천하통일의 기반이 된 것은 부인할 수 없는 사실이다. 그러나 사마천은 상앙을 상당히 인색하게 평가한다. "상군은 천성이 각박한 사람이다. 그가 당초에 제왕의 도로써 효공의 신임을 얻었던 일을 관찰해 보면 뿌리가 없이 겉만 번지르르하고 근거없는 낭설에 불과한 것이지 그가 본래 가지고 있는 자질이 아니었다."

황제도 백성과 똑같이 법을 지켜야

사마천은 사기 「순리열전」과 「혹리역전」에서 법집행관, 사법관등 법조인 관료들을 다루고 있다. 또한 「장석지 풍당열전」에서는 장석지라는 인물을 통해 법과 정치, 법적용의 일관성과 공정성 등의 문제를 정면으로 거론하고 있다. 지금부터 2100년 전 절대군주제에서의 일이다. 장석지는 서한시대 가장 명망 높은 사법 관료로서 최고사법관인 정위(오늘날의 대법원장)를 지낸 사람이다. 한번은 이런 일이 있었다.

서한의 3대 황제 문제文帝가 외출 중 위교渭橋를 지나는데 갑자기 다리 아래에서 사람이 뛰어나와 문제가 탄 말을 놀라게 했다. 대노한 황제는 그자를 장석지에게 넘겨 죄를 다스리게 했다. 사건을 심리한 장석지는 이 자가 어가를 피하려고 다리 밑에 숨었다는 사실을 알게 되었다. 한참 뒤 어가가 통과했거니 생각하고는 다리 밑에서 나왔는데 공교롭게도 그때 어가를 만난 것이었고 장석지는 법률 규정에 따라 이 자에게 4량의 벌금을 부과했다. 그리고 사건을 마무리 짓고는 황제에게 보고하였다. 문제는 처벌이 너무 가볍다며 장석지를 심하게 꾸짖었다. 이에 장석지는 차분하면서도 당당하게 말했다.

> 법은 폐하께서 제정하셨지만 천하 사람들과 함께 준수해야 합니다. 분명히 지금 법률에 이런 죄는 벌금형에 처하라고 되어 있습니다. 그런데도 폐하께서는 이런 점은 무시하고 임의대로 가중 처벌하려고 하십니다. 만약 그 자리에서 그 자를 잡아 목을 베셨더라면 아무 문제가 없었을 것입니다. 하지만 폐하께서 그 일을 사법기관에 넘겨 처리하게 하신 이상 사법기관의 의견을 존중하셔야 합니다. 정위는 법 집행의 본보기이기 때문에 법 집행이 공정하지 못하면 천하의 모든 법관들이 그대로 따라할 것이고, 그렇게 되면 백성들이 어찌 할 바를 몰라 원성만 가득 찰 것입니다. 「장석지 풍당열전」

문제는 마음이 언짢았지만 장석지의 뜻에 동의하는 수밖에 없었다. 법은 비록 황제가 제정하였지만 황제라도 일반 백성들과 동일하게 그 법을 준수해야 한다는 장석지의 외침이 지금도 귓전에 울리는 듯하다.

법치주의는 쌍방통행이어야 한다.

고시공부를 할 때부터 지금까지도 선뜻 이해가 가지 않고 의아하게 느껴지는 법률규정이 있다. 똑같이 기간을 준수하라는 규정인데 법원이나 행정부 등에 대해서 규정한 것은 이를 지키지 않아도 아무런 문제가 없고 국민에게 요구한 것은 하루만 늦어도 가차없이 권리행사의 기회를 박탈하는 제도이다.

예컨대 헌법재판소법(38조)이나 민사소송법(199조) 등에 보면 "헌법재판소는 헌법소원을 접수한 날로부터 180일 이내에 종국결정의 선고를 하여야 한다. 또 법원은 소송이 제기된 날로부터 5월 이내에 선고를 하여야 한다"고 되어 있다. 그런데 이 180일, 5개월 등은 법리상 훈시규정으로서 이를 지키지 않더라도 부적법한 것이 아니어서 아무런 문제가 없는 것으로 운용하고 있다. 그리고 실제로 소송을 제기한 국민입장에서는 제때 판결이 선고되어 신속한 권리구제를 받는 것이 절실히 요청됨에도 판결선고 기간을 훨씬 넘어서(심지어 몇 년이 지나서) 선고하는 예가 비일비재하다.

국회의 경우도 마찬가지이다. 예컨대 헌법(제54조)에는 국회는 회계연도 개시 30일 전까지 예산안을 의결하여야 한다고 되어 있지만 이 기간을 지키는 경우는 거의 없다. 이런 예는 행정부, 법원, 국회 등 관련 법률에 많이 있다. 반면 행정소송 등은 공권력에 의한 기본권 침해가 있음을 안 날로부터 또는 행정청의 잘못된 처분이 있음을 안 날로부터 각각 90일 이내에 제기하여야 한다고 규정하고 있다. 그런데 이 경우 90일의 기간은 법리상 이른바 효력규정으로서 특별한 사유가 없는 한 하루만 늦어도 소송을 제기하지 못하는 것으로 운용하고 있다. 똑같이 일정한 기간 내에 하여야 한다고 되어 있어도 어느 경우는 훈시규정이므로 이를 지키지 않아도 되고 어느 경우는 효력규정이기 때문에 지키지 않으면 불이익을 받도록 하고 있다. 그리고 그 판단은 공권력의 주체(법원 등)가 하도록 하고 있다. 사실 국민들은 훈시규정이니 효력규정이니 하는 말장난 같은 법리法理에는 별 관심이 없고 똑같은 기간(날짜)을 상대방인 국민들에게만 불리하게 해석하는 권력기관의 횡포를 이해할 수 없을 것이다.

이처럼 권력을 행사하는 측에서는 지키지 않아도 아무런 문제나 책임이 따르지 않는 반면 상대방인 국민에게만 준수를 요구하는 제도나 법의 운용은 고쳐야 한다. 법치주의는 일방통행이어서는 안 된다. 국민에게만, 약자에게만 일방적으로 준법을 강요하는 것은 진정한 의미의 법치주의가 아니다. 권력을 행사하는 측에서도 헌법과 법률이 정한 절차에 따라 권한을 행사하고 잘못된 법 집행에 대해서는 책임을 져야 한다. 법치주의는 국민과 국가기관 모두가 준수하는 쌍방통행이 될 때 비로소 공정한 사회의 토대가 될 수 있다.

우리 주변에는 사회적 약자, 소수자그룹, 소외계층 등이 많이 있다. 우리 헌법은 모든 국민에게 인간다운 생활을 할 권리, 사회보장 등 국가의 보호를 받을 권리, 행복을 추구할 권리 등을 기본권으로 보장하고 있다. 따라서 국가가 이들 사회적 취약계층을 배려하는 것은 정부의 시혜적 차원이 아닌 국민의 기본권리이자 국가의 의무이기도 하다. 사회적 약자의 눈물과 한숨을 담아내지 못하는 법은 제대로 된 법이 아니다. 실정법을 어기면서까지 불법 행동을 할 수밖에 없도록 하는, 약자에 대한 배려가 부족한 법제는 제쳐 둔 채 그들의 행위에 대해서만 엄격한 법 집행을 요구하는 것 역시 헌법의 정신과 정의관념에 부합하지 않는다.

고대 그리스의 정치가(입법가)이자 철학자인 솔론은 피해를 입지 않는 자가 피해를 입은 자와 똑같이 분노할 때 정의는 실현된다고 말했다. 솔론과 현자 아나카르시스의 다음 대화는 만고의 명언으로 남았다.

> 내가 법을 만드는 것은 법은 위반하는 것보다 지키는 것이
> 유리하다는 것을 가르쳐 주기 위함일세. (솔론)
> 모르는 소리 마십시오. 법률은 거미줄과 같습니다. 약한 놈
> 이 걸리면 꼼짝 못하지만, 힘이 세고 재물을 가진 놈이 걸리면
> 줄을 찢고 달아나 버립니다. (아나카르시스)

『플루타르코스의 영웅전(솔론전)』에 나오는 장면이다. 오늘 우리의 사법체계의 역할과 법 집행의 현실을 반추하면서 어느 것이 옳은지 판단해 보시기 바란다.

헌법적 차원에서 본 대한민국의 건립의 정통성

터키의 역사로 본 건국

터키정부는 1952년 '터키공화국 건국 1400주년' 기념행사를 가졌다. 케말 무스타파 아타튀르크가 공화국을 건설한 것은 30년 밖에 되지 않았고 오스만투르크가 세워진 것은 1299년이므로 그때부터 계산해 봐도 650년 밖에 지나지 않았다. 1952년부터 1400년 거슬러 올라가면 AD 552년이 된다. 중국 역사서『자치통감』에는 AD 552년에 돌궐의 수장인 토문土門이 유연柔然을 격파했고 유연의 수장 두병가한頭兵可汗은 자살했다고 적혀 있다. 돌궐이란 투르크(터키)족을 말한다. 돌궐은 흉노의 일파로서 사마천의『사기』에는 정령丁靈으로 언급된다. 돌궐은 몽골계 민족인 유연에 속해 있었으나 AD 552년 토문(이리가한)이 유연을 격파하고 독립했기 때문에 터키는 그해를 건국의 해로 본 것이다. 그렇지만 그 장소는 현재의 아나톨리아에서 멀리 떨어진 중앙아시아의 알타이 산맥 부근이었다.

흉노로부터 시작한 터키족은 돌궐족, 위구르족으로 이어지고 그들의 일파가 다시 서쪽으로 진출해 아나톨리아 반도에 정착하여 셀주크투르크 제국, 오스만 제국에 이어 1924년 오늘의 터키공화국을 건설했다. 때문에 터키에서 국사는 영토사가 아니라 흉노로부터 시작하는 민족사를 의미한다. 반면 현재 터키 국토인 아나톨리아 반도에서 명멸했던 히타이트, 우르라트 왕조, 프리기아 왕조, 사산조 페르시아, 비잔틴 제국의 역사는 세계사로 간주하고 가르친다.

단국조선 개국년—대한민국의 시원始原

중국의 황허문명보다 앞선 BC 4500 ～ 3000년 경 중국 내몽골자치구 적봉시 홍산을 중심으로 당시로서는 고도로 발달된 홍산문화가 한韓민족의 원형인 동이족에 의해서 꽃피었다. 이러한 문명의 터전 하에 우리 한민족은 BC 2333년(중국 요임금과 동일한 시기) 단군왕검이 아사달에 도읍을 정하고 국호를 조선이라 하여 나라를 세웠다. 이는 『삼국사기』와 더불어 우리 고대사의 기본사서인 『삼국유사』에 명문으로 기록된 사실史實이다. 단군왕검에 의한 고조선의 개국을 한낱 신화적 사실로 치부하고 이를 부인하는 것은 중원중심주의에 바탕한 사대주의 사관과 식민사관에 세뇌된 자기비하의식의 발로이다.

자국의 역사를 국수주의적 시각에서 바라보는 것은 세계 모든 국가의 공통된 현상이다. 기존의 역사는 새로운 기록과 유물이 밝혀질 때까지 유효한 극히 부분적인 삶의 기록이다. 최근에 이르기까지 계속해서 밝혀지는 홍산문화와 고조선에 관한 사료의 해석과 유물의 발굴은 고조선이 더 이상 신화 속 상상의 국가가 아닌 현실의 당당한 국가였음을 명확하게 보여주고 있다.

허베이성을 관통하는 란허濼河를 경계로 중국과 국경을 접한 고조선은 부여, 고죽국, 고구려, 예, 맥, 기자국, 위만국, 진번, 낙랑, 숙신, 옥저, 삼한 등을 거수국(제후국)으로 삼아 번성해 오다가 차차 쇠퇴하여 요동으로 밀려나면서 한반도와 만주일대를 중심으로 '열국시대'를 열게 되었다. 이어 고구려, 백제, 신라, 가야의 '사국시대', 발해, 통일신라의 '남북국 시대', 고려, 조선, 대한제국, 대한민국으로 연결되는 민족사적 정통성을 이어 왔다. 따라서 민족사적 시원에서 본 오늘의 대한민국의 개국년은, 터키가 돌궐족으로 불렸을 때, 몽골족의 일파인 유연으로부터 분리되어 독립한 때를 건국기념일로 본 것처럼 단군왕검에 의해서 고조선이 건국된 BC 2333년으로 보아야 한다.

헌법상 대한민국은 1919년에 건립되었다

일각에서는 이승만이 초대 대통령으로 취임한 1948년 8월 15일 대한민국정부가 수립됨과 동시에 대한민국이 건국되었다고 주장하면서 1948년 건국절 논란의 한 중심에 이승만이 서 있는 것으로 보고 있다. 그러나 1948년 8월 15일 건국절 주장과 이승만과는 전혀 관련이 없다.

1948년 7월 1일 국회의장 이승만은 국회 본회의에서의 발언을 통해 제헌헌법 전문 서두에 "기미년 3월 혁명에 궐기하여 처음으로 대한민국정부를 세계에 선포하였으므로 그 위대한 독립정신을 계승하여 자주독립의 조국재건을 하기로 함"이라는 문구를 넣어 달라고 요청한다(국회속기록 1, 348쪽). 국회는 이승만의 요청을 받아들여 특별위원회를 구성, 전문내용을 가다듬은 결과 같은 해 7월 7일 "유구한 역사와 전통에 빛나는 우리들 대한국민은 3·1 혁명의 위대한 독립정신을 계승하여"로 된 헌법전문 초안을 "우리들 대한국민은 기미 3·1운동으로 대한민국을 건립하여 세계에 선포한 위대한 독립정신을 계승하여"로 바꾸어 통과시켰다(국회속기록 1, 512쪽). 이어 그해 8월 15일 이승만은 초대 대통령으로서 행한 대한민국 정부수립기념사 말미에서 연호를 「대한민국 30년」이라고 함으로써 1919년 대한민국이 건국되었음을 명백히 밝혔다. 정부수립 후 발간된 첫 관보官報의 발행 연도와 호수도 임시정부를 이어받아 대한민국 30년 9월 1일로 표기했다. 또한 이승만은 이미 1919년 6월 '대한민국 대통령'이란 직함으로 일본, 미국, 영국, 프랑스 국가수반에게 서한을 보내 대한민국이 3·1혁명으로 건립되었음을 알리는 등 이미 수립된 국가의 대통령으로서 외교활동을 한 바도 있다.

이승만은 비록 장기집권을 위한 개헌과 부정선거로 헌정사에 오점을 남기기는 했지만 초대 대통령으로서 시종일관 대한민국이 1919년 3·1혁명에 의해서 건국되었고 1948년 8월 15일의 대한민국

정부는 1919년 수립된 대한민국 임시정부의 법통을 이어 받았음을 명확히 한 공로가 있다.

헌법전문의 규범적 효력

헌법전문은 헌법의 기본이념 내지 정신을 표출한 헌법의 근본규범으로서 헌법 본문과 마찬가지로 규범적 효력이 있다. 제헌헌법 전문에서 "3·1운동으로 대한민국을 건립"(대한민국 건립은 곧 건국을 의미한다)한다고 규정한 것은 대한민국 건국년이 1919년임을 국가의 최고법인 헌법에 의해서 국내외에 천명한 것이다. 그리고 1987년 10월 29일 개정된 현행 헌법 전문 서두에서 제헌헌법의 정신을 이어받아 "우리 대한국민은 3·1운동으로 건립된 대한민국 임시정부의 법통을 계승하고"라고 규정하고 있다. 이는 3·1운동으로 대한민국이 건국되었으며 현 대한민국이 바로 3·1 운동으로 건립된 대한민국 임시정부의 연장선상에 있음을 분명히 한 것이다.

한편 3·1 혁명으로 1919년 4월 11일 공포된 대한민국 임시정부의 첫 헌법인 "대한민국 임시헌장(같은 해 9월 11일 "대한민국임시헌법"으로 개정)"은 대한민국은 민주공화제로 하고 국토회복 후 만 1개년 내에 국회를 소집하도록 하여 대한민국의 국체와 정체를 명시하고 있다. 따라서 헌법적 차원에서 볼 때 대한민국은 1919년, 3·1 혁명에 의해서 건립되었다고 하는 것이 합당하다. 또한 그런 점에서 대한민국이 1948년 8월 15일 수립되었다는 주장은 헌법의 정신에 반대되는 것이다. 헌법은 국가의 근본법이자 최고법규이며 국민주권과 통치권 행사의 연원이다. 이제 건국절을 둘러싼 논쟁은 끝내야 할 때다.

반론에 대한 비판

1919년 건국설에 대해서는, 첫째, 독립선언만 하였지 국가로서의 실체가 없었다. 둘째, 국가의 3요소인 국민, 영토, 주권 중 특히 주권이 없어 헌법상 국가라 할 수 없다는 반론이 제기되고 있다.

(가) 첫째 반론에 대하여

주지하다시피 미국의 건국일은 1776년 7월 4일이다. 이 날에 식민지 13개 주 대표들이 모여 독립선언을 했다. 당시 미국은 아직 독립하지 못한 상태였고 영국과 전쟁 중이었다. 그럼에도 독립선언서 발표일을 건국일로 정한 것은 당시 그 영토에 살고 있는 사람들의 집단적 동의가 있었기 때문이다. 실제로 미국은 1783년 파리조약에 의하여 독립이 승인되고 1789년 9월 4일 헌법이 제정되고 공포되었다. 그 헌법에 의거하여 정부가 수립되고 조지 워싱턴이 초대 대통령으로 취임하였다. 그런데도 미국은 건국연도를 정부수립연도인 1789년이 아닌 1776년을 기준으로 하여 기념한다. [프랑스 역시 건국기념일을 프랑스혁명이 일어난 1789년 7월 14일(혁명기념일)로 정했다.]

우리나라 역시 민족대표 33인이 모여 독립국임을 선언한 1919년 3월 1일을 건국일로 하여야 한다. 따라서 3·1절은 건국절로 변경해야 한다. 1919년 3월 1일 독립선언은 우리민족 즉 대한국민의 집단적 동의하에 이루어진 것으로 보아야 한다. 그 후 우리의 끈질긴 독립투쟁으로 1943년 카이로 선언에 의해서 독립이 약속되고 1945년 8월 15일 해방을 거쳐 1948년 8월 15일 대한민국 정부가 수립된 것은 역사적 사실史實이다.

(나) 둘째 반론에 대하여

3·1 독립선언 당시 우리에게는 국민과 영토는 있었으나 주권이 없었다는 것이 일반적인 시각이다. 하지만 과연 그런가? 대한민국 임시헌법이 선언하는바, 대한민국은 주권이 모든 국민에게 있는 민주공화국이다. 따라서 당시에도 민주공화제를 전제로 하는 국민에게 귀속되는 권리로서의 주권, 즉 대외적 독립성과 대내적 최고성을 특징으로 하는 주권이 상징적이고 형식적이기는 해도 이미 존재하고 있었다고 보아야 한다. 다만 그 주권의 행사가 일본제국주의의 강압적 통치조직에 의해서 박탈된 상태였다(이때에도 임시정부가 연통제에 의하여 국내와의 연락망을 갖추었고, 대일선전포고 등을 했다). 그러므로 당시에 우리에게는 엄밀한 의미에서 주권보다는 통치권이 없었다고 말할 수 있다.

그 후 우리 민족은 이 통치권을 독립투쟁과 국제적인 승인 하에 쟁취했다. 그리하여 1948년 8월 15일 주권자로서의 국민이 위임한 통치권을 행사하는 대한민국 정부가 수립되었다.

이러한 상태는 현재 북한에 대한 실질적 통치권이 없는 것과 비슷하다고 할 수 있다. 현행 헌법 제3조에서 "대한민국의 영토는 한

반도와 그 부속도서로 한다"고 규정하여 북한지역도 대한민국의
영토임을 선언하고 있으나 현재 북한지역에는 통치권이 실효적으
로 미치지 않고 있는 상태와 같다는 것이다(실효적 지배의 결여).

대한제국의 성격

대한제국은 1897년 10월 12일부터 1910년 8월 29일까지 존속한
전제군주국으로서 사실상 조선왕조를 그대로 계승한 제국이다. 대
한제국 헌법인 「대한국국제」(1899년 선포)는 국가전력의 주체를 황제
로 보고 이에 따른 권력행사의 범위를 밝혀 두었기 때문이다(총9개
조). 기본권 규정이나 의회 제도 등이 없기 때문에 엄밀한 의미에
서의 근대적 의미의 헌법이라고는 볼 수 없다. 하지만 대한제국
헌법은 만세불변의 전제정치를 자주독립제국으로서의 의지로 국
내외에 천명했다는 점에서 큰 의미를 갖는다. 대한제국의 국기인
태극기와 대한제국이라는 국명은 현재 대한민국의 국기와 국명으
로 이어지고 있다는 점에서 민족국가적 연결성을 찾을 수 있다.

대한민국 임시정부 헌법에 의한 대한제국 계승

1919년 9월 11일 공포한 대한민국 임시헌법은 대한제국의 강토
는 구한국(대한제국)의 판도로 한다(제3조), 대한민국은 구 황실을 우
대한다(제7조)고 각 규정하여 대한민국 임시정부가 대한제국을 계승
하고 있음을 분명히 하고 있다.

대한민국 임시정부의 법통을 계승한 현 대한민국 역시 헌법적으로 볼 때 대한제국부터 이어지는 국가적 정통성을 이어받고 있는 것이다. 헌법조문을 통해서 살펴본다.

제헌헌법에 의한 임시정부 헌법의 계승과 일제강점기하의 각종 행위의 효력

① 먼저 제헌헌법 공포일을 1948년 7월 17일로 한 것은 조선 왕조 개국일인 1392년 7월 17일과 맞추기 위한 것으로서 그 민족사적 연속성을 강조한 것이다.

② 대한민국임시헌법은 광복 이후를 대비하여 일제강점기 하의 법률행위의 효력을 어떻게 볼 것인가에 관한 규정을 두고 있다. 즉 1919년 4월 11일 공포된 대한민국 임시헌장 제10조에 "임시정부는 국토회복 후 만 1년 내에 국회를 소집한다"고 하고, 이를 이어받은 대한민국임시헌법(1919. 9. 11공포) 제55조, 56조는 국토회복 후 1년 내에 국회를 소집하되 국회에서 제정된 헌법이 시행되기 전에는 본 임시헌법이 헌법과 동일한 효력을 가진다고 규정하고 있다. 이 규정의 취지를 요약하면 일제강점 하의 각종 행위의 효력을 어떻게 볼 것인가는 제헌헌법에 미루었다.

③ 이를 이어받은 제헌헌법 부칙 제100조는 현행법령은 이 헌법에 저촉되지 아니 하는 한 그 효력을 가진다. 이어 부칙 제103조는 제헌헌법 시행 당시 재직하고 있는 공무원

은 이 헌법에 의하여 임명된 자가 직무를 행할 때까지 계속 직무를 수행하도록 각 규정하고 있다. 따라서 일제강점기나 미군정하의 법령과 동 법령에 의해서 공무원이 한 행위의 효력은 헌법에 저촉되지 않는 한(특히 민사, 상사, 가족관계 등 일상행위) 모두 유효하고 연속성이 인정된다.

© 김정

제2부

미술인 김정

김정은 평생 아리랑을 화폭에 담아내기 위해 노력한 화가이자 국제규격 논문
27편을 발표한 연구자다. 화가이자 교육자로서 써내려간 글에는 한국 미술 교
육에 대한 그의 열정이 녹아 있다.

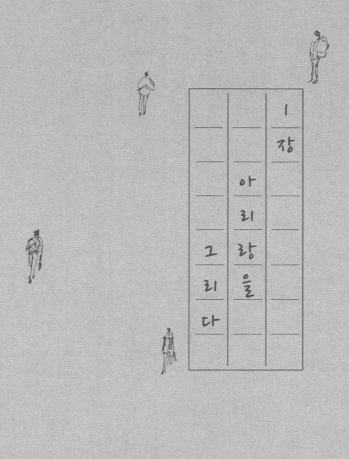

1장

아
리
랑
을

그
리
다

아리랑과 인연

나는 어릴 적 고모가 부르는 아리랑고개를 듣고 아리랑을 좋아하게 되었다. 그후 최전방에서 군복무를 할 때, 농사철이 되면 아리랑 소리를 멀리서 들으며 지냈다. 그 시절부터 아리랑에 이끌린지 58년이 됐지만 아직도 말로는 다 표현할 수 없는 뭉클함을 느낀다. 아리랑은 우리나라 고장 어디서나 전해오고 있다.

박민일 교수는 '아리랑은 한민족 정신의 힘줄기인 동시에 영원히 맥박할 우리의 정서요 사유요 행동거지'라고 말했다. 한편 정동화 교수는 아리랑에 '우리 민족의 끈기와 슬기, 낙천성의 원동력'이 담겨 있다고 했다.*

---

* 아리랑은 삶의 소리며 존재획득과 지속, 확인을 위한 소리다. 고향의 노래는 홍익인간의 바탕정신 和, 사랑의 노래는 광명이세가 지닌 明의 정신, 버팀과 이겨냄의 소리는 忍苦의 의지로써 한민족 정신의 원형 속에서 작용하고 있다. (박민일, 『아리랑정신사』, 강원대출판부, 2002, 45쪽, 정동화, 『인생은 끝없는 고개 아리랑을 부르며 넘자』, 선일, 1994, 39쪽 참고)

1960년대초 최전방 군복무 시절

다음은 내 작품 제목에 자주 등장하는 지역 몇 곳에 대해 쓴 것이다.

■ 정선아라리 : 강원도 정선 땅을 처음 가 본 것은 1967년이었다. 그때는 역 앞에 막걸리집이 몇 군데 있었다.

본격적인 스케치 겸 답사여행을 떠난 것은 1974년 운현궁 극단에서 허규 연출의 연극 '아우라지'를 관람하고 난 다음이었다. 정선 읍내는 활기가 있었다. 아리랑에 대한 홍보는 정선문화원 최문규 원장, 연규한 부군수 등이 애썼다. 아리랑 기능보유자들이 있었지만, 농사일을 하고 나서 짬이 있을 때만 노래하는 형편이었다. 당시 아리랑 명인 김병하 씨는 역 바로 앞의 제재소 안에서 다른 일은 하지 않고 노래만 부르며 살았기 때문에 기초생활이 어려워 보였다.

정선아리랑을 그곳 주민들은 '정선아라리'라고 부른다. 나는 정선아라리를 들으면 어떤 철학적 감흥이 가슴 속에서부터 나오는 듯하다. 노래가 요란하거나 흥겹지는 않지만 깊은 맛이 있다. 아마도 깊은 산 속의 적막과 그 속의 진저리나는 고독이 노래로 표현되고, 그 노래가 다시 삶의 힘으로 재생되는 청량제가 되어 나한테는 그렇게 느껴졌나 보다.

정선을 주제로 이어진 내 작품의 무대는 몰운대와 숙암계곡이다. 두 곳 다 멋진 기氣가 살아 숨쉰다. 서울에서 정선으로 갈 때

숙암을 보기 위해 나는 하진부를 경유하여 숙암으로 들어간다. 1980년대 초, 폐광 이후 정선의 경제는 매우 침체되어 있었다. 그래서 나는 일부러 정선 읍내에서 막국수와 순대국밥을 사먹고, 주유소에서 기름도 넣고, 시장에서 당귀를 비롯한 나물도 샀다. 그러나 요즘은 허리 디스크 때문에 내가 먼 길을 갈 수가 없다. 정선에 자주 못 가 안타까울 뿐이다.

『정선 아리랑』

눈이 올라나 비가 올라나 억수장마 지려나
만수산 검은 구름이 막 모여 든다
아우라지 뱃사공아 배 좀 건네주게
싸리골 올동박이 다 떨어진다
아리랑 아리랑 아라리요
아리랑 고개 고개로 날 넘겨만 주오

■ 진도아리랑 : 전라남도 진도는 말 그대로 보배섬이다. 옛날부터 군사적 문화적으로 중요한 곳이었다. 진도아리랑은 정선아라리와 뒷맛이 상통하는 묘한 흐름이 있다. 경상도 밀양아리랑과는 또 다른 맛이다. 정선 땅이 사방으로 막힌 산이라면 진도는 사방이 뚫린 바다로 지형이 대조적이다. 농산물과 수산물이 풍부한 진

강원 정선 아리랑4(1984)

진도 남도 석성 아리랑(2005)

문경새재 四季 아리랑2(2019)

도는 일손이 바쁘고, 정선도 농산물은 있어도 예전엔 소금이 없어 고생스러운 곳이었다. 진도는 바다 풍랑 때문에, 정선은 소금 구하러 준령을 넘는 사고 때문에 근심과 비극을 안고 살아왔다. 그래서 두 곳 모두 근심을 풀기 위해 굿과 춤이 있다. 아리랑도 그와 같은 것이다.

진도는 정선과 문경에 비해 삶의 방식이 다양하다. 육지와 해상에서의 생활을 겸하기 때문에 활기가 있다. 탁 트인 앞바다는 율동과 변화가 있는 반면, 정선과 문경, 영천은 막힌 산 속으로 고요한 침묵이 흐른다.

나는 진도, 문경, 정선 등의 녹색 들판에 완전히 매료되었다. 일찌기 예술혼을 불사른 허소치의 운림산방을 비롯해, 지산면의 진돗개, 강강술래, 아름다운 여러 섬 등은 진도의 노래가락과 어울리며 잘 맞는다. 거기에 아리랑 가락이 리듬감 있게 들려올 때면 내 영혼은 주체할 수 없이 그 속에 빠져 들어가곤 했다.

> 아리 아리랑 스리 스리랑 아라리가 났네 에헤헤
> 아리랑 응응응 아라리가 났네
> 문경새재는 웬 고갠가
> 구부야 구부구부 눈물이로 구나
> 아리 아리랑 스리 스리랑 아라리가 났네 에헤헤
> 아리랑 응응응 아라리가 났네
> 청천 하늘에 잔별도 많고
> 요내 가슴 속엔 희망도 많다

■ 문경새재 아리랑 : 문경 아리랑의 명인 송영철이 부른 가사에 문경새재가 나온다. 70년대 초 서양화 그룹인 '앙가주망' 멤버들과 매년 1~2회 전국을 찾아 스케치 여행을 할 때 문경도 가려고 했다. 하지만 그때는 숙박과 교통이 어려워 인근의 점촌에서만 묵고 귀경했다. 그 후 90년대 들어서 혼자서 문경을 가 본 적이 있다. 문경의 지형과 역사와 아리랑에도 나는 남다른 애정이 있다. 근래엔 문경 아리랑에 관해 지리적 · 인문학적 · 예술적 측면에서 다각도로 연구하고 있다.

아리랑을 연구하다

　우리는 매우 기쁠 때나 슬플 때면 어머니의 따사로운 정을 그리워하며 찾는다. 아리랑은 우리가 그렇게 어머니를 그리워 하듯이 모국을 그리워 하면서 찾아 부르게 되는 노래다.

　그런데 아리랑을 배우고 익히는 시스템은 허술하다. 전통교육이나 전통 문화승계 구조는 역대 정권 모두 허구로만 떠들어 왔다. 해방 75년 동안 대통령도 많이 거쳤지만 전통문화에 큰 관심을 가진 대통령은 없었다. 아리랑 소리꾼은 각 고장 축제 때 경연대회 형식으로 선발하거나 전통문화 전수관에서 양성되고 있기는 하다. 그러나 이런 활동도 관심과 예산이 부족해 활발치 못한 편이다. 또 아리랑을 잘 아는 교사가 부족해 학교 교육에서도 서양음악에 밀리고 있다. 매우 중요한 것인데도 그 중요한 부분을 소홀히 하

세계아리랑 세미나1   세계아리랑 세미나2

게 되는 묘한 '이중구조'를 가진 한국인 특유의 정서* 때문이기도
하다. 그렇다고 내버려두면 아리랑은 이어지기 어려운 위치에 있
다. 내가 아리랑에 애정을 갖는 또 다른 이유는, 아리랑은 보호·육
성 되어야 하고 국민 문화적으로 발전시켜야 한다고 생각했기 때
문이다.

　그래서 관련 단체에 오래 봉사했다. 근래 다시 현대적 관점에서

---

* "가장 중요하면서도 가장 소홀하게 취급하는 양면적 정서구조다. 먹는 일이 중
　요한데 '그까짓 먹는 걸 갖고 뭘…' '대충 때운다' 등이다. 가스집에서 '안전수칙
　은 무시되는', '내가 정치하면 절대 부정 없앤다'고 했던 정치인도 여야 없이 부
　패정권의 대명사가 됐다. 지하철사고 건물붕괴 등 한국에서 유난히 많은 이유도
　양면성과 관련 깊다. 한편 언어에서도 울퉁불퉁 이리저리 등 이중구조를 선호하
　고, 맹물도 '물맛 좋다', '입에 딱 붙는다' 등 한국인만이 쓰는 표현특징 정서다.
　외국인은 이해 못한다. 한국인만이 특이한 이중적 구조를 갖는다."(「한국인 표
　현 행위 기질과 예술적 심성에 관한 연구〈Ⅱ〉 兩面的 정서 감각의 源流탐구를
　중심으로」, 김정, 造形敎育 11집. 한국조형교육학회. 1995 참조)

재조명 하자는 취지로 박민일, 김정, 김선풍 교수와 아리랑 전문가 20여 명이 모여 범세계적 아리랑 모임을 창립하기로 했다. 그후 '세계아리랑 연합회'가 2003년 1월 22일 창립, 기념학술대회를 갖고 새로이 출범했다.

'세계아리랑 연합회'는 공신력을 바탕으로 김선풍, 김정, 김오성 3인 공동대표제로 하고, 장차 설계와 연구는 학술·예술을 통해 발전시켜 갈 예정이었다. 그러나 내부 행정 임원의 금융사건으로 결국 해산되었다. 필자가 수습하느라 작품으로 해결했던 가슴 아픈 일이었다.

30~40대 때 아리랑에 빠져 회화 작업을 했다.

각 지역 아리랑과 더불어 시조를 공부하기도 했다.

문경새재와 아리랑소리꾼 송영철

문경새재는 경상도와 충청도를 연결하던 험준한 새재로 많은 사연을 간직한 고개다. 경상도 영천, 밀양아리랑과 더불어 문경새재 아리랑도 한국인의 가슴을 저리게 했던 고갯길 노래다.

45년 전 내 수첩에 기록된 경상북도 문경새재의 야외스케치 여행 중 있었던 얘기 한 토막이다. 당시는 문경새재를 가려면 교통과 숙박 등 체류날짜를 여유 있게 잡아야 했다. 그 시절 여행을 즐기셨던 장욱진, 이만익, 최경한 등 필자를 포함한 회원 아홉 명이 동행했다.

그림 작업하는 화가들은 추상이건 구상이건 일단은 스케치 대상을 많이 접하고 그려봐야 한다. 그래서 다양한 실물을 경험하는 자세가 중요했다. 산천초목이나, 인간모습 등도 모두 작가의 관념에 따라 추상이나 구상표현으로 창작되는 것이다.

서양화 그룹 회원들과 완도 스케치 여행 중 김 건조대 앞에서. 1970년대 서양화 그룹 '앙가주망회' 소속으로 전국에 스케치 여행을 하던 시절 문경새재도 갔다. 가운데 장욱진, 왼쪽으로 김정, 최경환, 오수환, 박학배, 오른쪽은 박한진, 이만익, 이계안.

1975년 늦여름 더위가 남아있던 9월초, 일행은 서울 시외버스터미널을 출발하여 점촌에서 하룻밤을 지냈다. 이튿날 문경으로 이동, 제1관문을 향해 걸어 들어가는 것만으로도 많은 시간이 걸렸다. 주흘관 앞으로 걸어가면서 주변을 살펴봤지만, 인적이 없어 고요한 적막이 흐르고 있었다. 우리 일행은 제각기 흩어져 스케치북에 끄적거리기도 했지만, 새소리만 들릴 뿐 워낙 조용해서 새재를 넘으려는 의지가 약해졌다. 힘들 때 음료라도 마시며 넘어야 하는데, 산길에 가게도 없거니와 적막 속에 기나긴 고갯길을 끝없이 걸어 넘어 간다는 건 어려운 일이었다. 그때는 모두 포기하고 그 자리에서 쉬다가 온 것으로 기억한다.

다음 기회에는 준비를 단단히 하고 제3관문까지 찬찬히 보며 감상키로 논의했었다. 내가 제일 관문 근처를 관찰하고 돌아오던 중에 오른쪽 근처 아랫쪽에서 들릴락 말락하게 콧노래 같은 소리가 들려왔다. 조용한 주변에 사람의 목소리를 들으니 귀가 번쩍해서 그쪽으로 가서 찾아봤다. 잠시 조용하다가 멀리서 또 소리가 들렸다. 다시 소리 났던 방향으로 한참 가보니 한 중년 노인이 흥얼거리며 밭일을 하고 있었다. 다가가자 그분은 나를 보며 대뜸 누구냐고 묻는다. 종이를 들고 있는 내 모습이 뭔가 조사 나온 관리로 보인 모양이다.

"저는 그림 그리는 화가인데요, 이 고장 경치를 그려본다고 여러 명이 찾아왔다가 힘들어서 돌아가려던 중에 아리랑 노래 소리가 좋고 반가워서 잠시 와봤습니다."

"어, 허허허."

"이 고장의 아리랑 노래 같네요. 제가 아리랑을 미칠 정도로 좋아합니다. 앞부분만 살짝 조금 더 들었으면 감사하겠습니다만, 제가 군대생활을 강원도 최전방에서 할 때, 농사철이 되면 멀리서 들려오는 농부아저씨 노래가, 들을 수 있는 유일한 노래였어요. 그 후 아리랑 연구로 그림작업을 평생하려고 노력하고 있습니다."

"아 ~ 리라앙 아 ~ 리라앙 아 라 리 요오~~ 아리랑 고개로 날 능겨주소오."

"감사합니다."

그의 리듬과 꺾여 넘어가는 굴절의 구성은 그야말로 문경 고개의 풍경을 그대로 살려낸 리얼리티 회화 같았다. 일하는 모습과

흐르는 리듬과 감정이 하나로 뭉쳐진 자연스러운 인간의 모습이었
다. 그의 모습을 재빨리 끄적여 보았다. 내가 화가라고 말해서 그
런지 잠깐동안 행동을 편안히 해주셔서 일단 그 순간을 스케치로
남길 수 있었다.

송영철 선생

최근 권오경, 최은숙 공저의 『송영철과의 만남』(문경시 刊)을 보고 깜짝 놀랐다. 송영철 할아버지가 바로 내가 45년 전 잠깐 만나 스케치했던 그분이었기 때문이다. 당시 나는 할아버지를 처음 뵈었을 때 "존함이 어떻게 되신지 여쭤봐도 되는지요?"라고 여쭸으나, "하하하, 난 송씨요. 그저 아리랑이 좋아 저절로 나오는 걸 우짜겠소"라는 대답만 들었을 뿐이었다. 그래서 그의 이름을 정확히 알지 못하고 있었다. 그리고 이것이 송영철 님과의 처음이자 마지막 대화였다.

　내가 아리랑에 관심을 갖고 제대 후 정선, 문경, 영천, 진도를 찾으면서 지역 환경 및 아리랑 정서를 회화 작업을 통해 풀어 낸 세월도 어언 57년이 되었다. 앞서도 이야기했지만 아리랑을 부르던 소리꾼들은 모두 힘겹게 생활했다. 1967년 정선에 처음 찾아갔을 때 김병하 명창도 역전 목재소 안 작은 방에서 힘들게 살다가 몇 해 뒤 정선아리랑 경연대회에서 1등을 했다. 그 후로 형편이 좀 나아졌는지 버스터미널 앞 아파트로 옮겼다. 말년에 그는 정선의 수도관리사무소 직원으로 근무했고, 그 숙소에서 나도 하룻밤 같이 자면서 밤새 아리랑을 부른 적도 있다. 모두들 가난하게 살면서도 아리랑을 즐겨 부른 명인들이다. 고장마다 명인들이 모두 고인이 되었는데, 가는 세월은 막을 수도 없고 안타깝기만 하다. 아리랑에 애정으로 회화 작업을 평생 해온 사람으로서 아리랑 명인 송영철 님의 기록과 출간을 축하드리며 그의 아리랑에 남다른 애정이 숨어 있었음도 고백해본다.

　한편 권오경, 최은숙 공저에서 신동철 향토사연구소장은 문경아

문경새재길 아리랑(2019)

리랑을 아래와 같이 소개했다.

'문경새재가 유일한 관도로 개통되고, 팔도의 등짐장수들이
각 지역의 특산물을 등에 지고 반드시 새재를 넘어야 했다. 그
리고 청운의 뜻을 품은 선비들도 모두 이 고개를 넘어야 했다.
이들이 등짐장수이건 아니건 이 고개를 넘으면서 그 고생, 그
한을 풀었던 노래가 바로 문경새재 아리랑이다.'

문경새재 아리랑(2018)

문경새재 四季 아리랑3(2019)

문경새재 아리랑(2019)

문경 마성면 스케치(2019)

아리랑을 그리다

아리랑은 한국인의 비유에서 최저와 최고의 양극을 왔다갔다 한다. 필자가 조사해 온 한국인의 이중적 구조와 맞는 논리다. 아리랑은 '아리랑치기범'처럼 가장 비천한 일에 비유되기도 하고 한국을 대표하는 '으뜸'의 상징이기도 하다. 이는 한국인의 독특한 양면성을 나타내는 우리 특유의 문화다. 시장 뒷골목에 엉터리로 지은 아리랑 대포집이라는 상호부터 아리랑 하우스처럼 고급 레스토랑의 이름까지 다양한 층위에서 사용된다. 그러한 정서는 이미 아리랑 고개를 통해 누구에게나 친숙한 이름이 되어 버렸다.

아리랑고개는 우리문화요, 삶이요 희망이요 고향인 것이다. 구불구불 언덕으로 넘어가면 다시 구불구불 내리막길이다. 오르막과 내리막길의 양면성에 친숙한 한국인 정서는 자연스레 이중성 구도, 혹은 양면성이 익숙하다.

시카고 아리랑 초대권

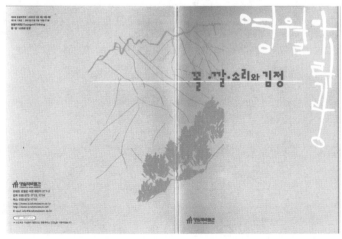

영월 아리랑 전시 도록 표지

SYMBOL OF KOREA

주미한국대사관문화원초청 아리랑세계문화유산등재기념 – 아리랑특별초대전

KIM JUNG

Washington Arirang
김정 – 워싱턴아리랑

MAY 30 - JUN 6, 2013
주미한국대사관문화원 갤러리

www.koreaculturedc.org
www.Facebook.com/KoreaCultureDC
www.Twitter.com/KoreaCultureDC

세계문화유산 등재 기념 미국 워싱턴 초대전
워싱턴 아리랑 포스터

세계문화유산 등재 기념 국내 초대전 겸재 미술관 포스터

동네 고개 언덕마다 아리랑 고개가 있다. 성북구 돈암동과 정릉을 잇는 '아리랑 고개'만 아리랑 고개가 아니다. 불광동에도, 포천에도, 강원도에도 있고, 전국 곳곳에 아리랑 고개가 있다. 우리가 밟고 넘은 고개는 모두 아리랑고개다.

유럽의 고개와 언덕은 개별적 이름이 있다. 한국은 앞에 있는 건 앞산이요, 뒤에 있는 건 뒷산이다. 누구의 산도 아닌 우리 모두의 산이요 언덕이다. 이 언덕이야말로 4천만이 울고 웃으면서 넘는 아리랑고개인 것이다. 언덕 주변에는 향긋한 솔냄새로 우리를 맞아주는 소나무가 오르막과 내리막을 오가는 나그네를 반긴다. 어떤 소나무는 사람의 형상처럼 손 흔드는 듯한 느낌을 주는 다정한 소나무도 있다.

이러한 다정한 우리의 아리랑 고개 주변 소나무 풍경은 유럽이나 미국에는 없다. 독일이나 미국 소나무는 전봇대처럼 솟아 크기를 자랑하는 듯한 모습이다. 아리랑 고갯길은 한국 풍토에 맞게 자연스레 만들어진 길이요, 노래다. 나도 그 길을 따라 전국을 수없이 넘어 다니고 느끼며 50여년을 같이 지냈다. 내 기억으로는 경북의 문경고갯길이 힘들었다. 강원도 정선—평창—영월군 경계인 비행기재 고갯길, 전남강진 다산초당길 등등 수없이 많은 아리랑 고갯길을 찾아다니기도 했다. 그때마다 나는 주변의 소나무를 쳐다보면서 위로와 행복을 느끼며 아리랑을 그려왔다.

독일 남쪽의 휘센(Fuessen)에 있는 고성古城 노이슈반스타인(Neuschwanstein)은 높은 산 위에 있다. 관광객은 마차를 타고 고개를 올라가 본다. 가는 도중 주변은 알프스 풍경인데 우리 풍경이 주

는 정서와 다르다. 소나무도 흔치 않고, 꼿꼿이 정돈된 나무들이
라서 지루한 느낌이다. 우리처럼 정다운 소나무가 반겨주는 정은
없다.

  우리의 아리랑은 그저 민요이기만 한 게 아니라 우리의 산하이
자 핏줄, 맥이요, 정신이며 아름다움이다.

부산 아리랑4(2000)

능내 다산 아리랑3(2000)

2장

화가 이야기

나의 스승

세상을 살아오면서 누구나 주변의 많은 분으로부터 가르침을 받는다. 중고교 시절, 나는 그저 철없이 지냈다. 고3부터 고생하며 스승의 은덕을 새기기 시작했다. 나는 다섯 분의 잊을 수 없는 그림 스승을 모셨다. 내 팔자소관인지는 몰라도 유난히 가시밭길을 걸어 온 탓에 스승의 힘이 컸다.

이철이

첫 번째 스승은 이철이(李哲伊, 1909~1969) 님이다. 이철이 님은 중고등학교 미술반에서 나를 용광로에 쇳물 녹이듯 훈련시키느라 침식을 같이 하실 정도였다. 이 선생은 강원도 횡성 분으로 일본 태평양 미술학교 출신이다. 몸집은 작고 무뚝뚝한데, 목소리는 크고 한손에는 늘 몽둥이나 막대기를 들고 계셨다. 보통 체육선생님이나 몽둥이 또는 막대기를 들고 다니는데, 미술선생이 갖고 다니는 건 좀 드문 일이다.

박고석

두 번째 스승은 박고석(朴古石, 1917~2002) 님이다. 고교 시절부터 대학 재학 때까지 내가 수많은 갈등으로 우왕좌왕할 때 선생은 평양식 말투로 내게 이렇게 말씀하시곤 했다.

"야, 기리니끼니 구림은 구려야디, 속이 편치않갔써."

선생은 훌륭한 지도로 내가 화가의 길을 가도록 붙잡아 주셨다. 박 선생은 평양미술학교와 일본 태평양 미술학교출신으로 결단력이 강한 분이셨다.

세 번째 스승은 최덕휴(崔德休, 1922~1998) 님이다. 경희대에서 뒤늦게 만났지만, 화가 이전에 국가관 훈육지도자 같았다. 광복군 출신다운 면모의 미술가였다. 미래 국가관에서 청소년 미술 교육에 남다른 애정을 갖고 6·25 전쟁 후 최초로 중고생 미술대회를 개최한 분이다. 내가 대학원 졸업논문을 썼을 때 나에게 이렇게 말씀하셨다.

"내가 우리 대학 석사 졸업논문을 끝까지 읽고 검토해 본 건 자네 것이 처음일세."

아마도 경희대 미술학과의 석사
과정 첫 번째 졸업논문이라 신경
쓰신 모양이다. 최 선생은 화가며
교수로 교육현장의 독립투사 같은
뜨거운 분이다. 국제미술교육협의
회(INSEA) 한국이사장을 30여 년간
하시다가 작고하기 수 년 전에 나
를 후계자로 지명하셨다. 내가 인
수받은 후에는 얼마 지나지 않아

최덕휴

사단법인 말소 행정 정리를 해드리기도 했다. 이때 나에게 미리
유언을 전하기도 하시며 많은 말씀을 해주셨다. 성미가 불같은 분
이고 강한 모습만 보이는 것 같아도 나를 만날 때는 다른 모습을
보이시기도 했다. 노환과 독특한
성격으로 고독하셨는지 나를 만나
면 가끔 눈물을 보이셨다. 그만큼
선생과 나는 사제지간의 정이 각
별했다.

네 번째 스승은 '앙가주망' 그룹
전 시절의 장욱진(張旭鎭, 1917~1990)
님이다. 하늘, 땅, 인간 그리고 술
이 장 선생의 전부다. 그림에 바
로 그런 삶이 그대로 표현된다. 그

장욱진

의 그림을 보면 볼수록 꿈과 환상과 현실이 맴돌며 되살아나는 느낌이다. 그룹여행에 수십 년 동행하며 평생 그렇게 사시는 모습을 지켜봐 왔다. 맨몸으로 욕탕까지 들어갈 만큼 가족처럼 지냈다.

힐다 잔트너

다섯 번째 스승은 나의 마지막 스승이다. 바로 가장 늦게 만난 독일의 원로화가 힐다 잔트너(H. Sandtner, 1919~2006) 님이다. 독일의 아우크스부르크대학 석·박사 공방작업과정의 지도교수로, 불같은 열정과 얼음같은 냉정이 겸비된 분이다. 본인 스스로에게는 잔인할 만큼 인색하고 검소하다. 그러나 작업할 때나 남을 도울 때는 주저하지 않는다. 잔트너 교수의 엄청난 작업량에 나는 언제나 감동했다. 쉴 때는 자연 속에 앉아 사색하신다. 항상 가방 속에 우표를 넣고 다니며 통근 기차 속에서 몇 줄 편지를 써 역전 우체통에 넣는다. 시간 약속은 칼날처럼 정확하게 지키는 분이지만 제자 사랑은 어버이 사랑처럼 한없다. 어느 날엔가 학교 앞에 있는 내 방에 갑자기 들러 '담배 끊으라'며 건강도 챙겨 주셨다. 잔트너 님은 뮌헨 미술대 출신으로 아우크스부르크대학 교수로 정년퇴임 후 민델하임 시립미술관장을 역임하셨다. 나는 독일에 체류하고 있을 때 그의 제자이자 양아들로 지내며 신뢰와 정확성을 배웠다.

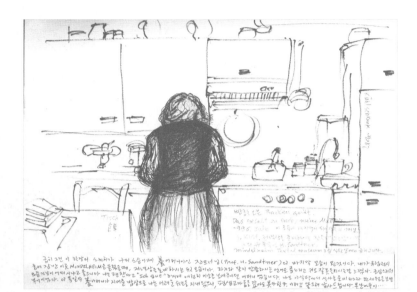

잔트너 교수께서 저녁을 준비해주시다.

　이제 나도 어느새 팔순이다. 나의 스승 다섯 분은 모두 저 세
상으로 가셨다. 나 역시 제자를 길러낸 세월이 많이 흘렀다. 내
가 젊었을 때 은혜 받았던 다섯 분 스승의 큰 덕을 거울삼아 나
역시 제자들에게 그대로 물려줬는가를 자주 반성해본다. 세상은
이래서 돌고 도는 인생이다.

다섯 스승을 기억하며 만든 작품인 李朴崔長San 아리랑(2014)
왼쪽부터 이철이, 박고석, 최덕휴, 장욱진, H. 잔트너.

이웃과 친구들

　나의 친구나 이웃들은 모임 성격상 대략 몇 부류가 있다. 지금은 체력이 안 돼 활동 범위가 줄었다.

　첫 번째 부류는 미술 관련 작가들이다. 전시활동과 작업을 해오며 만난 기간이 60년이나 되니 자연스레 그렇게 되었다. 나의 스승인 화가부터 나의 제자들인 젊은 작가에 이르기까지 층층이 많다. 세월은 흘러 스승화가 그룹은 한 두 분씩 모두 타계하셔서 슬픈 소식만 접해 마음이 아프다.

　두 번째 이웃은 문인들이다. 중학 시절부터 시를 쓰기도 했고 지금도 문학지를 구독할 만큼 내가 문학을 좋아하기 때문이다. 시집과 소설의 표지와 문예지의 삽화도 그려본 터라 문인들과의 교분은 오래되었다. 게다가 내 아내도 아동문학가이니 주변에 문인이 많을 수밖에 없다.

세 번째 부류의 이웃은 음악애호가들이다. 아리랑에 미쳐 있는 나에게 신문에서는 아예 '아리랑 화가'라는 별명을 붙여주었다. 술자리에서 적당한 시간이 흐르고 나면 으레 친구들이 부추긴다.

"김 교수, 정선아리랑 한번 불러보소."

아리랑 뿐만 아니라 흘러간 가요도 좋다. 팝송과 가요의 동호인 모임인 '노사모'도 이것이 뿌리이다. 특히 필자가 유심초의 「사랑이여」, 나훈아의 「영영」을 독일어로 번역해 기타로 몇 줄 켜면 주변 친구들이 좋아했다. 특히 유심초 노래는 경쾌해서 독일인들도 좋아했다.*

네 번째는 전공학회를 비롯한 학술적 모임의 친한 지인들이다. 80년대 석사논문들을 보면서 학회가 착실히 성장해야 한다는 것을 뼈저리게 느꼈다. 그 때에는 이 사람이 쓴 논문내용을 다시 저 사람이 베끼는 식이었다. 당시 대학원 논문을 심사하는 교수 중 상당수가 논문집필이나 연구를 해보지 않아 논문 심사도 엉성했다. 그런 학위논문이 대부분이여서, 그 논문이 그 논문이었던 시절이었다. 그래서 나와 뜻이 맞는 몇몇 교수들과 석·박사 출신의 젊은 제자 강사들과 모여 논의를 거듭했고, 독일을 모델로 연구학회

---

* '노래를 사랑하는 모임'은 1994년 생겼다. 회사원, 사업가, 작가, 화가, 원장, 교수, 의사, 교사 등 팝송매니아들이라고 볼 수 있다. 내가 가수 유익종 팬 후원회장을 한때 맡기도 했다. 지금도 그의 콘서트에는 가끔 참석한다. 이연실도 몇 번 만났다. 이연실의 노래는 좀 다르지만 존 빼에즈를 연상케 한다. 어떤 때는 나나 무스쿠리 같은 묘한 애수를 느낀다. 이연실의 노래는 자존심이 강하면서도 인간적이다. 배호 손인호 고운봉 박일남도 좋은 가수들이다. 90년대엔 필자가 유심초의 허락을 받고 '사랑이여'를 독일어로 번역해 한국−독일을 왕래하며 부르면서 양국의 정서를 음악으로 이어져간 숨은 일화도 있었다. 요즘은 국악 재즈를 하는 Stone Jazz를 좋아한다.

를 만든 것이 1983년 '미술전공학회'다. 국내 최초의 미술연구의 학술적 정식 학회인 '한국조형교육학회'의 창립(초대회장 김정)과 학회논문집 학회지 『조형교육造形教育』이 탄생하게 되었다. 36여 년간 좋은 논문을 꾸준히 발간해 온 '한국조형교육학회'에는 전국에 훌륭한 교수회원들도 많아졌다.

나는 지금 학회지 창간인으로서 원로고문이다. 1990년대에는 국제적 학술교류로 인해 일본의 나카세仲瀬律久 교수, 미국 캔트너(Larry A. Kantner) 교수, 독일 마이어(H. Meyer) 교수도 초청해 가까운 이웃이 되었다. '한국조형교육학회'가 이젠 국내외적으로 명성이 높다. 지난 2018년 여름엔 세계적인 국제미술교육학회(INSEA) 주최 학술대회를 한국의 경주에서 일주일간 진행한 것도 한국조형교육학회가 주도적인 역할을 했었다. 세계적 학회와 공동으로 실시하는 건 우연한 게 아니다. 고령으로 참석 못한 각국원로들의 영상축하 메세지가 있었고, 당시 나도 영상화면으로 축사를 보냈다. '한국조형교육학회'가 창립 30주년 기념으로 '김정 학술상'을 제정, 매년 국내외 우수논문 발표 교수를 선정, 시상하고 있다. 2020년이 6회째이다.

나는 청년 시절 공부를 잘하지는 못해 노상 2등 아래였다. 그러나 공부 아닌 사람끼리의 신뢰만큼은 누구 못지않게 소중하게 지켜왔다고 자부한다. 그러다 보니 늘 뒤쪽에 있는 나를 일부러 찾아 기억해 주는 사람들도 있었고, 나는 그 고마움을 늘 귀하게 기억하고 있다. 힘들 땐 혼자서 소나무를 찾아 쳐다보면서 나의 마음을 달래며 지내왔다. 그래서 지금도 소나무를 보러 산을 찾는 것을 좋아한다.*

　세상은 혼자 살지 못 한다. 이웃이 있으므로 사는 것이리라. 주변의 도움이 없었다면 나는 과연 존재할 수 없었을 것이다. 그 신세를 갚으려 늘 노력하며 평생을 살고 싶다.

---

*　소나무와 한국적인 문화를 남달리 사랑하는 김이환 선생은 만난 순간부터 솔내음이 났던 분이다. 나도 소나무에 미치다시피 해왔는데 우연히 그런 분을 만나 설명이 필요 없는 감동을 느꼈다. 그러나 개관 초기에 미술관 사정으로 나의 가슴 속 깊이 아픈 기억이 있었으나 지금은 다 잊고 오히려 친형님같이 더 존경하며 지낸다.

다시 볼 수 없는 사람들

흐르는 계곡의 물을 보고 있으면 '저 물은 뭐가 그리 바빠 그토록 쉬지 않고 밤낮 가야만 하는가…'라는 생각이 든다. 사람도 물처럼 계속 흘러 어디론가 먼 길을 가고 있다. 평소에 건강하시던 분의 뜻밖의 부음을 접하면, 나는 많은 생각을 하게 된다.

내가 만난 많은 분들이 다시는 볼 수 없는 먼 길을 먼저 떠나셨다. 사당동 예술인 마을에 새 집을 건축하신 장수철 선생 댁 방문하던 일도 생생하고, 이웃에 사시는 아동문학가 이원수 선생은 약주를 좋아하셔서 신신백화점 골목(일명 수정이네 막걸리) 술집에도 몇 번 동석했다. '고향의 봄' 작사자인 이원수 선생은 내 막내 여동생 결혼 주례를 서주시기도 했다. 선생을 생각하면 항상 노신사의 굵은 안경과 웃는 모습이 인상적이셨다.

내 친구였던 시인 김사림은 박사 학위를 받고 며칠 뒤 먼 길 떠났으니 어찌 표현할 길 없이 너무도 안타까웠다. 학위받자마자 우리 대학 식당에서 된장찌개 점심을 같이 먹으면서 그의 시 '먼 산 빗방울 피그르르 돌아…'를 내가 한 줄 외웠더니 김 박사는 깔깔대고 아이처럼 대소ㅊ笑하다가 숟가락을 바닥에 떨어트리기까지 했던 기억이 생생하다. 석용원 선생의 시집 표지를 내가 그렸는데 바로 그 책으로 선생이 문학상을 받게 되어 좋아하던 모습도 그립다. 당시 표지그림 값은 못 받았고 '상 타면 줄께, 김형' 하던 때라서 그냥 웃어 넘겼다. 그림값은 먼 길 가실 때 즐겁고 편하게 여비로 쓰시옵소서.

국악인 김월하 선생은 순 서울 분이셔서 내 모친을 뵙는 듯했다. 우리 집에 가끔 오셔 마당에 피어있는 목련꽃을 만져보시며 시조창 한 수를 부르시던 모습이 눈에 선하다. 남창가곡의 명인 홍원기 선생도 우리집에 가끔 초대했는데 오실 적마다 궁중음악의 멋을 노래로 들려주시기도 했다. 정신문화원 황성모 부원장도 서봉연 선생을 통해 나의 독일공부에 힘을 써주었다.

우리나라 우표문화 발전에 몸 바친 김광재 선생은 나에게 유럽 우편 얘기를 월간 『우표』에 연재하도록 도와준 분이다. 그와 비슷한 나이에 삼육재활원 민은식 원장도 나를 장애인 분야에 눈뜨게 한 분이다. 뇌성마비 아동의 그림표현 특징을 연구하고 분석해볼 수 있는 기회를 주었다.

화가 박고석 선생 입에서 '아 이놈쎄이야'라는 소리가 나오면 그날은 기분이 좋은 날이다. 박 선생의 사나이다운 인품과 멋은 설악산을 보는 듯했다. 술맛의 진가는 뭐니뭐니 해도 장욱진 선생의 또 다른 멋이다. 함경도 기질의 화가 필주광과 김충선 선생, 만화가 신동우 선생은 모두 화끈한 이북의 아바이 후손들이다. 김충선 선생도 중후한 멋에 깊은 정서를 지닌 분이었고, 신동우 선생은 한국 만화계의 큰 거목으로, 친형인 원로만화가 신동헌과 6·25전쟁 후 김용환 만화를 이어주는 대표적 만화가였다. 신동우의 「날쌘돌이」 만화는 당시 하늘을 찌를듯한 인기를 끌었다. 나의 작품전시 때마다 정성스레 오셨던 신동우 선생의 인자한 미소에서는 마치 인생을 달관한 듯한 경지가 느껴졌었다.

파주에서 조용히 작업한 이대원 선생은 본인보다는 이 나라의 장래를 늘 생각한 철학자 같은 분이다. 홍대 총장시절 미국에 숨어있는 젊은 보물 안휘준을 찾아내 홍익대 교수로 발탁, 한국미술 인문학을 국제적으로 발전시킨 계기를 만들었다. 내가 84년 한국조형교육학회를 창립하고 국내 최초 미술교육학술논문집『조형교육』을 간행할 때였다. 간행지원금으로 쓰라며 조용히 금일봉을 보내주신 일이 있었다. 보통을 넘어서는 인문학적 성찰과 철학이 없으면 모두 불가능한 일을 하신 것은 오늘날 국위를 국제적 수준으로 끌어올린 동력이었다. 2015년 11월 21일 이대원 10주기 파주모임에서 갔을 때 안휘준 교수를 반갑게 만났고, 말없이 감사했다.

잔잔한 유머가 빛나는 일등 신사 이남규 선생은 충청도 사람 특유의 느린 말투로 좌중을 웃기셨다. 오랜 기간을 누워 고생하신 동안 앙가주망 모임엔 웃음이 없어졌다. 이젠 그의 유머가 그립다. 앙가주망에서 건강이라면 누구보다 자신 있게 육체미를 자랑하던 윤건철 선생의 별세는 믿기가 어려웠다. 양명주 선생도 뭐가

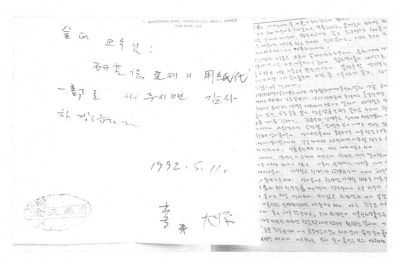

그리 바빠 일찍 가셨는지, 대답이라도 듣고 싶다. 최경한 선생도 오랫동안 지병을 앓다가 돌아가셨다.

화단의 원로이신 유경채 선생에 대한 아쉬움은 매우 크다. 이화여대 후문 맞은편 쪽에 살고 계시던 집을 새로 짓고 몇 년 더 오래 살지 못한 채 먼 길 떠나신 게 가슴 아프다. 희곡작가인 강성희 여사와 두 분이 잘 지내셨는데, 사모님은 말년에 홀로 생활고로 고생하시다가 먼 길을 따라가셨다.

나의 스승인 최덕휴 선생은 고생하던 녹내장 수술이 잘 됐다고 인사동까지 나오셨는데, 한 달 뒤 삼성의료원에 여러 제자동문들이 빈소를 지키게 되었다. 최 선생님은 홀연히 가셨지만 뿌려 주신 미술교육의 철학은 지금도 휘경동 교정에서 피어나고 있다. 황창배 선생도 교정에서 나의 저서 한 권을 받고서는 '내 집사람이

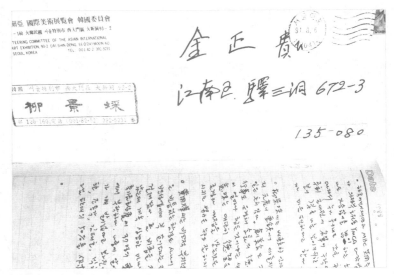

유경채 서울대 교수의 격려 편지

아주 좋아 하겠네요'라며 미소 짓던 모습이 떠오른다. 디자인 분야의 이순혁 선생도 이화여대 식당에서 어쩌다 만나면 반갑게 맞아주는 멋쟁이셨다.

어느 여름 복날, 경기 근교에 하인두, 전상수, 정건모, 김정, 김명자 등 모여 보신하는 자리에서 하 선생이 고기와 소주를 박력 있게 드시던 게 생각난다. 사랑하는 제자인 젊은 화가 김재운도 너무나 아까운 나이에 꿈도 제대로 펼치지 못하고 떠났다. 조각가 박철준 선생은 서울과 후쿠오카를 자주 오가시며 활동영역을 넓히셨고 우연히 고속도로 휴게소에서 만나면 '자 사진 한방 찍읍시다' 하던 분이었다.

나를 고교 시절 몽둥이로 훈련시키신 이철이 선생도 가셨고, 한국 미술교육을 학문적으로 연구하시며, 인품도 좋으셨던 조각가 전상범 선생도, 춤의 명인 최현 선생도 홀연히 떠나셨다. 시인 박봉우 선생은 '김정 그림으로 시화전 한 번 합시다'라고 부탁하셨고 결국 생전에 박봉우 시화전을 예총회관 전시장(옛 동양통신에 있던 건물: 현 세종문화회관)에서 했었던 순순한 시인으로 기억된다. 손춘익 선생 연재물을 그릴 때가 어제 같았다. 최근까지 서울미술협회 일을 도운 이춘기 선생도 하룻밤 사이 갑자기 떠나 가슴이 아프다.

시를 좋아하던 나는 이만익을 만나면 나는 정지용의 「향수」를 읊어달라고 청한다. 시인 이상으로 시를 사랑한 사람이었다. 근래에 속초에 사는 희곡작가 이반 선생이 갑자기 먼 길을 떠났다. 2015년 정선아리랑 축제에 참석했다가 행사가 끝나면 바로 속초에서 만나기로 했지만 이튿날, 개인사정으로 그냥 서울로 귀가했던 게 이반과의 아쉬운 마지막 통화였다. 그의 넓고 다양한 인간적 모습이 늘 생각나곤 한다. 멀쩡하던 친구였는데 갑자기 하늘로 떠난 이석우 겸재미술관장의 작고에 어이없고 슬펐다. 경희대 동문이며 자상하고 연구하는 자세로, 자주 만나며 한평생을 같이 살던 그는 분당병원에 며칠 입원하고는 바로 먼 길을 떠났다. 하도 허망해서 뒷날에 제자인 김용권과 같이 분당 묘소를 다시 찾아 이런저런 대화를 하다가 돌아온 적이 있었다. 도저히 먼 길 떠난 게 실감이 나지 않았다.

외삼촌 박영훈 선생도 6·25전쟁 참전 때 얻은 병 때문에 먼 길을 가셨고, 독일 체류시절 질라 잔트너(Zilla Sandtner) 선생도 나의 객지 독일생활 때 불쌍히 보시고 동양 음식을 많이 해주신 인자한 이모 같은 분이셨다. 질라 잔트너는 나의 지도교수 힐다 잔트너의 친언니로 2차 세계대전 때 고아가 된 두 자매는 평생 결혼도 하지 않고 같이 사셨다.

　나의 부친 김병준 님과 모친 원희례 여사는 부부로 연을 맺고 고생만 하시다가 원 여사가 10년 먼저 길을 떠나셨고, 아버지가 뒤따라 가셨다. 큰누이 김춘배와 둘째누이 김성배도 전쟁 후 동생들을 위해 고생만 하다가 떠나서 늘 머리를 들 수 없을 만큼 죄송하고, 내 동생 김용배는 뭐가 급해서 나보다 먼저 저 세상으로 갔는지… 고생만 하다가 이젠 밥 좀 먹으려니 급히 자리를 떠나서, 내 마음은 늘 동생이 그립다. 동생이 마지막 떠나던 밤에 옆에서 지켜보느라 정말 그 괴롭고 아픈 마음은 뭐라 표현할 수가 없었다. 그래도 지금은 동생의 자녀들이 행복하게 잘들 지내는 모습을 보니 감사할 뿐이다.

　사람이나 꽃이나 생물은 왔다가 또 다시 먼 길로 떠난다. 떠날때는 너무나 허무하다. 가슴이 허전함을 무엇으로 채울 수 있단 말인가. 그렇게 가야만 하는지… 돌아올 수 없는 머나 먼 길이기에 더욱 그립다. 삼가 낮은 자세로 엎드려 영령들께 명목을 빈다.

자료 이야기

    한 화가의 일생이란 짧다면 짧고, 길다면 길다 할 수 있다. 조선 시대 혜원이나 겸재도 그랬듯이 작가 개개인은 한 시대를 사는 동안 숱한 걸작과 일화를 남기고 떠난다. 모든 작가는 떠나도 일화나 흔적은 친구나 제자 또는 이웃을 통해 전해지게 마련이다.

    작가들의 인간적인 일화는 예술작업에 중요한 관련이 있다고 본다. 행위나 흔적은 작품을 제작하는 예술가의 행동철학이 담긴 것이기도 하다. 일반인의 시각으로 볼 때는 이상한 행동도 작가 입장에서는 이상하지 않을 수도 있기 때문이다. 작품과 인간을 같이 놓고 감상하면 흥미가 살아난다.

    평소 나는 건망증이 심하지 않았으나 40대 이후부터는 심해져서 고생을 많이 해왔다. 그래서 되도록 잊지 않으려고 자주 메모하는 습관이 생겼고, 그 버릇은 아예 생활이 되어 버렸다. 그러다 보니

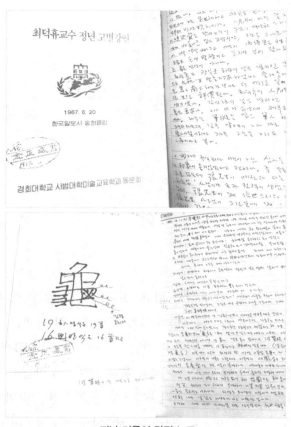

지난 기록이 담긴 노트

내 주머니엔 항상 종이쪽지 같은 부스러기가 있었다. 그 종이쪽지
에는 전화번호라든가, 이름, 약속 시간, 간단한 내용 기록, 노래
솜씨, 술자리나 회식모임 등 일상적 얘기까지 끄적거린 게 많다.
적당히 때가 지나면 없애버리지만 그중 쓸 만하다고 생각되는 것
은 다시 써서 정리해 놓기도 했다. 이젠 눈이 어두워 잘 적지 않지

만, 언젠가 기회가 되면 정리해서 후학을 위해 발표하고 싶다.

독일작가 마케(August Macke, 1887~1914)는 1차 세계대전의 전투에서 27세로 전사했다. 나는 27년 전 독일 뮌헨의 렌바하우스(Lenbachhaus museum)에서 마케의 특별기념전을 보면서 그의 몇몇 일화를 읽은 적이 있다. 그 일화를 본 뒤 마케의 붉은 색 작품을 볼 때마다 이전과는 다른 감동을 느꼈다. 작품과 작가의 인간성을 같이 보았기 때문에 감상의 폭이 넓어진 것이다. 그 후 작가를 평가하는 데에 소홀한 측면은 없는지 반성하게 되었다. 그동안 내가 작품을 볼 때 작가의 인간적 면모에는 큰 관심을 두지 않았다는 사실을 깨달았다. 마치 연극무대 앞에서 연기자로서의 배우만 쳐다보고 무대 뒤의 진짜 인간으로서의 모습은 생각하지 않는 것처럼 말이다. 배우의 무대 뒤 모습이야말로 진짜 인간적 삶의 목소리가 아닌가. 작가의 철학이나 인간성을 자세히 본다면 작품 감상이 한층 더 풍부해질 수 있다. 작품의 깊은 이해는 곧 작가를 향한 애정으로 발전, 그의 작품이 대중의 가슴 속으로 한층 더 가까이 다가설 수도 있게 해준다.

앞으로 미술도 변해야 한다. 미술을 돈 있는 몇몇 사람만 향유하는 시대는 지났다. 작품과 에피소드가 있는 스토리라든가, 작품과 산업, 작가의 사회참여 등처럼 미술산업화로 가야 된다. 독일의 어떤 포도주 회사는 작가의 그림을 술병 상표 한쪽에 넣는 대신 많은 로열티로 작가를 지원하고 있고, 정부는 정부대로 많은 공공장소에 입체작품을 설치하도록 해 작가를 간접적으로 지원하고 있다. 세계는 지금 여러 방면으로 미술의 저변을 넓혀가는 추세다.

우연찮게 모아진 나의 메모자료들은 1960년대에서 현재까지 한 국화단의 이면사(Inside story)로서 한 부분이 될 수도 있다. 물론 제한 적이지만 그것들은 내 나름으로 모아 본 이 시대 화가들의 흔적이 다. 이야기 대상에는 작고하신 분들도 많다.

오늘을 사는 화가들도 백 년 뒤에는 작품만 남겨놓고 세상을 떠 날 것이다. 떠난 뒤에 역사 속에 묻힌 채 일화나 흔적이 없다면 덩 그러니 그림만 남는다. 평생 그림만 그려온 작가들의 인생이 너무 나도 건조하게 사라져 버린다. 작가치고 고뇌와 갈등을 느끼지 못 한 작가가 있겠는가. 고생하고 작업한 작가의 체취가 기록되어야 한다. 나는 작가의 인간적 모습을 보고 싶고 기록하고 싶었다.

인간이기에 때로는 허튼 짓을 하기도 한다. 우리 삶에는 실수도, 영광도 있다. 그러므로 작가의 삶도 흔적과 일화가 있는 것은 당 연하다. 작가의 인간적 면모를 보여주는 에피소드를 기록하는 것 은 학술자료의 측면에서도 필요하다. 작가와 작품, 작가와 인간성 등의 이야기는 난해한 미술작품 감상할 때 훨씬 더 흥미를 불러일 으키기 때문이다. 화가의 일화, 그것은 미술 인구를 늘리는 데도 기여할 미술문화산업의 한 부분으로 제시하고 싶다.

위와 같은 취지로 적어놓은 나의 기록을 단행본으로 출간했다. 제목은 『미술인 추억』(기파랑 刊)이다. 이 책을 가리켜 언론에서는 '백 년만의 화가 기록'이라고 평가했다. 부피는 작은 책이지만, 이 기록을 정리하여 출판하기까지 어림잡아 55년 이상의 시간이 흘렀 다. 기록의 대상은 모두 54인 한국인 화가이고, 외국인은 딱 한 사 람, 독일의 잔트너 교수(prof. H.Sandtner)가 포함되었다. 특정인을 기

김정 다산 아리랑전(2010)

조선일보 주최 아리랑 30년, 김정전
(2006. 1. 9. 조선일보미술관)

클레 일기와 한국기록노트

『미술인 추억』(2018)

준해서 기록한 게 아니고 내가 살아온 60여년 세월에 자연스레 만나거나, 사무적으로 일이 얽혀있었거나, 그룹 전시 등 여러 방면에서 마주친 미술인들이 기록 대상이었다. 그들과 직접 주고받은 대화 혹은 전해 들은 대화 등을 대강 끄적인 수첩에서 좀 더 정리를 했다.

예컨대 1909년생인 이철이, 1911년생인 김영기, 1917년생인 장욱진, 박고석 등 백 년 세월 동안에 국내 화가들이 살아 숨쉬던 내용이 담겨 있다. 우리나라의 백 년 전 미술작가의 모습에서 근래의 작가까지 그들의 소소한 생활을 기록했다. 당시에 오간 얘기들의 기록을 살펴보면 그 시대상을 볼 수 있다. 이러한 작가들의 언어나 에피소드는 모두 미술가의 삶을 담은 것이다. 그러므로 기록을 중시한 유럽처럼 학술과 예술이 적당한 세월 속에 익어서 유익한 영양덩어리가 되길 바라는 마음으로 기록을 해두었다. 그런 영양공급을 받아, 질 좋은 예술로 한 단계 발전하길 바라는 마음에서 그 책을 출간한 것이다. 그 시대의 인물 기록은 역사기록이자 내일을 위한 방향 설정의 나침반이며 연구할 가치가 있다.

내가 기록의 중요성을 절실히 느낀 것은 대학원 시절 논문을 쓸 때이다. 미술과 관련된 작가 기록, 환경 등 자료가 너무 부족하여 고생을 많이 했다. 그 후 독일에 가보니 이미 선대에 꼼꼼히 기록하고 그 자료를 보관하고 있었다. 국가 차원에서 기록의 중요성을 인지하고 의무적으로 각 지방마다 기록에 힘을 쓰고 있었다. 이것이 모든 방면에서 아주 중요한 기초자료이기 때문이다. 미술 쪽에서는 바우하우스나 각 지방의 미술관, 박물관 또는 공공문화단체

기록자료실에서 여러 자료를 찾아 볼 수가 있었다. 이런 공공 기록 뿐만 아니라 개인 차원의 기록도 다르다. 클레(Paul Klee, 1879~1940)처럼 자신의 일거수일거족을 조용히 기록하는 화가도 있었다. 그리고 개인적 기록을 작은 개인 미술관이나 자료관에 기증, 공유하는 예도 여럿 있었다.

나는 경희대학원 시절 석사졸업논문으로 화가 클레에 대해 썼던 탓에 클레에 대한 애착이 컸다. 관심이 많다보니 자연히 독일 체류시 남부 독일의 무르나우 지역을 자주 조사하게 됐고, 클레를 중심으로 한 칸딘스키, 마르크 등의 자료기록도 조사해본 일이 있었다. 그러면서 국내에서도 우리나라 작가들을 기록하는 일에 관심이 많아졌고 이러한 『미술인 추억』을 남기게 되었다

달인 이야기

    나는 국내 화가기록 50년을 버릇처럼 써왔다. 인문학적 연구자
료로 100년을 기준해서, 내가 만난 작가들을 기록했다. 그림작업
관련 내용만이 아니라, 평상시의 버릇이나 특징도 기록한 것이다.
내 나름대로 꼽은 달인급 5인은 박고석(1917~2002), 장욱진(1917~1990),
유영국(1916 ~2002), 김영기(1911~2003), 이대원(1921~2005)이고 준달인
으론 김서봉(1930~2005), 민병목(1931~2011), 임영방(1929~2015), 필주광
(1929 ~1973), 이만익(1938~2012)이다. 국내 작고화가 54인의 평소 기록
을 담은 나의 책『미술인의 추억』에서 대강 추려본 달인이다.
    이들의 특기 내용은 제각각이다. 여기서 언급되는 작가들에 대
한 존칭은 생략한다. 유영국만 제외하고 필자가 모두 직접 대화나
진술에 의한 기록사실이므로 만날 당시의 대화체 기록도 그대로
인용, 기록했다.

달인 5인 중 박고석은 커피의 달인이다. 산 그림으로 유명한 박고석은 하루에 대형주전자 한 개 가득한 커피를 몽땅 마시는 달인이다. 예전에 학교 교실에서 쓰던 대형 주전자다. 오전에 그 대형 주전자를 난로 위에 놓고 커피를 끓여 놓고는 하루 종일 마시는 게 일상이었다. 보통 사람은 하루 작은 주전자 1통을 마셔도 적지 않은 양이다. 이 모습을 본 건 내가 군대 제대한 뒤 박고석 화실을 다시 찾은 1964년이었다. 창경원 옆 원남동 서울의대 후문 맞은편 침술한의원 건물 3층 화실이었다. 박고석 혼자 작업실에 있었다. 그는 커피 없이는 못사는 분이었다. 일반인들은 커피에 크림을 타서 먹는 게 보통이지만, 그의 화실에 있던 커피는 씁쓸한 커피원액 그대로라고 할 정도의 블랙커피였다. 도봉산에 동행했을 때도 커피를 물통에 담아 두 개를 허리에 차고, 어깨에 메고 가신다. 쓴 커피를 이렇게 숭늉처럼 많이 즐겨 드시는 분은 아직까지 보질 못했던 일로 '커피와 산'의 달인은 박고석이다.

막걸리의 달인은 장욱진이다. 식사 때나 여행 때나 낮이나 밤이나 늘 술이 있어야 한다. 그렇다고 많이 드시지는 않았다. 한 두 사발 아니면 두 세 사발만으로 기분이 아주 좋아졌다. 소주보다는 막걸리를 즐기면서 일주일이면 5~6일은 약간 취해서 지낸다. 술과 담배는 필수이며 삶 자체다. 그렇다고 남에게 주정하며 피해는 주지 않는다. 단지 본인이 좋아서 드시고 취해 있는 모습도 즐거워 보였다. 오히려 술 없이 맹숭맹숭한 게 더 이상한 모습으로 보인다. 명륜동 시절부터 덕소—신갈 기흥으로 이어지는 삶을 따라 막걸리도 늘 뒤따랐다. 장욱진과 막걸리는 아주 자연스런 한국적

이미지와 인간적인 넉넉함이 흐른다. 그는 세상 돌아가는 정치 경제 사회는 담쌓고 그냥 그림과 막걸리와 담배를 벗삼았다. 아마도 평생 마신 막걸리 수량만도 1만 8천병쯤 될 것이다. 맥주병으로 보면 약 10만 병이다. 막걸리와 담배의 달인 장욱진. 그의 손과 얼굴에는 늘 '연주소(煙酒笑, sAs.스모그 알콜 스마일)'가 동행하고 있다.

다음 유영국은 생선의 달인이다. 유영국의 눈은 생선회를 보고 어족의 가문을 읽어 내는 천재급 달인이다. 보통 횟집이나 주점에서 생선회가 술안주로 나온다. 생선살은 잘게 썰어 접시에 나오면 그 생선이 어떤 횟감인지 구분하기가 쉽지 않다. 특히 속살로 썰어 나오면 비슷비슷해 구분하기가 더 힘들다. 그러나 유영국은 속살 한 개만 나와도 생선 명칭을 즉각 맞추는 '생선회 천재'였다. 이 숨은 이야기는 유영국의 경복중학교 동창인 김창억(1920~1997)에게 직접 듣고 기록한 것이다. 필자는 유영국을 만난 건 아니다. 김창억이 나에게 들려준 것이다.

효천화랑 주최(김정 초대전. 1992. 11. 5)에 오신 김창억의 증언에 따르면, 경복중학 동기들 모임 때는 늘 유영국의 손금보기와 생선회 이름 맞추기가 화제였다고 한다. 이렇게 된 데에는 고된 가정사가 있었다. 유영국 부친이 양조장 사업 실패로 인해 집안 사정이 힘들고 어려워지자 유영국은 고깃배 선원으로 취업했다. 선원생활을 하면서 매일 선상에서 물고기를 잡아 회를 쳐서 생선회로 삼시 세끼를 먹으며 오랜 기간 접하다 보니 생선 이름과 맛, 모양을 터득케 됐다는 것이다.

다음 김영기는 기억력의 천재다. 주변 사람을 놀라게 할 정도다.

내가 대학원 재학시절 미술사 강의를 들을 때였다. 당시 낙원동 김영기 연구실을 방문했다. 연구실에는 수많은 자료들이 있었다. 김영기의 선친인 해강 김규진(1868~1933)의 소장품을 인수받은 듯했다. 조선시대 진기한 서화를 비롯해, 문인화가의 인장印章도 여러 개 있었다. 추사 김정희를 비롯해 대원군, 강세황 등이 생전에 쓰던 손때 묻은 진품명품이었다. 그뿐만 아니다. 귀중한 고서적들도 많았다. 이렇게 많은 자료들의 내용이나 연대 등을 한결같이 외우고 있다는 김영기의 기억력에 놀랄 지경이었다. 국내뿐이 아니고 중국 청나라 때부터 고서 및 서화의 연대와 제목 등을 정확히 줄줄이 외우는 능력은 초인간적이다. 그 많은 소장품과 그것을 기억하는 모습에 놀랐다.

김영기는 중국의 푸런輔仁대학으로 공부하러 갔지만, 치바이스(齊白石 1864 ~ 1957)에 사사하고 일본 미술대전에 입선, 1939년 이화여대 교수 제1호로 임명됐다. 그러나 기억력의 천재 김영기도 가는 세월에는 어쩔 수 없듯, 한 학기동안 딱 한 번의 착각으로 10분 지각했던 건망증이 엿보이기도 했다.

다음 이대원의 인문학적 지식이 풍부한 점은 이미 알려져 있으나, 개인의 행동까지 보살피는 애정 깊은 모습은 참으로 본받을 만하면서도 존경스럽다. 국가나 대학 또는 공공 문화적 발전연구에 관심과 애정을 쏟는 멋진 거목이다.

예컨대 미국에서 미술사와 이론공부를 모두 착실히 끝낸 뒤 취업이 안 되어 연고없이 어정쩡하게 지내던 한국의 모범 청년 A씨를 관찰하고는 그를 귀국시켜 국내 H대 교수로 임명하는 역할을 했는가 하면, 국내에서 드물게 미술교육에 관한 논문을 쓰며 연구하는 교수를 관찰, 발굴하면서 힘들 때 뒤에 숨어서 격려하며 재정지원까지 도와주는 행동을 실천해온 '숨은 천사'같은 어른이었다. '한국조형교육학회'가 1983년 창립되고 교수들이 순수 학술연구논문집을 만드는 초기에 재정적으로 어려울 때에도 말없이 격려와 지원금을 보내주었다. 이외에도 뒤에서 말없이 평생을 지켜보고 도와주었다. 그 선행 결과는 결국 우리나라 문화를 한 단계 더 발전시키고, 훌륭하게 만드는 밑거름이 되었다고 생각한다.

다음은 준달인급 5인 김서봉, 민병목, 임영방, 필주광, 이만익이다. 화가이면서 서예와 결단의 달인이었던 김서봉, 원칙을 사수하며 지키는 민병목, 시간약속의 천재 임영방, 건망증의 대가 필주광, 시 암송의 왕자 이만익 등 5인을 차례로 본다.

김서봉은 화가이면서도 서예에 능해서, 회화와 서예를 겸비한 보기 드문 작가다. 항상 정의를 위해 몸을 바치는 그의 성품은 주변인들의 존경을 받았다. 그분을 가리켜 독립투사 같은 존경심을 갖게 한 인품이라고 했다. 화가들 사이에 분쟁이 생겼다 하면 바로 나서서 양쪽을 해결해 주었다. 맺고 끊음이 분명한 성격이고 무엇이든 명쾌하고 빠르게 처리하는 해결사였다. 이런 일은 아무나 못한다. 김서봉은 양쪽 모두를 공정한 논리로 설득하여 서로의 오해를 풀어주었다. 이런 어려운 난제를 인간적으로 풀어주는 달인이 김서봉이었다.

다음 민병목은 원칙을 생명처럼 지켰다. 서양화 그룹인 '앙가쥬망' 동인회 모임 때도 언제나 정확한 시간에 도착해 와 있다. 한 번

도 지각이나 결석을 하지 않는 기록을 세웠다. 1975년 그의 신문회
관 개인전 때 술에 취한 관객이 그림을 만지자, 1초 만에 주정꾼을
제압하기도 했다. 그룹 전시도록 제작을 위해 출품 제목을 제출할
때에도 그 자리에서 꼭 본인이 반듯하게 써서 제출하기도 했다.

임영방은 시간 약속을 칼처럼 실천하는 달인이다. 평창동식당에
서 이구열 님이 임영방 님에게 전화 걸어 오라고 했다. 그는 과천
에서 평창동까지 40분을 단숨에 달려왔다. 인사동 술집의 화장실에
서 소변기에 튀어나온 오줌을 주인에게 깨끗이 치우라고 한 뒤 일
을 보는 깔끔한 성격이었다. 그렇게 정확하고 냉정한 모습을 보여
주던 그도 윤건철 별세 때 눈물이 글썽한 모습도 보였다. 겉보기와
는 달리 마음 속은 따뜻했다. 평상시에는 절대 눈하나 깜짝하지 않
던 사람이 사별엔 소녀처럼 눈물을 훔쳐 닦는 모습을 보이기도 했
으니 말이다.

다음 필주광은 상대방이나 만났던 사람의 이름을 까먹는데 달인
이었다. 까먹는 정도가 아니라, 두 세 번 만나도 아예 처음이라고
우겨댈 정도로 건망증이 심했다. 김서봉을 박서봉이라고, 박서보
를 김서봉으로 착각하는 모습이었다. 본인은 얼마나 힘들었을 것
인가. 내가 앙가쥬망 총무로 일할 때, 회비를 받을 때는 내 수첩에
체크하고 별도로 필선생에게 확인 싸인을 받아 놓는다. 안 적어
놓으면 안 믿는 일이 발생하기도 했다. 건망증의 달인이기도 하지
만 곧고 선량한 마음도 달인급이다.

다음 이만익은 시 암송을 좋아했다. 앉은 즉석에서 20수를 거뜬
히 외워내면서 읊어냈다. 긴 시건 짧은 시건 상관치 않는다. 가령

정지용의 시 「향수」라고 제목을 대면, "넓은 벌 동쪽 끝으로..."를 눈감고 계속 읊는다. 또 다른 시 제목을 대면 또 줄줄 외워간다. 어떤 때는 내가 기타로 살짝 리듬을 넣어주면 머리까지 움직이면서 신들린 사람처럼 암송한다. 그가 시암송을 하던 모습은 두고두고 생각난다(위의 달인과 준달인의 증거와 날짜는 내가 기록한 자료에 의한 것임).

3장

미술교육

이야기

내가 쓴 책들

  나는 19권의 저서가 있다. 부끄러울 것도 자랑스러울 것도 없이 그저 무덤덤하다. 그중에 공저가 5권이고 단독 저서는 14권이다. 내용상으로는 학술서가 16권, 화집 1권, 시화서詩畵集 1권, 에세이집 1권이다. 학술서 16권 중 외국번역서는 4권, 순수논문집 저서가 3권, 대학교과서(공저3) 5권, 연구저서 4권이다.

학술서 19권(외국번역서 4권, 순수논문서 3권, 대학교과서 5권, 연구저서 6권)

화집A. 1권(『김정 화집』. 배영사)

화집B 1권(『김정 화집』. 예경)

시화집 1권(『정선아리랑』. 자유문학사)

에세이집 1권(『간 있는 사람 찾습니다』. 자유문학사)

독일스케치집1권(『아름다운 독일』. 시간의 물레)

스케치집 1권(『소나무가 있는 아리랑』. 시간의 물레)

스케치화집 1권(『장욱진초상 드로잉』. 양주시 장욱진미술관)

화가54인 기록집 1권(『미술인 추억』. 기파랑)

내가 글 쓰는 이유 중 하나는 한국의 미술교육을 학문으로 정립하고 체계적 자세를 갖추는 데 기여하고 싶기 때문이다. 지금처럼 주먹구구식의 비학술적으로 미술을 대하거나 자료분석 없이 연구하는 것은 예술 및 학문적 한계가 있다고 생각한다.

한국적인 정서로 출발하는 한국예술은 분명히 서구와 다른 어떤 한국적 미술특징이 있다는 가설로, 실험과 조사를 통해 연구했다. 이런 부분을 더 많이 발전시켜 한국인의 교육 프로그램에 적용하여 현대문명과의 관계, 창조성 개발 등에 활용하는 계기가 되길 바랄 뿐이다. 그것을 뒷받침하기 위해 현장을 조사하고 분석하여 논문을 써왔다. 논문은 흥미 있고 필수적인 과제다. 흡족하지는 않으나 마음에 드는 책도 있다.*

나는 국내에서 화가 교수로는 꽤 많은 연구서 저자라고 인식되지만, 독일교수와 비교하면 부족한 분량이다. 나의 저서와 논문량이 아시아 지역에서는 우수 그룹에 속한 편이지만 미국이나 독일 수준으로 보면 다작이라고 할 수 없을 것이다. 나의 스승인 독

---

* 마음에 드는 저서로는 『세계의 미술교육』(예경), 『미술교육총론』(학연사), 『한국미술교육 정립을 위한 기초적 연구』(교육과학사), 『한국의 미술교육과제와 조형예술학적 접근』(예경)이고, 번역서로는 『독일의 미술교육』(교육과학사), 4종의 스케치집과 시화집으로는 『정선아리랑』과 『간 있는 사람 찾습니다』(자유문학사)이다.

『김정 아리랑』

『독일의 미술교육』

일 아우크스부르크대학 잔트너 교수도 논문만 40여 편, 저서는 28
권이다. 프랑크푸르트대학의 마이어 교수는 저서와 논문을 합쳐
160여 권이 있다. 두 분 모두 미술학과ㅆ 회화전공 작가교수다. 우
리가 잘 아는 칸딘스키와 클레도 논문과 저서가 많다. 전업작가와

『미술교육총론』

『미술인 추억』

「소나무가 있는 아리랑」

「아름다운 독일」

교수를 겸하는 작가는 분명한 차이가 있다. 작가라고 해도 캠퍼스에 적을 두었다면 연구논문 및 연구저서는 당연히 있어야 한다. 없다면 스스로에게 부끄러울 뿐만 아니라 학생들과 사회에도 염치 없는 일이 아닌가 싶다.

「세계의 미술교육」

「한국미술교육 정립을 위한
기초적 연구」

혹자는 내가 인세수입이 많을 것이라는 추측도 하지만, 속 빈 강정이다. 베스트셀러도 아니고 학술서가 몇 권이나 팔리겠는가. 이왕에 나온 말이지만 정말 좋은 책 만드는 출판사는 경영난에 허덕인다. 독자가 판단하는 좋은 출판사는 지식인들이 살려야 한다. 괜찮은 출판사는 국민들이 도와야 하고 도움 받은 출판사는 결국 좋은 책을 펴내어 국민을 건강하게 만들어내는 순환이 일어나야 한다. 내 인세수입은 모두 한국조형교육학회 유지에 쓰여졌다고 고백해도 지나치지 않다. 그래서 내 나름대로 홀가분한 기분을 느끼며 산다. 요즘은 젊은 교수들이 전공연구 저서를 열심히 펴내는 모습은 바람직한 일이다.

한독미술회

(Vereinigung Koreanischer und Deutscher Bildender Kuenstler)

한국과 독일의 외교 역사는 백 년이 넘는다. 1898년 독일에서 발행된 여행책 중 한국편을 보니 삿갓 쓰고 입에 문 장죽(긴 담배대)과 지게 위에 항아리를 맨 노인 사진이 있었다. 또 서대문구의 홍제동 무악재 고개에서 낙타와 아랍 상인 대상隊商들이 쉬는 모습이 담긴 화보도 놀라웠다. 이를 통해 서역인들의 왕래가 있었던 것으로 보여 예나 지금이나 세계는 끊임없이 교류하며 살아가고 있음을 볼 수 있다.

독일의 미술이 한국 사람들에게는 매우 생소하다. 프랑스의 작가 밀레, 세잔은 알아도 독일의 뒤러, 놀데, 에른스트는 잘 모른다. 한국 근대미술 유입과정에 일본의 영향이 컸기 때문이다.

1982년 주한 쾨테문화원의 요하임 뷜러 원장의 초대로 「김정 독일 소묘전(Impressionen von Deutschland)」이 남산에 있는 독일문화원 갤러리에서 열렸다. 뮌헨, 함부르크 등의 모습을 그린 크로키가 대부분이었다. 의외로 많은 성원과 호응이 높아 전시 끝나고 다시 사간동 석화랑(대표 박평애) 초대로 「앙코르 김정 도이치 드로잉展」으로 연장 전시되었다. 그

1990년 민델하임 초대전

후 사석에서 사람들은 반농담조로 '독일에도 미술이 있는 거요?', '왜 프랑스로 안가고 독일이냐!'고 묻는다. 많은 사람들이 미술하면 바로 프랑스를 연상하기 때문이다. 아마도 우리나라에는 프랑스 화가들이 자주 소개되었고, 프랑스의 화가 밀레가 교과서에도 많이 언급되었기 때문일 것이다.

그즈음 조선일보에 내가 「독일 국제미술 카젤 다큐멘타를 보고 와서」라는 르포기사를 쓴 적이 있다. 일반 대중들에게 독일도 프랑스만큼 미술활동이 대단하다는 인식을 어느 정도 심어준 셈이다. 그동안 독일과의 미술문화교류는 거의 전무全無한 상태였다. 당시 필자가 국내 여러 대학원에 출강할 때 강의 중에 독일미술과 대학을 비교하고 설명한 적이 있었고, 문의해 온 학생에겐 친절한

답을 해준 적도 있었다.

그후로는 뮌헨대, 뒤셀도르프대, 브라운슈바이크대등에서 유학
하고 돌아온 젊은이들이 보였다. 1980년대 후반 1990년 초가 되면
서 독일 미술 유학을 끝내고 귀국한 작가가 하나 둘 늘어나면서
모이기 시작했다. 아마도 1982년 6월 필자의 「독일스케치-괴테문
화원장 초대전」이 그 계기가 되었을 것이다. 결국 1990년 한독미술
회가 창립되면서 「제1회 한독미술창립전」(효천화랑 1990. 10. 22.~10. 30)
이 열렸다. 일명 「겸뒤展」이란 타이틀로 열렸다. 겸제 정선과 독일
뒤러의 앞글자를 따서 한-독을 상징했다. 이 창립전의 회장은 김
정이 맡았고 초대총무는 송매희가 맡았다.

제2회 한독미술회 전시는 한독작가 공동참여했고 대작 위주의
전시*(조선일보 미술관 1991. 9. 18~9. 23)였다. 명칭은 「서울-베를린展 91」
이었다. 제3회로 「한독 드로잉展」(예일화랑 1999. 6. 25~7. 10)이 열렸고,

---

* 제2회전 출품작가는 권녕숙, 김정, 노용, 도지호, 송매희, 오규형, 이월수. 독일
작가는 Giso Westing, Peter Maitens, Lienhard von Monkiewitsh. 조선일보
미술관.
제3회전은 김정, 김순협, 강민, 노용, 데보라킴, 도지호, 송매희, 유병영. 독일
측에서 미셸 자우어 등 9명이 참여 총 17명이 전시 참가했다. 예일화랑.
제4회전은 대형작품전시로 강민, 김순협, 김정, 김섭, 김미인, 노용, 데보라킴,
도지호, 서정국, 유병영, 이경아, 이소미, 정주하 등과 독일의 베가세, 우베하
겐, 크륄 등 27명의 작가가 참여 총 41명이 전시. 서울시립미술관.
제5회전부터 신임회장에 김순협, 총무에 강민. 명칭도 한독미술회 KOR-DEU
Kunst Assoziation에서 한독조형작가회 Vereinigung Koreanischer und
Deutscher Bildender Kuenstler로 변경. 출품작가는 강민, 고광호, 김섭, 김순
협, 김정, 노용, 데보라킴, 박경희, 이경아, 윤양호, 송지훈, 이상봉, 정인환, 주
숙경, 유병영 등과 독일측에선 프랑크 비덴바흐, 우도지어스크 등 22명 총 37명
참가. 고도 갤러리.
필자는 11년간 한독미술회 창립과 살림을 맡아왔다는 일로 한독협회 허영섭 이
사장으로부터 총회 때(2002. 5. 12.) 감사패를 받았다.

제4회는 한독작가가 대거 참여한 「2001 韓獨造形展」(서울시립미술관 2001. 2. 7~2. 14 후원 한독협회·녹십자)으로 주한 독일대사의 축사도 있었다.

2001년 전시를 끝으로 나는 11년간 한독미술회 회장을 마치고 고문이 됐다. 새 회장에는 김순협 씨가 추대되었고 한독미술회 명칭도 한독조형작가회로 바뀠다. 제5회는 「색·farbe」(비주얼 갤러리 고도 5.4~5. 30)라는 테마전이었다. 정인완 씨가

1990 민델하임 초대전 포스터

신임회장을 맡아 활동했으나 기력이 회복 되지 않고 전시회도 취소되면서 여러 해를 지냈다.

그 뒤 한독미술회는 모임에 활기가 떨어지면서 결국 소멸되고 말았다. 공적인 단체는 모두가 자원봉사하는 마음으로 참여하는 게 생명인데, 현재는 없어진 상태다. 재정적 문제도 중요한 요인이었겠지만, 아깝고 가슴 아픈 심정이다. 내가 공들여 창립했던 한독미술회는 결국 이제는 존재하지 않는 단체가 됐다.

그동안 공들여 닦아놓은 한국과 독일의 미술관계와 양국의 문화행정 부문의 협력이 사라져 가슴 아프다. 필자와 교류하던 독일문화원, 독일현지의 원로작가, 교수들도 거의 별세하는 등 많은 변화를 거쳐 모두 막을 내렸다.

한독미술회는 소멸됐으나, 나는 다른 독일기관에서 한국-독일

독일 전시에서 지도교수 겸 양모(養母)인 잔트너 교수와 함께.

＜민델하임 역에 마중나온 마이어교
를 맞다.
＜곧바로 김정展에 오신 H. 마이어교
그날 저녁 식사를 같이하다.

김정展에서. 1987

프랑크푸르트대학 H. 마이어 교수를 만나 김정 전시 후 식사하다(1987).

독일 전시에서 민델하임 시장, 남정호 특파원과 함께.

국내 첫 독일 스케치전

작가전에 초대받았다. 한-독미술작가가 참여한「모젤와인과 예술전(MOSEL-Wine & ART)」(2011.5.17.~29)이 서울 캐슬겔러리에서 주한독일대사관과 모젤와인협회 공동주최로 열렸다. 내가 한국측 대표를 맡고, 독일측 대표작가는 마나 빈츠(M. Binz)였다. 참여작가로는 이영인 · 박동진 · 박은라 · 유용상 · 최정해 · 장태선 · 조현주 · 정인완 · 갈현옥 · 김형식 · 이신화 · 김정 등 12명과 독일작가 마나 빈츠, 라이너 헤스, 루퍼트 회롭스트, 귄터 크링스 등 5명이 참여한 대형 전시였다. 오픈식엔 주한독일대사 울리히(H.Ulich) 씨와 독일문화원장이 참석, 축하격려와 피로연을 베풀어주었다. 필자는 격려사를 통해 한독교류에 감사를 표했고, 독일대표 빈츠도 두 나라의 우의에 반갑고 감사한다고 했다. 한편 울리히 주한 독일대사는 축사와 출품회원들에게 일일이 악수를 나누는 등 성의를 표했다.

내가 한독미술회를 창립해서 20여년 양국의 문화교류를 넓힌 점은 주변의 여러 사람들이 도움을 주었기 때문이다. 특히 주한독일대사관과 주한독일문화원의 적극적인 협력을 고맙게 생각한다. 당시 한독협회회장을 지내신 고故 허영섭 이사장님의 정성스런 마음과 나에게 감사패까지 주신 마음도 감사를 드린다. 나는 한독협회 김우중 이사장 시절에 이사(1993~2000)를 맡기도 했다.

이제 내 나이 팔순이 되니 기억력도 시력도 떨어졌다. 독일어는 물론 기억나는 것보다 잊혀져 간 게 너무나도 많아 괴롭다. 하지만 도움을 주신 분들은 잊지 않는다. 사랑하던 독일스승, 아우크스부르크대학 잔트너 교수(H.Sandtner), 프랑크푸르트대학 마이어 교수(H.Meyer), 민델하임시 마이어 시장(E.Meier), 시립미술관 자원봉

사 트리틀러(Gabriele, E.Trittler), 한국일보 독일특파원 남정호, 파독간
호사 출신 게오르기(Georgi J.S), 브라운슈바이크 유학 중이던 데보라
김(Debra Kim), 민델하임 신문사 편집장 슈톨(J.Stoll)님 등 여러분들께
다시 한 번 감사드린다.

아이들의 그림 솜씨

한국인은 특이한 예술적 기$_氣$를 갖고 태어난 듯 싶다. 아시아 지역 내에서도 한국 아이들이 예술적으로 총명하다. 가령 미술표현이나 음악경연대회, 세계 수학경시대회 바둑대회 등에서도 뛰어난 능력을 보여준다.

세계 각국의 학자들은 아이들 그림분석과 발달연구를 해왔다. 발달순서나 통계특징 등을 학문적으로 정리, 활용하고 있기 때문에 과학적인 근거로 활용한다. 미술과 관련된 연구는 1900년대 이후가 시작이다.

독일은 치젝(F.Cizek) · 로웬휠트(V.Lowenfeld) 연구로 1900년 초에 적용연구가 시작, 1910년대엔 유럽과 미국엔 이미 연구적용이 시작, 시행했고 일본에서는 1921년 아오키靑木 교수가 아동의 발달단계 분석을 통해 연구한 논문이 최초로 나왔다. 한국은 필자가 1978년 한국 아동을 대상으로 연구한 것이 처음이다. 이 연구에서 나는 유럽과 미국, 일본에 비해 우리 아이들의 묘사 발달인지도가 우수했음을 수많은 조사를 통해 밝혔다. 필자의 이름을 딴 '김정金正의 7단계 발달' 연구가 나온 뒤, 국내외 석·박사 논문에 전재 또는 인용되었다. 아시아권 미술교육학계에서도 '김정 7단계 발달'을 많이 인용했다. 본인으로서는 긍지를 느끼면서도, 한편으로는 실험을 통한 끊임없는 성실한 연구의 중요성을 다시 느꼈다.

필자의 7단계 발달 연구조사에 따르면 한국 아동은 생후 30개월부터 소위 그림이라고 장난치듯 긋고 그린다. 50개월이 되면 어떤 형상을 묘사하려고 든다. 서양 아이들보다 표현능력이 약 4~5개월 이상 앞서는 우수한 표현력을 드러낸다. 아이가 6~7세 즈음이 되었을 때 주변 환경은 매우 중요하다. 이 시기 아이들은 손놀림이 한층 정교해져 묘사를 잘한다. 한편 10% 정도는 못 그린다고 포기하는 부류의 아이들도 있다. 잘 그리는 그룹은 너무 많이 그리기를 요구하면 안 되고, 못 그리는 그룹 아이는 아주 쉬운 선 긋기 같은 흥미위주의 표현활동으로 접근하면 된다. 잘 그리는 아이와 단순 비교하며 야단을 치거나 구박하는 행위는 지극히 나쁜 감정이다. 그럼에도 불구하고 우리 주변에서는 아이를 다그치는 부모도 상당수 있는 것도 부정할 수가 없다. 그것은 우리만의 정서 감정이기 때문이다.

한국·독일·미국 아동의 그림 발달을 수치로 비교해 보면 한국 아동이 평균 1~2년 정도 빠르게 발달되고 있다. 식물로 치면 조생종인 셈이다. 그러나 조기 발달되면 조기 쇠퇴하는 단점도 있다.

한국 아동의 그림 쇠퇴기는 보통 10세에 시작되어 급속한 저하를 보인다. 14세가 되면 본인 스스로가 비관할 정도로 유치한 그림이 된다. 더불어 골치 아픈 입시공부는 다가오고 청소년을 위한 사회 정서프로그램은 없으니 이래저래 10대 청소년들은 남모르는 갈등과 자포자기하는 비율이 높아진다.

80년대와 90년대에 내가 여러 대학원의 석박사과정 지도교수를 맡아 해오는 동안 나의 주요 연구인 그림발달 7단계 강의를 가장 많이 했고, 이 연구를 통해 국내외 논문에도 유일하게 많은 게재율을 보여주었다. 내가 독일에 있었던 동안에 독일 아이들에 발달 적용을 실험해본 결과, 우리와는 다른 치젝(Cizek)의 논리가 맞는 결과를 발견했었다. 따라서 우리민족의 특성과 감각 능력이 한결 우수한 민족이란 걸 발견한 적이 있었다.

문제는 사춘기로 접어 들면서의 적절한 프로그램이 부족했던 게 원인이었으나, 학교진학이 우선이니 어쩔 수 없는 일이기도 하다.

선진국은 오래전부터 청소년의 정서 함양을 위한 프로그램에 공을 들였다. 우리가 산림녹화, 새마을운동에 열중하던 시절 독일은 벌써 청소년에게 기차여행, 서점, 호텔, 박물관, 음악회 등에서 대폭 할인을 해주며 내일을 위한 투자를 했다.

아이들의 그림 발달과 정서교육은 단순히 손기술이나 '미술교과'를 위한 것이 아니다. 장래 한국의 산업을 부흥시키는 창의력과 콘텐츠에 대한 투자다. 아무리 컴퓨터가 우수해도 인간의 창조성이 없으면 아무 소용 없다.

한국인의 유전자 속에는 예술적 창조 인자가 숨을 쉬고 있다. 5,

6세 그림에서부터 발견되기 시작한 우수한 창의성을 훌륭하게 꽃 피워 주지 못한다면, 이 시대를 사는 모든 어른들은 아이들에게 큰 죄를 짓는 것이다.

　그동안 창조성을 살리기는커녕 뒷걸음 친 시간이 너무 길었다. 좌파와 우파 정치로 갈라져 되돌릴 수 없는 세월을 한탄해 본들 무슨 소용이겠는가. 하루빨리 국제적 감각을 살리는 길로 나아가는 것이 현명하다. 그 길라잡이는 미술교육이 될 것이다.

디자인 교육 수준이 국가의 얼굴이다

우리나라 국민 대부분은 미술시간에 그림을 잘 그리면 'A'라고 생각한다. 이런 고정관념이 문제이다. 미술 교과목에 그리기만 있는 게 아니라 만들기, 손작업, 입체물 작업, 감상, 디자인, 꾸미기, 서예 등 다양한 활동이 존재한다. 미술에 소질이 있다고 말할 때 그 학생이 '그리기'만을 잘 할 수도 있고, 그리기보다는 만들기를 더 잘 할 수도 있고 실기능력은 떨어져도 감상이나 설명을 잘 할 수도 있는 것이다. 그렇기 때문에 그리기만 잘하는 학생이 우수하다고 판단할 수 없다. 만들기나 조각을 잘 하는 학생도 우수한 것이다. 고정관념에 따른 잘못된 평가로 미래의 우수한 디자인의 인재가 묻히는 일은 없어야 한다.

세계시장에서 문화 상품의 경쟁은 치열하다. 여기서 제품의 디자인은 승부를 판가름하는 중요한 요소다. 좋은 디자인은 하루아침에 해낼 수 없다. 장기간의 감각훈련과 끊임없는 교육훈련이 있어야만 가능하다. 그런데 한국에서는 어릴 때부터 '그리기'에만 편중된 교육 경향 때문에 '디자인'적 능력과 소질이 묻히는 경우가 많다. 세계 각국이 디자인교육에 얼마나 신경을 쓰는지 교육내용을 분석해 보면 알 수 있다.

내가 조사한 바에 따르면 1990년대 미술교과 전체를 100으로 했을 때 디자인이 차지하는 비율은 다음과 같다.

이탈리아 50~60%, 미국 35~50%, 독일 30~40%, 일본 20~30%(중학 30%, 고등학교 20~40%), 한국 18~21%, 중국 20~30%(1990년부터 대폭 증가. 그 전에는 10~15%), 북한 10~12%.

대충 살펴봐도 역시 디자인 강국 이탈리아가 그 비율이 가장 높은 것을 볼 수 있다. 한국의 디자인 교육 비중은 최하위권이다. 수업 시수만 따져도 외국이 우리보다 2~3배 이상을 더 한다.

디자인의 중요성은 새삼 설명이 필요 없다. 우리는 눈만 뜨면 바로 디자인에 둘러싸인 세상에 살고 있다. 한국 디자인 수준은 들쭉날쭉이다. 일부는 세계적이지만, 전체로 보면 뒤떨어져 있다. 한국축구 유니폼, 우표, 건축, 출판물, 의상 등에서도 더 많은 연구가 필요하다. 그러나 디자인 관련 석·박사 논문이 증가하고 있어 희망은 밝다. 필자의 조사에 따르면 해방 이후 80년대까지만 해도 관련저서가 53종, 논문은 26편(재료3, 커리큘럼 17, 기타 6, 청소년관련 미술교육논문 180편 중 18%임)이다.

마포 상암동(2010)

독일 쾰른(1982)

정부는 걸핏하면 디자인을 이탈리아 밀라노 패션 수준으로 만든다고 발표한다. 정치인 발언처럼 디자인 감각이 하루아침에 되는 게 아니다. 물론 한국인의 창조적 감각은 훌륭하다. 그러나 이탈리아는 이미 유치원·초등학교·중·고교 시절부터 한국의 2~3배 이상 디자인 교육을 해왔다는 점을 묵과해서는 안 된다. 그것은 양질의 닭고기를 먹기 위해 병아리부터 잘 키워 씨암탉을 길러낸 것과 마찬가지이다.

한국의 디자인 수준을 높이는 일은 일본처럼 미술교과목에서 분리 독립시켜 발전시키는 방법과, 그대로 두되 디자인 비중을 확대 발전시키는 방안(독일·이탈리아·미국 등)도 가능하다. 우리가 지금 당장 좋은 디자인 교육을 시행해도 20년의 세월이 흐른 뒤라야 국민 개개인의 안목이 향상된다는 계산이다. 그런데, 특기할 만한 사항은 중국이 디자인 혁명을 꾸준히 해온 것이다. 15년 전부터 미국·유럽 수준을 목표로 하고, 종전의 미술교과서 디자인 영역 12~15%에서 백퍼센트 확대했다. 즉 35%선에 육박한다. 이는 일본 수준과 비슷하게 가려는 의도다. 한국은 여전히 25% 범위를 넘지 못하는 디자인 빈국貧國이다. 디자인이 중요하다고 입으로는 떠들고 있지만, 투자현황을 보면 창피할 정도다.

디자인은 물류산업을 주도할 만큼 막강한 파워를 갖는다. 디자인은 여러 사람들과의 접촉이 용이하고 파급효과가 크기 때문에 산업적으로 중요하다. 가령 맛있게 그려진 음료수 용기와 유치하고 지저분한 음료수 용기 중 하나를 선택하라면, 당연히 맛나고 잘 그려진 음료를 선택한다.

최근에는 각국이 디자인 뿐만 아니라 환경에도 신경을 쓴다. 결국 산업형태가 환경을 고려한 디자인으로 바뀌어가고 있다. 이는 정치와 행정 노력이 손잡아가며 연구하기 때문이다. 정부의 건설적 연구와 지원이 시급한데, 그에 걸맞는 움직임이 없어 보인다. 디자인 수준이 곧 국가의 얼굴이다. 한국도 장기적인 관점에서 디자인 교육 정책을 세우고 실행해야 한다.

미술, 그리고 인간교육

내가 미술이 인간 교육에 매우 중요하다고 말하면 보통 사람들은 좀 이상하다고 한다. 영어나 수학이 중요하지 무슨 소리냐고 한다. 인생을 걸고 임하는 대학 입시에 영어와 수학 점수만큼 위력이 큰 것도 없으니 하는 말일게다.

그러나 한국 교육 현장에서 영어나 수학은 점수를 받기 위한 수단을 넘어서기 어렵고, 그렇기 때문에 과정에서 감동을 느낄 틈이 없다. 날이 갈수록 학생들의 입시 경쟁은 극심해지고 있다. 그럴수록 음악·미술·문학·연극 같은 영역을 고루 접할 수 있는 인성 교육이 필요하다.

전 세계 사람들도 마찬가지다. 독일 미국 등도 이런 점을 고려해서 기존 교육에서 인성교육을 잘 조화시키려고 한다. 결국 선진국들도 초·중·고·대학의 교육과정을 바꿨다. 전공 공부 외에도 예술감상 · 봉사활동 · 현장체험 · 악기연주 · 극기 훈련 여행 · 운동경기 등을 다양하게 경험할 수 있도록 했다.

미국 LA 근교에 폴 게티(Paul Getty) 센터가 1997년 개관했다. 게티 센터의 연구소와 도서관은 미술관련 도서를 비롯 각종 자료를 세계에서 가장 큰 규모로 소장하고 있다.

이 연구센터는 18년 전 '미국의 청소년이 미래의 세계 지도자로서 성장할 수 있는 훌륭한 인재 육성 프로그램'을 연구하고 개발하도록 스텐포드대학에 의뢰한 바 있었다. 이것을 연구한 글리어 아이즈너(Greer E. Eisner) 교수팀이 내놓은 '미술교육을 통한 인간교육'이 현재 미국의 모델인 DBAE(Discipline Base Art Education)이다. 이 교육모델은 미학 · 미술사 · 미술비평 · 실기제작 등 4개 구도가 한데 어울려 학습하는 방식이다. 우리 국내에는 26년 전 내가 처음으로 미술교육학회지 『조형교육』에 소개한 바 있다. 현재는 한국 교육 현장에서 응용한 사례를 연구한 석 · 박사 논문이 나오고 있다.

게티 연구소는 매 학기마다 세계의 젊은이 10여명을 선발해 미술교육 전공 박사과정 장학금을 지원한다. 게티 연구소의 목적은 미국의 훌륭한 인재를 기를 수 있는 토양을 만드는 일이다. 나도 12년 전 게티 연구소를 방문하여 한미 양국 관련 학술정보를 교류하기로 했었다.

설립자 폴 게티가 개인 재산을 기증해 산타 모니카 언덕 위에 91만 8천 평의 연구센터가 설립되었고, 여기서 세계를 위한 미술 교육 관련 연구를 지원한다. 연구소도서관은 미리 예약만 한다면 무료로 열람할 수 있다. 개인이 세운 기관이지만 완벽한 시스템을 갖

강진 백련사(다산 정약용이 유배 시절 혜장 스님을 자주 만나던 곳).

추고 공공을 위해 무료로 개방하고 운영한다. 인류와 세계의 청소년을 위해 훌륭한 일을 하고 있는 것이다. 한국에도 게티 센터와 같은 기관이 생겨 한국인 정서에 맞는 미술 교육 모델을 연구할 수 있기를 기대해 본다.

이제 우리나라에도 미국 같은 사회 헌납이 실현될 조건이 많아졌다. 그렇게 한다면 자라나는 이 나라 청소년을 위한 공간을 만든다는 명분과 희망이 있지 않겠는가.

조형교육 제1호

　우리나라의 경제가 눈부시게 발전되면서, 가정마다 아이들은 각
종 학원에 다니게 됐다. 하룻밤 자고 나면 특기학원이 생겨나서
한때 전국에는 약 6만여 곳의 미술·음악학원이 난립했다. 아이들
의 그림은 모두 똑같은 그림만 되풀이되는 것 같았다. 누가 누구
의 그림인지 구별이 안 될 정도로 기법이나 재료 분석 등의 올바
른 이론이 없고 그저 잘 그리는 데만 초점을 맞췄기 때문이다.

　나는 1980년대 중반 당시 독일에서 돌아와 이화여대 교육대학
원에 출강할 때였고, 우리도 미술교육에 학술적 기준이라도 조사,
연구되었으면 좋겠다고 생각했다. 그래서 곧바로 학문적 기초조사
부터 착수했다. 독일 교수들의 연구 사례 등과 외국 논문 등 참고
를 기본으로 1984년 한국조형교육학회를 설립했다. 그 이듬해『조
형교육造形敎育』학회지 1호를 냈다. 미술교육의 목적이 무엇인가

조형교육 창간호   조형교육 2019년판

라는 정체성부터 정립하고 창조교육에 맞는 논리와 합리적 연구를
위해 기초 조사부터 진행했다.

학회 창립 당시 회원들은 주로 이화여대, 숙명여대, 경희대 등
대학원 졸업한 강사들과 일부 교수들이 모였다. 필자가 초대 회장
이 됐으나 국내 미술대 여타 교수들은 학회 설립에 냉담했다. 미
술교수가 그림 그리면 됐지 무슨 논문을 쓰냐는 것이었다. 그러나
나는 미술이 예술로서도 존재하지만, 대학에서는 학문적 · 기초적
논리성을 갖추는 게 맞다고 봤다. 설립 초기에는 따가운 질시 속
에 재정까지 어려워 이중, 삼중으로 고생하며 견디기 힘든 시기도
있었다. 그러나 "교수사회에서 전공 논문 쓰고 연구하는 것이 정
도正道다"라고 하시며 도와주신 원로 교수들도 많았다. 선배교수님
인 홍익대 이대원 교수는 남몰래 학회지 출간비용에 보태 쓰라고
가계수표를 보내주셨고, 이화여대 김재은 교수는 무료로 특강을

서울대 임영방 교수(좌)와 김정(우)의 대담 형식 집담회(한양대에서).

제공해 주시는 등 최덕휴, 박철준, 전상범 교수도 동참해서 학회를 살려야 한다는 공감대를 넓혀주셨다. 초창기 나도 봉급에서 비용을 보태내야 하는 재정적 어려움이 있었다. 나는 독일수준은 못되도, 미술교육의 본질은 교수들의 노력이 필요한 것으로 믿어왔다. 그 모습이 필자가 최초로 설립한 '한국조형교육학회'였다.

이를 계기로 각급 학교 및 관련 분야 교수들이 논문을 써야 할 당위성을 보여주었다. 1999년부터는 예체능 계열도 교수급 및 보직에도 학회논문발표 업적이 필수 기준으로 채택되었다. 이런 학술적 개념은 미술도 교수직으로서의 연구활동을 할 수 있게 한 독일의 원조격인 "바우하우스"의 원리다. 그로피우스나, 클레도 바우하우스에서 연구를 했다. 필자가 독일을 모델로 한 국내학회를 창립할 때도 재정적으로 힘이 들었지만, 미래를 위해 창립했다.

　세월이 흘러 한국조형교육학회 논문집『조형교육』은 2020년 현재 71집까지 간행되었고, 발표된 논문도 1천여 편에 육박 수준이었다. 2020년 지금은 국제적 학술지가 되어, 한국 미술교육의 학문적 발전 중심에서 가장 모범적인 활동을 하고 있다. 매년 가을에 정기학술대회를 성실히 개최해오며, 발표논문과 연구의 질을 높이는 노력을 하고 있다. 이제는 아시아 지역에서 학문을 주도하는 한·일 양국의 최대 학회로 국제사회에서 활약 중이다. 2008년 이후엔 외국인 교수들도 참석하고 있는 추세다. 국제대회를 개최하면 국제미술교육학회(INSEA)의 승인과 통보를 받는다. 30년 전 학회를 창립할 당시엔 꿈도 못 꾸던 일이다. 서울에서 2009년 봄 한국박물관 100년 기념학술발표를 공동주최를 비롯, 2018년 국제미술교육학회 대구대회도 세계 교수들이 참석한 국제대회였다. 학술지『조형교육造形敎育』은 국제적 학술연구지로써 인정받고 있다.

　2014년에 한국조형교육학회는 국내 최초 전공 관련의 우수한 연구 논문을 선정해 시상하는 학술상이 제정되었다. 매년 우수 연구 논문을 발표한 교수 중에서 엄정한 심사를 거쳐 시상하고 있다. 국내외 교수가 공인된 학술지에 규정된 연구 논문이어야 한다. 2020년이 제6회 학술상이다.

3인의 밥상은 운명인가봐

오늘 여기 만난 세 사람은 고향, 나이, 학교, 전공, 얼굴, 성씨도 같지 않고 동네이웃도 아니어서 인연이 없다. 유일하게 똑같은 것은 단군의 후손이라는 점과 평생 인문학 연구에 빠져 일생을 바쳐온 점이다. 그러는 사이 서로 뜻이 맞고 존경하며 만나는 행복과 즐거움에 지내게 되었다. 3인을 나이순으로 밝히면 정진석, 김정, 이석연이고, 가나다순으로 하면 김정, 이석연, 정진석이다.

이전부터 이석연 님을 잘 알고 있으나, 식사를 하기 위해 처음 만난 것은 그가 법제처장을 맡고 있을 때다. 이 선생한테 점심 같이 하면 어떻겠냐고 해서 만났다. 나는 이미 저서를 통해 평소 알고 있던 터라 부담 없이 자연스런 대화를 나누었다. 당시 나의 수첩메모에는 '옛날 어릴 적 놀던 동네친구를 만난 듯한 기분이었고 차분한 인격의 소유자라고 느꼈다'로 기록되어 있다.

세월이 흘러 그도 관직에서 물러난 뒤 사회활동에 열중하던 어느 날, 나를 점심 식사에 다시 초대했고, 우리는 반갑게 만나 식사하며 책에 관한 대화를 나누었다. 그 자리에서 이석연 님은 "다음엔 정진석 교수님도 초대해 함께 점심 같이 합시다"라고 제안했고 나도 반가운 마음으로 정진석 님에게 바로 전했다. 두 사람은 전부터 알고 지냈으나 세 사람이 모두 모이기 위해서였다. 이후부터는 아주 자연스럽고 즐거운 3인 밥상이 시작되었다.

　10년의 세월 동안 이렇게 순수하고 따뜻한 정이 담긴 밥상의 맛에는 세계 어딜 가도 찾아보기 힘든 꿀맛, 고마움과 기적 그리고 행복이 담겨 있다. 이런 행복을 생각한 이석연 님은 큰 복을 받으실 것이다.

　그런데 묘하게도 세 사람은 청소년기와 청년시절을 지내며 남모르는 고통과 시련을 겪은 것이 공통점이었다. 현재는 모두 교수이고, 법조인이지만, 세 사람이 겪은 고난의 역사는 공히 혹독했다. 또 다른 공통점은 그 지옥 같은 어려움을 책과 독서로 버텨왔다는 것이다. 이석연 님은 평소 김정이 정진석 교수를 좋아하는 것을 어떻게 알았으며, 내가 젊은 청년시절 고생해 온 것을 또 어떻게 알았는지 늘 궁금했다.

　매년 1~3회 정도 서초동 교대역 장원식당에서 우리 세 사람의 밥상은 행복한 삶의 출발처럼 담소가 오가는 자리였다. 신간 서적에서부터 언론 및 문화예술에 이르는 정치, 경제, 사회 등 화제가 꽃피었다. 자유롭게 담소하는 가운데 맛있는 전라도밥상의 짭짤한 게장 맛은 복을 더해준다. 세 사람은 얼굴을 보면서 마주 앉아 맛

있게 먹는 입맛과 더불어 인간적 공감을 느껴왔다.

옛날 서울 수복 후 초등학교 때 엄마가 부엌에서 끓여주신 누룽지에 짠지 무 한 토막을 꿀맛처럼 먹던 추억이 떠오른다. 오늘 밥상도 말없는 진정성으로 서로를 더 이해하게 만든 공감대로 굳혀갔고, 우리는 서로 가까운 이웃형제처럼 친근해졌다. 진실은 과장된 설명도 축소의 숨김도 필요 없이 전해진다.

세 사람은 시간이 지나면서 각자 어려운 청년 시절을 책과 함께 보냈다는 것을 차츰 알게 되었다. 지금 와서 생각해보면 그 당시가 인생의 중요한 고비였고, 그 고비를 넘길 때 책과 함께 한 것이 인생에 큰 힘이 되지 않았나 싶다. 요즘 청년들에게 혹시라도 귀감이 될지도 모르기에, 세 사람의 청년시절을 내 나름으로 감히 적어 본다(이하 존칭은 생략하겠다).

이석연은 1954년 정읍에서 태어나 중학 졸업 후 대입검정고시에 합격했으나 대학 진학을 미루고 김제의 금산사에 들어가 20개월 간 동서양고전, 역사, 문학서 등 400여 권을 읽고 인생과 사회에 대한 안목과 자세를 깨우쳤다. 산중에서 독학으로 고행을 극복하여 지혜를 얻은 것이다. 그것은 대단한 결심과 노력이며 쉽지 않은 일이었을 것이다. 그러한 청소년기의 독서는 인생길을 슬기롭게 풀 수 있는 힘을 주었을 것이다. 그 후에 대학과 대학원을 나와 시민과 함께하는 변호사 공동대표를 비롯해, 책 권하는 사회운동본부 상임대표를 했고 저서도 10여 종이 있다. 국민들 대다수는 그를 "반듯한 길을 걷는 법관이자 천사 같은 사람"이라고 한다. 과거 홀로 산 속에 기거했던 청년시절 마음수양의 결과가 모든 사람을 생각하는 자세로 발전된 모습이 아닌가 한다.

정진석은 1939년생으로 청년시절 경제적, 사회적으로 힘든 세월을 극복하면서 지냈다. 대학 졸업 후 1964년 언론계 입문해 한국기자협회 편집실장, 관훈클럽 사무국장, 1980년 한국외국어대 교수로 옮기면서 한국언론사를 본격적으로 연구한 대표적 언론학자다. 그는 누구도 따를 수 없는 열정적 연구자세

로 각 신문을 창간부터 영인본을 만들어 언론 연구의 중요한 길을 만들었다. 또한 수 많은 연구논문과 학술서 저술 작업으로 한국언론연구를 개척한 장본인이라고 할 수 있다. 그의 반포동 연구실에 있는 방대한 언론연구자료가 이를 말해준다. 객관적으로 봐도 국내외 학자 중에 이런 열정을 가진 사람은 드물다. 그 자료를 조사, 분석한 저서들은 해방후 한국언론사, 한국근대언론사, 인물한국언론사, 역사와 언론인, 언론과 한국현대사, 언론조선총독부, 6·25전쟁 납북, 전쟁기의 언론과 문학 등 다양한 주제를 심도있게 다룬다. 그는 한국 대표적 학자로 평가받는 독보적 존재다. 그를 생각하면 늘 부드럽고 자상한 미소가 떠오른다.

김정은 1940년생으로 초등 4학년 때 그린 국군진격포스터가 뽑

혀 교실에 붙은 계기로 중 · 고교 미술
반 반장을 하고 박고석 화실에 다니며
화가의 꿈을 키웠다. 그러나 '환쟁이는
절대 안 된다'는 부친의 반대로 미대를
포기하고 영문과에서 공부했다. 그 후
세상이 싫어 눈물과 독서로 세월을 지
냈고, 산 언덕의 소나무를 보며 위로받
았다. 결국 다시 미술을 시작했고, 미
술석사 이후 독일 대학원 석박사 융복합과정을 공부하며 객지에서
작업하였다. 청년시절 전국의 소나무를 찾아 스케치 순방을 하면
서 자연스레 지역 아리랑에 매료되어, 아리랑을 테마로 56년간 회
화작업을 해왔다.

희망과 기쁨의 아리랑으로, 국내외 아리랑개인전 20여회, 2013
년 유네스코아리랑 지정기념 미국초청 '워싱턴아리랑특별전' 및
서울앵콜전과 독일특별초대전 등 다수의 전시회로 아리랑의 멋을
회화로 전달하고자 했다. 미술전공 관련 학진원 등재논문 20편, 미
술연구저서 20여 종을 저술했다. 국내 최초 1984년 미술학술단체
'한국조형교육학회'를 창립하고, 초대회장 및 고문을 맡았다. 한독
미술회장을 역임했으며, 숭의여대 교수로 정년 퇴임하였다.

이 세 사람은 청년시절을 고민과 눈물로 힘들게 지내왔다. 하지
만 시련과 극복의 사랑으로, 사회에 거울이 되려는 넓은 마음으로
살아가려는 의지를 공통적으로 가지고 있다. 이런 숨은 사랑을 느
끼고 밥상으로 모이게 한 이석연의 혜안과에 고개가 숙여진다.

3인 동행. 왼쪽부터 이석연, 정진석, 김정.

이 만남은 아주 자연스러운 인간적이고 순수한 만남이었고, 그 만남은 반가웠다. 우리의 반가운 밥상은 사회의 따뜻한 정으로 발전된 밥맛이었다. 이 밥상이 사회적 모범으로 비춰지고 더 나아가 한국사회 모습을 한 단계 높이는 인문학 발전에 작은 도움이 되었으면 한다.

힘든 젊은 시절 깊은 고뇌의 역경 속에서 새로운 희망을 만들어낸 세 사람의 만남은 우연이 아니라 하늘의 뜻이 아닐까 생각한다. 항상 즐거운 밥상 앞에 모두 고맙다. 사람과 사람을 넘는 이웃 사랑을 만들어내는 더 따뜻한 밥상이 되길 빌면서, 10년 세월의 밥상을 말없이 차려주신 분께 마음으로 진정한 감사를 표한다.

제3부

언론학자 정진석

언론인이자 언론 연구자인 정진석은 구한말에서 6·25전쟁까지 신문의 영인
본 작업으로 역사의 현장을 되살려냈다. 여기 실린 글을 통해 연구자로서 바라
본 역사 속 언론 100년의 모습을 알 수 있다.

1장

역사와

언론

영국기자 더글러스 스토리의 고종 밀서사건

고종의 밀서외교

헤이그 밀사 파견에 앞선 밀서 사건

러일전쟁 이후 일본이 한국 침략을 강행하던 긴박한 상황에서, 고종이 할 수 있는 거의 유일한 방법은 '밀서외교'였다. 기회만 있으면 열강에 구원을 요청하는 밀서를 전달했다. 열강의 힘을 빌려 일본의 한반도 침략을 막아보겠다는 마지막 몸부림이었지만, 열강의 반응은 냉담했다. 힘없는 약소국 군주의 안간힘은 실질적인 성과를 거두지는 못했다.

고종의 노력 가운데 가장 널리 알려진 극적인 사건은 1907년 6월 네덜란드 수도 헤이그에서 열린 만국평화회의에 밀사 파견이었다. 이준李儁을 비롯한 밀사 3명이 만국평화회의 개최지까지 갔으나 일본의 방해와 열강의 냉대로 뜻을 이루지 못하자 이준은 현지에서 분사憤死하고 말았다. 이준의 죽음은 국내에서 '자결'로 잘못 알려지기도 했다. 통감 이토 히로부미伊藤博文는 고종한테 밀사파견 책임을 물어 황제의 자리에서 물러나도록 강요했으며, 대한제국 군대까지 해산시켰다. 의병의 항일 무력항쟁이 치열하게 전개되면서 나라는 어지러운 소용돌이에 휩싸였다.

그런데 헤이그 밀사 파견보다 한 해 앞서서 고종의 또 다른 밀서 사건이 있었다. 고종이 영국 기자 더글러스 스토리(Douglas Story)에게 전달한 밀서를 런던의 일간지 트리뷴(The Tribune)이 보도하면서 논란이 길게 이어졌다. 고종은 을사조약에 도장을 찍지 않았으므로 일본이 그 조약을 근거로 벌이는 모든 행위는 인정할 수 없으며, 앞으로 5년간 열강의 보호통치를 바란다는 6개 항목이 담긴 밀서였다. 이 밀서는 일본의 침략이 부당하다는 사실을 널리 알려 국제 여론을 환기시키려는 시도였다.

영국 신문은 고종의 밀서 원본 사진까지 제시하며 보도했고, 국내에서도 대한매일신보가 밀서 사진을 전재轉載했다. 밀서는 고종의 뜻과 한국민의 입장을 국외와 국내에 설득력 있게 홍보할 수 있는 확실한 증거물이었지만 통감부가 밀서를 가짜라고 주장하며 진위여부가 긴 파장을 남겼다.

밀서 전달의 경위 확인

나는 스토리의 밀서 사건을 다룬 논문을 을사늑약 80주년에 『월간조선』(1985년 11월호)에 발표했다. 한국홍보협회가 발행한 일본어

잡지 『아시아 고론ｱｼﾞｱ公論』(1986. 4.)은 나의 논문을 「고종의 비밀과 영국인 밀사高宗ﾉ密書ﾄｲｷﾞﾘｽ人密使」라는 제목으로 번역, 게재했다. 국가보훈처는 2015년에 스토리 기자에게 '건국훈장 애족장'을 추서했다. 내가 스토리의 밀서사건을 추적 소개한 지 30년 뒤였는데 내 책의 내용을 토대로 그의 공적을 평가한 것이다. 그동안 스토리라는 인물에 관심을 기울인 사람은 거의 없었다. 재미교포 권민주는 스토리의 원저 『동양의 미래Tomorrow in the East』(1907) 가운데 한국 관련 부분만 번역하여 『고종황제의 밀서』(글내음. 2004)라는 책을 낸 적이 있었다.

스토리 기자가 보도한 밀서는 1년이 넘는 긴 기간에 걸쳐서 영국, 한국, 일본, 중국의 신문이 보도할 정도로 긴 파장을 남기면서 공개적인 논란을 불러일으켰다. 특히 국내에서 영국인이 발행한 대한매일신보와 코리아 데일리 뉴스(Korea Daily News)도 밀서를 보도하여 일본의 침략을 반대하는 고종의 진의를 널리 알렸다. 대한매일신보와 함께 항일 독립운동에 영국 언론이 관련되어 있다는 사실에 나는 특별한 관심을 가지게 되었다.

앞서 말한 대로 나는 스토리 밀서사건의 경과를 밝히는 글을 발표했지만 미진하다는 생각이 남아 있었다. 밀서를 전파한 스토리 기자가 어떤 인물인지 늘 궁금했다. 하지만 확실한 근거를 찾지 못한 상태로 34년의 세월이 흘렀다. 기회 있을 때마다 시도해 보았지만 어떤 실마리도 찾지 못했는데, 드디어 그에 관한 궁금증을 해소할 수 있는 영국의 자료들을 확보하여 소개해 보고자 한다.

종군기자 더글러스 스토리

세계 각지의 전쟁 취재

나는 2019년 여름 런던에 머무는 기회를 이용해서 영국의 공공 기록과 당시에 발행된 신문 기사를 조사하여 그의 일생을 밝혀보기로 했다. 오래 전에 박사논문을 쓸 때 배설의 행적을 찾아낸 경험을 살려서 같은 방법으로 스토리를 추적했다.

더글러스 스토리는 전쟁과 국제문제 전문 종군기자로 영국에서도 이름이 알려진 인물이었다. 남아프리카에서 영국과 트란스발공화국이 벌인 보어전쟁(Boer War, 1899~1902) 때부터 종군기자로 활동했고, 러일전쟁 때에는 러시아군을 종군했던 경험을 바탕으로 『쿠로파트킨의 군사작전The Campaign with Kuropatkin』이라는 책을 썼다. 한국을 다룬 저서는 『동양의 미래』인데 고종의 밀서사건과 일본의 한국침략을 비판적으로 기록했다.

하버드대학 동아시아연구소(Harvard East Asian Research Center)가 발행한 『중국의 서양인 발행 신문 관련 안내서A Research Guide to China-Coast Newspapers, 1822~1911』(Frank H. H. King & Prescott Clarke, 1965)에는 스토리가 1903년에 홍콩에서 창간된 사우스 차이나 모닝 포스트(South China Morning Post, 1903~1911)의 부편집장이었다는 아주 간략한 정보가 기록되어 있다. 이듬해에 편집진이 바뀔 때에 스토리의 이름이 없는 것으로 보아 스토리는 창간 당시에 참여했지만 오래 근무하지는 않은 것으로 보인다. 스토리는 자신을 "늘 세계 각지를 여행하는 사람(globe-trotter)"로 칭했다. 그는 10여 년에 걸쳐서 종군기자, 특파원으로 동양 여러 나라를 지켜보았고, 홍콩 일간지의 편집자였으며 베이징에 머물기도 했다.

전쟁 터 누빈 스코틀랜드 출신 기자

스토리의 정식 이름은 로버트 더글러스 스토리(Robert Douglas Story)였다. 맨 앞의 로버트는 생략하거나 로버트 D. 스토리로 기록된 경우도 있었다.

출생일: 1872년 12월 31일,
아버지: 대니얼 프레서 스토리(Daniel Fraser Story)
어머니: 제인 스커빙 데이브(Jane Skirving Dave)
출생지: 스코틀랜드의 에딘버러 근처 미들로디언(Midlothian)

영국은 매 10년마다 전국 인구조사를 실시했는데, 1881년 자료를 보면 스토리는 이때 9세로 잉글랜드 북동부 소재 노섬벌랜드 (Northumberland)에 사는 아저씨 윌리엄 덴톤(William Denton)의 집에 거주하고 있었다. 노섬벌랜드는 북쪽으로 스토리의 본가가 있는 스코틀랜드에 접하고, 동쪽은 북해에 면한다.

아저씨의 직업은 학자(scholar)로만 되어 있어 구체적인 직업을 알수 없다. 스토리는 아저씨 집에서 학교에 다녔던 것으로 추측된다. 10년 뒤인 1891년 인구조사 자료를 보면, 스토리는 19세로 출생지인 미들로디언 본가로 돌아와서 의학을 공부하는 학생으로 기록되어 있다. 아버지 대니엘은 47세, 어머니 제인은 43세였다.

25세였던 1897년 무렵에 스토리는 남아프리카와 관련된 경험을 쌓은 기자로 런던에서 활동했다. 스토리는 남아프리카 유명 정치인이자 기업가인 제임스 시브라이트(James Sivewright) 경이 아프리카에서 벌이는 사업과 정치인으로서의 활동을 소개하는 글을 *Scots Political*이라는 주간지에 실었다. 이 때 스토리는 남아프리카 신문 스탠더드 엔드 디거스 뉴스(The Johannesburg Standard & Diggers News)의 편집장으로 재직 중이었고, 거주지는 런던의 일링턴(Islington)이었다.

2년 뒤 1899년, 남아프리카에서 영국과 트란스발공화국이 벌인 보어 전쟁(Boer War: 1899~1902년)이 일어났다. 영국에서는 전쟁 뉴스에 관심이 높아졌고, 스토리는 더 주목받는 언론인의 위치에 서게 되었다. 스토리는 「중재냐, 전쟁이냐?*Arbitration or War?*」라는 팸플릿의 주 저자였는데, 이때는 스탠더드 엔드 디거스 뉴스 편집장을 그만둔 상태였지만, '전쟁종군기자(war correspondent)'로 이름이 알려져 있었다. 1899년에서 1901년 사이에는 데일리 메일 소속 전쟁종군기자로 영국 국방성의 허가를 받고 보어 정부의 통행증을 발급받아 남아프리카 현지에서 보어전쟁을 취재했다.

스토리는 런던으로 돌아온 직후인 1901년 4월에 아내가 제기한 이혼 소송으로 법정에 섰다. 아내 제인 매퀸(Jane McEwen)의 주장에 따르면 스토리는 남아프리카 취재를 마치고 귀국할 때에 프레다 포드(Freda Ford)라는 여자와 동행했고, 두 사람은 시골에도 다녀왔으며 런던 자택에서도 함께 머물렀다고 한다. 또한 부인은 스토리가 옷 입은 상태의 아내를 차가운 욕조에 빠뜨리는 폭행을 가했다고 주장했다. 재판에서 스토리는 아무런 변명도 하지 않았고, 부인이 제기한 이혼은 받아들여졌다. 이혼 기사는 여러 신문에 실렸다.

이 해 가을 스토리는 캐나다 몬트리올을 거쳐 뉴욕으로 갔는데, 이토 히로부미가 수행원들과 여행하는 기차를 함께 타고 있었고, 이토가 예일대학에서 명예박사학위 수여식에 참석하는 모습을 취재했다. 이때 스토리는 뉴욕 헤럴드(The New York Herald) 특파원 자격으로 영국 왕의 캐나다 여행을 취재한 것으로 짐작된다. 그 후 홍콩으로 와서 1903년에 홍콩에서 창간된 사우스 차이나 모닝 포스트 부편집장으로 일했다. 스토리는 이 무렵 동양을 처음 방문했던 것 같다.

이듬해인 1904년 2월에 러일전쟁이 터지자 유럽과 미국의 여러 신문이 도쿄와 러시아에 특파원을 보냈다. 이 때 런던의 데일리 크로니클(The Daily Chronicle) 특파원으로 한국에 왔던 배설은 서울에 남아 대한매일신보를 창간한다. 전쟁이 터지기 전까지 홍콩에 머물고 있던 스토리는 데일리 익스프레스(The Daily Express) 특파원에 임명되어 영국 군함(Empress of India호)에 승선하여 러일전쟁 취재를 시작했다.

전쟁이 터지고 이틀 뒤인 2월 10일 중국 산동반도의 즈푸芝罘(지금의 옌타이煙台)에서 전쟁 발발 기사 한 건을 보내고, 이어서 일본 시모노세키下關에서 「서울이 점령되다Seoul Occupied, Korean Fears」라는 또 다른 기사를 보냈다. 두 건의 기사는 1904년 2월 12일자 노던 휘그 (The Northern Whig)에 실렸다. 시모노세키를 거쳐 나가사키長崎에 닿은 날은 15일이었다. 거기서 도쿄로 갔다가 다시 상하이上海로 돌아와서 중국의 항구를 따라 북쪽으로 올라가면서 취재를 계속했다.

스토리는 원래 일본에서 한국으로 건너와 일본군을 종군할 계획이었으나 일본군의 허락이 좀처럼 떨어지지 않자 계획을 바꾸어 러시아군을 종군했다. 그는 중국 해안을 거쳐 만주지역에서 여러 달 동안 러시아 야전군과 생활하면서 10월까지 러시아군을 취재했다.

그는 전쟁이 끝나기 전인 1904년에 종군기 『쿠로파트킨의 군사작전』을 출간했다. 책에는 자신이 찍은 사진 여러 장을 넣었다. 전쟁 초기에 두 나라의 전함 보유량을 비교하고 러시아군 지휘관의 프로필을 소개하는 등 러시아 입장에서 본 전쟁의 경과를 종합적으로 기술했다. 그는 일본이 전쟁에서 승리한 요인은 일본군 지휘관들의 과학적이고 지성적인 능력 뿐만 아니라 전투에 임하는 일본군의 강렬한 야만성(babrism) 덕분이라고 기술했다. 일본군의 전투력이 서양 군대보다 우월했던 요인은 병사들의 광신적인 애국심 (fanatical patriotism)인데 세계 어느 나라 군대와도 비교할 수 없을 정도였다고 평가한다.

을사조약 후 한국방문

스토리는 마침내 1906년 1월에 트리뷴의 특파원 자격으로 한국에 첫발을 디뎠다. 트리뷴은 스토리가 한국에 온 바로 그때인 1906년 1월 15일 런던에서 창간된 젊은 신문이었다. 소유주는 볼튼 (Bolton) 지방 방직업자의 상속자인 자유당 소속의 젊은 국회의원 프랭클린 토마손(Franklin Thomasson)이었다. 고급 일간지를 지향하여 젊은 지식인 사이에 큰 주목을 끌었지만 경영이 어려워 창간 2년 뒤인 1908년 2월 8일에 폐간했다. 이 신문이 실패한 원인은 신문기업

종군기자 더글라스 스토리. 러시아군을 따라 만주지역에서 러일전쟁을 취재하던 모습.

의 '현실'을 무시했기 때문이었다. 논설에 주력한 반면, 신문이 다루어야 할 뉴스에 소홀했기 때문에 독자들에게 외면받았다.

스토리는 베이징에서 출발하여 상하이를 거쳐 일본 요코하마橫濱와 고베神戶에 들렀다가 한국으로 왔다. 베이징에서 상하이로 오는 동안 한국 정부의 재정고문인 영국인 브라운(McLervy Brown)과 동행했고, 상하이에서 한국 궁중의 측근을 만날 수 있었다. 여기서 스토리는 한국 정세에 관한 입장을 들었고, 서울에서 고종과도 바로 소통할 수 있는 인맥을 트게 되었다.

일본 요코하마에서는 주한 미국 공사관 서기관이었던 모건(Edwin

선양瀋陽에서 러일전쟁을 취재하는 여러 나라 종군기자들.
왼쪽에서 두번째가 스토리 기자.

V. Morgan)을 만나 을사조약 체결 당시의 상황을 들었다. 고베에서
는 통감부 총무장관으로 임명되어 한국으로 오고 있던 쓰루하라
사다키치(鶴原定吉, 통감부 초대 총무장관) 일행과 동행이었다. 쓰루하라
는 경찰 및 정보관계 고위관리들을 대동하고 있었는데 부산에 내
려 서울로 오는 동안 기차가 멈추는 역마다 일본인 고위급 관료들
이 연설하는 모습도 지켜보았다.

　서울에서는 일본 정탐꾼들이 들끓는 궁중에 유폐되어 공포에 떨
고 있는 고종을 만날 수 있었다. 고종은 자신이 암살당하지 않게
도와 달라고 스토리에게 부탁했다. 고종을 감시하는 일본 정보기

관은 세계에서도 가장 민완敏腕하다고 평가하였다. 이들 비밀 기관원들의 감시가 밤낮으로 계속되는 가운데, 궁중과 스토리 사이에 연락을 전달하던 고종의 측근들은 한복 바짓가랑이 속에 편지를 넣어 가지고 나오곤 했다. 이리하여 1월 어느 날 새벽 4시 즈음 드디어 고종황제의 붉은 옥새가 찍힌 밀서를 전달받았다.

밀서는 여섯 항목으로 되어 있었다. 고종은 을사조약에 조인하거나 동의하지 않았으며, 따라서 일본의 한국 내정 통제는 부당하며, 한국 황제는 세계열강이 한국을 집단보호 통치[신탁통치]하되 기한은 5년이 넘지 않기를 바란다는 내용이었다.

스토리는 이 밀서야말로 겁에 질린 대신들이 고종의 승인 없이 조인한 보호조약보다 훨씬 더 유효하다고 판단했다. 스토리는 우선 이 밀서를 믿을 수 있는 '유럽인'에게 보여주고 두 명의 증인을 세워 편지의 사본을 만들어 안전한 곳에 밀봉해 두었다. 그 '유럽인'이 누구인지는 밝혀지지 않았지만 대한매일신보 발행인 배설로 추측된다. 안전장치를 마련해 둔 뒤에 스토리는 삼엄한 일본군의 경계망을 뚫고 가까스로 제물포(인천)를 거쳐 노르웨이 선적의 배를 타고 중국 산동반도 즈푸芝罘로 탈출에 성공했다.

고종 밀서 보도의 파문

산동반도 즈푸로 탈출

스토리가 즈푸에 도착한 날은 2월 8일이었다. 스토리는 우선 을사조약이 일본의 강압에 의해 강제 체결되었으나 고종의 승인을 고종의 밀서 6개항 전문은 다음과 같다.

一. 一千九百五年十一月十七日　日使與朴齊純締約五條는
　　皇帝게셔 初無認許又不親押
二. 皇帝게셔는 此條約을 日本이 擅自頒布ㅎ믈 反對
三. 皇帝게셔는 獨立帝權을 一毫도 他國에 讓與ㅎ미無
四. 日本之勒約於外交權도 無據 온 況內治上에 一件事라도
　　何可認准
五. 皇帝게셔는 統監에 來駐ㅎ믈 無許ㅎ고 皇室權을 一毫
　　도 外人에 擅行을 許ㅎ미無
六. 帝게셔는 世界各大國이 韓國外交를 同爲保護ㅎ믈 願ㅎ
　　시고 限은 以五年確定

光武十年一月二十九日

THE EMPEROR'S LETTER

The letter consists of six definite amortions, and establishes
Korea's position before the world:

I. His Majesty the Emperor of Korea did not sign or agree to
　the Treaty signed by Mr. Hayashi and Pak Che Soon on
　Nov. 17th, 1905.
II. His Majesty the Emperor of Korea objects to the details of
　the Treaty as published through the tongues of Japan.

Ⅲ. His Majesty the Emperor of Korea proclaimed the sovereignty of Korea, and denies that he has by any act made that sovereignty over to any foreign Power.

Ⅳ. Under the Treaty, as published by Japan, the only terms referred to concern the external affairs with foreign Powers. Japan's assumption of the control of Korean Internal Affairs never has been authorized by his Majesty the Emperor of Korea.

Ⅴ. His Majesty the Emperor of Korea never consented to the appointment of a Resident-General from Japan, neither has he conceived the possibility of the appointment of a japanese who should exercise Imperial powers in Korea.

Ⅵ. His Majesty the Emperor of Korea invites the Great Powers to exercise a Joint Protectorate over Korea for a period not exceeding five years with respect to the control of Korean Foreign Affairs.

Done under the hand and seal of his Majesty the Emperor of Korea, this 29th day of January, 1906.

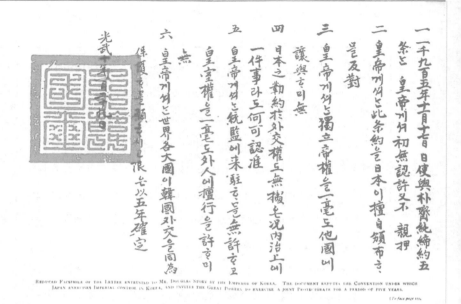

고종이 스토리 기자에게 전해준 밀서. 을사조약은 고종이 승인하거나 문서에 날인하지 않았으므로 무효임을 밝히고 있다.

받은 바 없다는 요지의 기사를 런던의 트리뷴 편집 담당자에게 보냈다. 그리고는 즈푸 주재 영국영사 오브라이언 버틀러(Pierce Essex O'Brien-Butler)를 찾아갔다.

오브라이언 버틀러는 1880년 3월 중국어 통역사로 외무성에 발을 들여놓은 이래 25년 이상 중국 각지에서 근무한 중국통 외교관이었다. 스토리는 오브라이언 버틀러에게 사실을 알리고, 오브라이언 버틀러는 자신이 데리고 있는 중국인들의 접근을 차단하고 고종의 밀서를 스스로 복사하여 사본을 만들어 두었다. 스토리가 만일 원본을 잃어버리는 경우에는 버틀러가 가진 사본을 베이징 주재 영국대사 새토우(Sir Ernest Satow)에게 보낼 계획이었다.

스토리와 오브라이언 버틀러가 이처럼 신경 쓴 이유는 장차 이 문서가 목적한 바를 위해 사용되기 전에 일본 측에 빼앗기거나 스토리의 생명이 위태로울 수 있었기 때문이다. 스토리가 서울을 빠져나와 중국 땅에 발을 딛기까지도 난관이 있었지만, 중국도 안전하리라는 보장은 없었다. 오브라이언 버틀러는 새토우에게 더글러스 스토리를 만났으며, 고종의 '옥새'로 생각되는 인장이 날인된 문서를 봤다고 보고하는 편지를 썼다. 그 문서는 1905년 11월의 을사조약이 무효이며, 조선을 5년간 열강의 보호 하에 두고 싶다는 내용을 담고 있다고 보고했다.

그 후에 스토리가 즈푸에서 밀서를 가지고 베이징 주재 대사 새토우에게까지 갔는지 확인할 길이 없다. 스토리는 새토우에게 이를 알리겠다고 오브라이언 버틀러에게 말했고, 오브라이언 버틀러가 새토우에게 밀서 내용을 보고했다는 기록은 남아 있다(1906년 2월 10일). 하지만 새토우의 서류 중에는 같은 기록을 찾을 수 없다. 베이징의 새토우가 설사 이 문제를 본국 정부에 보고했다 하더라도 영국이 한국의 독립을 위해 어떤 조처를 취했으리라고 기대하기는 어렵다. 영국은 이미 을사조약 직전인 1905년 8월 제2회 영일동맹을 맺은 상태였으며, 이 동맹협약은 한국에서 일본이 정치, 군사, 경제적으로 권리를 갖는다는 것을 인정하고 있었기 때문이다.

베이징 주재 영국대사가 묵살

직업 외교관이면서 사학자인 새토우는 경력을 보더라도 친일적 성향의 인물이었음이 확실하다. 1861년 일본어 통역으로 외무성에 발을 들여놓은 후 첫 부임지가 일본이었고, 가고시마, 시모노세키, 도쿄 등지에서 오래 근무한 일본통이었다. 중간에 잠시 방콕과 모로코에서 근무한 적도 있지만, 1895년 6월부터는 주일 영국 전권대사 겸 총영사로 도쿄에 머물렀고 1900년 10월부터 베이징 주재 대사로 부임했다가 스토리가 그를 찾아간 지 얼마 후인 1906년 10월에 퇴직했다.

새토우는 한국과 관련된 극동의 국제정세를 일본의 시각에서 바라보았다. 그는 한국에서 아관파천 후, 친 러시아파가 득세하던 때인 1896년 5월 8일에 쓴 글에서 일본이 한국을 지배하기 위해 그처럼 깊은 관심을 지니는 것은 한국이 고대로부터 일본 역사의 한 부분이었기 때문이라는 그릇된 견해를 밝혔다. 그는 한국을 일본의 알자스로렌(Alsace-Lorraine)이라고 비유하고, '일본의 입장에서 한국은 생사가 달린 문제(for Korea was to Japan a matter of life and death)'라고 지적했다. 그러므로 스토리가 고종의 밀서를 새토우에게 전달했더라도 본국에 보고하지 않았을 것으로 보인다.

이와 같이 고종의 밀서는 영국의 도움을 받거나 정치적인 효과를 거두지는 못했지만 한국의 입장을 국제적으로 알린 간접적인 영향은 결코 무시할 수 없을 정도였다. 더구나 한국 안에서 일본에 반대하는 국민여론을 환기시킨 효과는 매우 컸다.

스토리가 즈푸에서 타전한 기사는 트리뷴 2월 8일자 3면 머리에 「한국의 호소, 트리뷴지에 보낸 황제의 성명서, 일본의 강요, 열강국의 간섭요청(Korea's Appeal / Emperor's Statement to "the Tribune"/ Coerced by Japan/Powers Asked to Intervene)」이라는 제목으로 실렸다. 기사는 "한국의 지위는 믿을 수 없을 정도이며, 황제는 실질적으로 포로 신세다. 일본군은 궁중을 둘러싸고 있으며, 궁중에는 일본 스파이들이 가득하다. 을사조약은 황제의 재가를 받지 않았다"고 시작하며 을사조약 체결의 경위와 한국의 정치 실정을 소개한 다음에 고종이 스토리에게 준 밀서 6개항과 이를 영문으로 번역하여 게재했다.

스토리가 보낸 트리뷴 기사에 대해 영국주재 일본대사관은 즉각적으로 반론을 제기했다. 고종이 조약에 날인하지 않은 것은 일반적인 외교관례라는 주장이었다. 영일 동맹 조약에 영국 에드워드 왕이나 일본 천황이 직접 날인하지 않고 대표자를 시켜 서명케 한 사실이 이를 증명한다는 것이다. 한국 황제와 그 정부가 외국에 주재하고 있던 영사와 공사를 모두 철수시킨 것만 보더라도 황제가 조약에 동의했음을 뜻하는 증거라고 반박했다. 이에 대해 스토리는 2월 10일자에 일본의 주장을 반박하는 기사를 썼다. 일본이 한국 황제와 대신들을 협박하여 보호조약을 체결한 상세한 전말을 한국 황제의 총애를 받는 측근으로부터 받았다고 밝혔다.

그런데 스토리가 베이징에서 보낸 을사조약 강제체결에 관한 기사 내용은 대부분 코리아 데일리 뉴스가 11월 27일에 발행한 호외 기사를 전재轉載한 것으로 보인다. 앞서 장지연은 을사조약 직후인 1905년 11월 20일자 황성신문에 을사조약을 반대하는 명논설「시일야방성대곡」과 함께「오건조약청체전말五件條約請締顚末」을 실었다. 일본군의 검열을 받지 않고 배포한 이 논설의 요지는 이토 히로부미가 한국 대신들을 협박하여 을사조약이 부당하게 체결되었다는 것이다. 영국인 배설은 코리아 데일리 뉴스에 황성신문 기사를 영문으로 번역하여 호외를 발행했고, 스토리는 출전을 밝히지는 않았지만 거의 대부분 코리아 데일리 뉴스의 기사를 인용했다.

스토리의 트리뷴 기사는 로이터 통신이 타전하여 동양으로 되돌아왔고, 한국, 일본, 중국의 신문은 이를 게재했다. 서울에서는 대한매일신보와 코리아 데일리 뉴스가 2월 28일자 논설에 트리뷴 기사를 소개했고, 헐버트(H. B. Hulbert)의 『코리아 리뷰』도 일본 신문을 인용하여 한국 황제가 을사조약의 신빙성을 공개적으로 부인했다고 보도했다.

고종의 밀서가 여러 나라의 신문에 실리자 오브라이언 버틀러는 입장이 난처해졌다. 기사 중에는 즈푸 주재 영국영사 오브라이언 버틀러가 밀서의 진위를 확인했다는 내용도 있었기 때문이다. 즈푸에서도 즈푸 데일리 뉴스(Chefoo Daily News)가 같은 내용의 기사를 싣자 오브라이언 버틀러는 이 밀서가 진짜라고 확인한 적이 없고, 스토리가 북경에 밀서를 전달할 수 없을지도 모른다고 두려워하여 그의 요청에 따라 단순히 복사만 해두었다는 해명을 새토우에게 보냈다. 고종의 밀서는 여러 신문에 보도되며 논란이 일어났지만 한국에서는 1년 후인 1907년 1월에 다시 크게 문제가 되었다.

'동양의 장래' 연재와 저서

영국으로 돌아간 스토리

스토리는 중국을 거쳐 1906년 8월에 영국으로 돌아갔다. 그 직후인 9월 4일자 트리뷴에 다시 고종의 밀서 내용을 인용하면서 이는

영국 일간지 트리뷴에 실린 고종의 밀서 사진(1906. 12. 1.)

틀림없이 고종으로부터 받은 것임을 "진실되고 독립적인 특파원으로서의 명성"을 걸고 강조했다. 이 글은 영국 더 타임스(The Times)의 일본 특파원 브링클리가 8월 8일자에 게재한 기사에 대한 반박이었다.

스토리는 10월부터 트리뷴에 「동양의 장래The Future in the Orient」를 연재하면서 다시 고종의 밀서를 게재하고 을사조약이 일본의 강요로 체결되었으므로 무효라고 주장했다. 연재기사는 1회부터 7회까지는 일본에 관한 내용이고, 제8회(11월 14일)부터는 「The Future in Korea」라는 부제로 한국 문제를 다루었다. 한국 관계 다섯 번째 기사인 12월 1일자에 밀서를 사진으로 실었다. 여기서 스토리는 밀서가 궁중으로부터 나오게 된 경위와 이것을 가지고 한국을 떠나기까지 얼마나 위험한 고비를 넘겼는지 생생히 기술했다. 이 연재는 그때까지 영국에서 보도된 한국 관련기사 가운데 한국의 입장을 이해하는 관점에서 쓴 가장 긴 기사였을 것이다.

스토리의 트리뷴 기사와 함께 실린 고종의 밀서 사진은 한국으로 다시 돌아왔다. 대한매일신보는 밀서 사진을 1907년 1월 16일자에 그대로 실었다. 대한매일신보에 실린 사진은 고종의 진의가 무엇인지 한국민들에게 알리는 확실한 증거였다. 이렇게 되자 처음부터 밀서가 근거 없다고 주장해온 통감부와 통감 이토 히로부미는 당황하지 않을 수 없었다.

을사조약 체결을 강요한 장본인 이토 히로부미는 밀서에 대해 고종에게 자신이 직접 물어보았는데, 황제는 즉석에서 부인하더라고 말하면서 이 문서가 아마 궁중 근처에서 나오기는 했겠지만 고종이 수교하지 않았다고 주장했다. 그러나 이토는 자신이 변명을 해야 하는 사실 자체가 못마땅했을 것이다. 을사조약은 결코 일본이 강요한 것이 아니라, 한일 양국이 자발적으로 합의한 것이라고

대한매일신보는 트리뷴에 실렸던 밀서 사진을 전재轉載했다.(1907. 1. 16.)

통감부는 밀서가 가짜라고 주장하면서 대응책을 논의했다(1907. 2. 2).

주장해온 근거가 흔들리기 때문이다.

통감부의 대처방안은 두 가지였다. 우선 신문에 실린 밀서를 고종이 준 일이 없다고 강력하게 부인하는 일이고, 다음으로는 배설이 대한매일신보를 통해서 반일활동을 벌이지 못하도록 근본적인 대책을 세우는 것이었다. 첫 번째 조치로서 통감부는 대한제국 정부의 관보에 게재할 「고시문안告示文案」을 만들었다. 대한매일신보에 실린 밀서는 고종이 수교하지 않았으며 불순한 자들이 한일 양국의 친교를 저해하려고 날조했다는 내용이었다. 통감부가 만든 '고시'는 1월 21일자 관보에 실렸다. 통감부는 한국 정부 외사국장外事局長 이건춘李建春으로 하여금 대한매일신보에 실린 밀서 기사는 사실무근이니 정정하라는 공문을 배설에게 보내도록 했다.

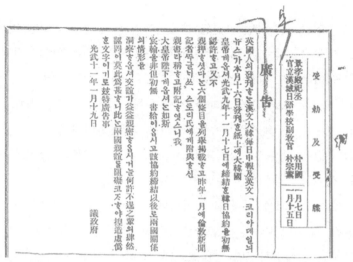

통감부는 고종이 밀서를 스토리 기자에게 준 적이 없다고 해명하도록 강요했다.
하는 수 없이 대한제국 '관보'는 밀서가 허위문서라고 고시하는 기사를 실었다.

　통감부의 이러한 조치는 부분적으로 효과가 있었다. 한국 정부
가 관보에 밀서를 가짜라고 공식적으로 부인했다는 사실을 몇몇
신문이 보도했기 때문이다. 일본 내각의 기관지 격이었던 재팬 타
임스와 친일 영어신문 재팬 매일은 물론이고, 일본정책에 비판적
이던 재팬 크로니클도 한국 정부의 관보고시官報告示 내용을 보도
했다. 영국의 권위지 더 타임스도 한국 정부가 밀서는 진짜가 아
니라고 부인했다는 기사를 실었다.

스토리의 저서에 삽입된 컬러 사진

　배설과 헐버트는 이 밀서가 진짜라는 주장을 끝까지 굽히지 않
았다. 대한매일신보는 밀서가 진짜라는 증거까지 가지고 있으나

그 증거를 제시하면 관련된 한국인이 일본의 보복을 당한 것이므로 내놓을 수는 없다고 말하면서 외사국장 이건춘의 기사정정 요구를 거부하고 일소에 부쳤다(「스토리 씨氏 愛書」, 대한매일신보, 1907. 1. 23.).

스토리는 트리뷴에 게재한 연재기사를 엮어 『동양의 미래』를 출간했는데, 이 책에는 고종의 밀서를 더욱 선명한 컬러 사진으로 삽입했다. 그는 밀서가 진짜이며, 그 내용은 고종의 참된 뜻이라는 사실을 되풀이해서 주장했다.

한국의 독립을 위해 힘쓴 헐버트는 이때 자신이 발행하던 개인 잡지 『코리아 리뷰』의 발행을 중단한 직후였다. 그는 이 잡지를 1906년 12월호까지만 발행했는데, 밀서의 사진은 대한매일신보 1907년 1월 16일자에 실렸다. 헐버트는 밀서의 진위 여부에 대한 논란을 그냥 보고 있을 수만은 없었다. 그는 재팬 크로니클에 글을 보냈다. 이 밀서가 진짜라는 확실한 증거로서 밀서 작성의 경위를 알고 있는 사람을 만나 이야기를 나누었다고 주장했다. 또 스토리가 한국에 있는 동안 자신은 워싱턴에 머물고 있었지만, 자기도 한국 황제로부터 똑같은 내용의 전보를 받았으므로 스토리에게 준 밀서는 진짜가 틀림없다고 단정했다. 자기가 워싱턴에서 받은 전보는 미국 국무성에 제출하기 위한 것이었는데, 일본이 밀서를 가짜라고 우기는 이유는 이 문서가 일본의 한국 점령이 명백한 찬탈행위임을 증명하기 때문이라고 결론지었다.

밀서가 가짜라고 계속 주장해 온 일본은 물론이고, 이에 대해 아무런 태도도 표명하지 않던 영국도 사실 고종이 밀서를 보냈다는 것을 잘 알고 있었다. 주한 영국총영사 헨리 코번(Henry Cockburn)은 주한 일본 공사인 하야시가 사적私的으로 이 편지가 궁중에서 나온 것이라고 말했다고 본국에 보고했다. 코번은 문서가 진짜인 것은 틀림없지만, 이러한 밀서가 가져온 결과에 부정적 견해를 나타냈다. 코번은 밀서가 대외적으로 공포되면 열강이 을사조약에 대한 승인을 재고할 것이라는 고종의 판단은 오판이며 밀서가 영국 신문에 실리고 그것이 다시 한국의 신문에 전재되었다고 해서 사태가 달라지지 않았다고 보았다. 고종이 이것을 스토리에게 주지 않았던 편이 좋았을 것이라고 본국에 보고했다(영국 국립문서보관소 자료, FO 262/979, Cockburn이 Grey에게, Feb.12.1907, No.7).

그러나 이것은 영국외교관 코번이 정치외교의 관점에서만 이 사건을 판단한 결과론적인 평가였다. 일본은 이 사건이 대한정책對韓政策 수행에 적지 않은 장애요소가 되었다고 판단했을 것은 당연하다. 대외적으로는 일본의 한반도 침략정책에 이미지 손상도 있었고, 한국 안에서도 반일 저항운동을 부채질한 것으로 보았다. 일본은 이와 같은 체면 손상을 막을 방안을 적극적으로 모색하게 되었다. 그것은 통감부의 기관지 발행으로 구체화되었다.

인도에서 영국 식민정부 근무

스토리는 종군 기자 겸 저술가로 명성이 널리 알려진 후인 1909년에 종군 특파원 생활을 접고 인도의 캘커타와 뱅골 영국 식민정부와 관련된 일을 하고 있었다. 1909년 1월에는 런던의 세인트 제임스 홀에서 인도의 당시 상황에 관한 강연을 했다.

1919년 6월 7일 스토리는 인도 봄베이에서 마리 제소프(Mary Jessop)

라는 여성과 재혼했다. 1901년 29세에 이혼 후 18년 동안 독신으로 지내다가 47세에 재혼했다. 1916년부터 2년간은 인도 주둔 영국군 소령이었고 1918년부터 1920년까지는 선적 통제사(shipping controler)로 근무했으며, 1920년에는 선적통제사 시절의 공로로 대영제국 훈장 (CBE)을 받았다('A War Correspondent's Death', *The Times*, July 11, 1921).

49세였던 1921년 7월 7일 스토리는 인도의 기차 안에서 사망한 상태로 발견되었다. 로이터 통신은 유명한 언론인(well-known journalist)이자 최근까지 벵갈 정부의 공보장관(Derector of Information)이었던 스토리 소령이 라자스탄주(Rajasthan) 남동부 코타(Kotah)에서 사망한 상태로 발견되었다는 기사를 타전했다('A Noted Journalist Major Douglas Story Found Dead in Train, *Aberdeen Daily Journal*, July 11, 1921).

더 타임스도 로이터 통신을 인용하여 스토리의 사망소식을 보도했고, 스토리의 고향과 가까운 지역에서 발행되던 에버딘 데일리 저널(*Aberdeen Daily Journal*)은 사망기사와 함께 그의 생전 언론활동을 상세히 소개했다. 이집트, 태국, 중국, 일본, 러시아, 남아프리카에서 특파원으로 활동했으며, 러시아, 시베리아, 중국, 일본 신문의 신디케이트를 대표하였고, 런던, 뉴욕, 요하네스버그, 홍콩에서 여러 신문의 편집자로 활동하였다고 보도했다.

130년 전 서양 언론에 비친 우리의 가련한 모습
─외국 언론이 보도한 청일, 러일전쟁의 생생한 현장

미지의 나라에서 벌어진 전쟁

조선은 19세기 중엽까지 서구인들에게 거의 알려지지 않은 나라
였다. '금단의 나라'(Ernest Oppert, 1880), '은자의 나라'(William Elliot Griffis,
1882)로 불렸다. 혹은 '가장 덜 알려지고 가장 적은 사람들이 찾아온
나라'(C. N Curzon, *Problems of Far East*, 1894)로 표현되기도 했다. 청일전쟁
직후 일러스트레이티드 런던 뉴스(1894. 8. 4)는 이렇게 보도했다.

조선은 동아시아의 큰 반도이며 중국의 황해와 일본열도 사
이에 위치한 북태평양 국가로, 몽골리안 종족의 단일민족으로
격리되어 있다. 이들을 야만족으로 생각해서는 안 되지만 그

러나 현대 문명을 가장 적게 받은 나라임에는 틀림이 없다. 지구상에서 이만한 크기 지역 가운데서 유럽의 진보적인 영향에서 이처럼 멀리 떨어져 있는 나라도 없을 것이다. 이 나라는 과거 수 세대 동안 외국과의 모든 상업적 교류를 거부해 왔으며 주변 강대국들의 사상과 관습에 대해서도 저항해 왔다.

한반도를 둘러싼 세 강대국 일본, 중국, 러시아는 조선의 지배권을 장악하기 위해서 청일전쟁(1894. 6~1895. 4)과 러일전쟁(1904. 2~1905. 9)으로 대결했다. 전쟁이 일어나자 서양 언론은 한국에 대한 관심을 보이면서 전황 취재를 위해서 찾아오는 특파원들이 늘어났다. 서양 언론은 당시 한국의 모습을 그림과 사진으로 남겼다.

역사의 엄중한 교훈

신용석 편저, 『잊어서는 안 될 구한말의 비운』(선광문화재단, 2017)은 나라의 운명이 결정적으로 기울던 무렵의 생생한 장면을 담은 화보집이다. 컬러 화보가 많아서 더욱 생생한 현장감을 느끼게 하는 자료다. 이 책의 편저자 신용석은 조선일보 프랑스 특파원 시절에 많은 자료를 수집하였다. 그는 19세기 말의 청일전쟁과 20세기 초에 벌어진 러일전쟁 시기에 이 땅에 살던 사람들의 모습과 당시의 풍물, 전쟁 장면 등을 발굴하여 한불 수교 100주년이었던 1986년에 기념 전시회를 열었다. 100년 전에 서양 특파원들이 화면에 담았던 조선의 풍경을 프랑스 특파원 신용석 기자는 파리에서 찾아내어 공개했다. 전시회는 많은 사람들의 관심을 끌었다. 그로부터 30년의 세월이 흘렀다. 인천 출신인 신용석 기자는 언론계를 떠나 인천개항박물관 명예관장을 맡으면서 새로운 자료를 더 보완하고 판형과 편제를 바꾸어 새로운 책을 발행했다.

서양 언론에 비친 당시 조선의 모습을 보면 한숨이 절로 나온다. 외국 군대의 전쟁터가 된 나라, 열강의 군화발에 짓밟히면서도 저항할 힘조차 없던 우리 조상들의 모습이 고스란히 드러나기 때문이다. 어째서 우리는 세계사의 큰 흐름을 외면하고 우물 안 개구리가 되어 있다가 저런 수난을 겪어야 했던가. 자기 땅을 남의 전쟁터로 내어주고 주인행세를 못하는 처지에 놓였을까. 주민들은 일본군의 짐꾼으로 끌려가고 의병은 총살을 당하는 상황은 누구의 책임이었나. 역사에서 교훈을 얻지 못하면 또다시 같은 사태에 직면하게 될 수밖에 없다. 이 화보집은 그래서 '잊어서는 안 될 구한말의 비운'이라는 제목을 달았을 것이다. 역사적인 교훈으로 삼아야 할 그림들이다.

책은 여섯 부분으로 구성되어 있다. ① 청일전쟁, ② 러일전쟁(육상전), ③ 러일전쟁(해상전), ④ 외국 언론에 비친 한국, ⑤ 구한말 정세를 풍자한 해외 만평, ⑥ 구한말의 외국 특파원들이다.

종군화가의 활약

20세기로 넘어서는 시점에 사진술은 실용화 단계로 발전했다. 서양 신문은 보도사진을 지면 구성의 주요 소재로 활용하기 시작했다. 사진 저널리즘 역사의 측면에서 유럽과 미국 잡지의 지면을 비교해 보면 기술적인 차이를 알 수 있다. 미국 잡지는 주로 사진을 실었으나 영국과 프랑스는 아직도 그림을 많이 활용했다. 유럽은 보도용 그림을 그리는 전문 화가들이 많았던 것과도 연관이 있는 지면이었다. 구텐베르크의 인쇄술이 실용화된 이후에도 필사한 책들이 한동안 사라지지 않았던 사정과 비슷한 상황이었다.

사진술의 실용화 이전부터 영국과 프랑스에서는 화보 잡지가 발행되고 있었다. 영국에서는 일러스트레이티드 런던 뉴스(The Illustrated London News, 1842)와 더 그래픽(The Graphic, 1869)이 발행되었고, 프랑스는 르 프티 주르날(Le Petit Journal, 1863), 르 프티 파리지앙(Le Petit Parisien, 1876) 같은 화보 잡지가 나타났다. 초기의 화보 잡지는 그림으로 보도사진의 역할을 수행하는 편집방식을 활용하여 인기를 끌었다. 르 프티 쥬르날은 1890년에 100만 부 발행이라는 세계 최초의 기록을 세웠고, 르 프티 파리지앙은 1915년에 200만 부를 돌파하는 인기를 누렸다.

이제는 간편한 카메라와 스마트폰으로 어디서든 누구나 사진을 찍을 수 있는 세상이 되었지만 당시의 카메라는 들고 다닐 수 없을 정도로 크고 무거웠다. 필름 현상시설까지 갖추려면 수레에 끌고 다니면서 운반해야 했다. 미국 기자는 코닥(Kodak) 필름을 사용했다. 프랑스 기자도 전쟁 장면을 촬영하는 모습이 보이지만 현장에서 찍은 사진을 그대로 보도할 수준까지 도달하지는 못했다.

이런 상황 때문에 차라리 사진기 없이 보도용 그림을 그리는 종군화가가 연필과 종이를 들고 전쟁터로 달려가서 스케치한 장면을 본사로 보내면 본사에 있던 화가들이 이 스케치를 바탕으로 더욱 섬세한 기교를 구사하여 보도용 그림을 완성하는 과정을 거쳤다. 거기에 색채를 더하면 사실성과 현장감이 뛰어난 그림이 완성되었다. 종군화가가 현장에서 스케치한 그림에 본사 전속화가가 협동하여 그린 모사模寫의 기술은 사진을 복사한 것만큼, 또는 그 이상 정확했다. 오히려 사진에 비해서 화가의 손을 거치는 과정에서 현장의 분위기까지 더욱 생생하게 전달되는 효과까지 나타났다.

프랑스, 영국, 미국의 주간 화보 잡지가 다루는 소재는 다양했다. 그 가운데도 전쟁터에는 독자들의 관심을 끌 수 있는 소재가 풍부했다. 피비린내 나는 전투 장면, 전쟁 영웅의 멋진 모습, 이국적인 풍경 등은 마치 오늘날 올림픽이나 축구경기처럼 역동성을 띤 장면을 많이 제공해 주었고, 기자들은 이를 포착하여 이야깃거리를 만들어내기 위해 전쟁터를 누비고 다녔다.

『잊어서는 안 될 구한말의 비운』에 수록된 조선의 모습은 미개하고 가난에 찌든 불쌍한 모습이다. 일본군은 근대식 장비를 갖추고 규율이 엄격했다. 서양 군대를 모방하여 복장은 간편하고 기동성이 있으며 장교는 권위를 지녔다. 일본군대를 무기력하게 바라보는 조선 사람의 모습은 대조적이면서 너무도 처량하다. 윗도리를 벗은 채 땅바닥에 주저앉은 소년, 벌거벗은 모습으로 엄마 곁에 서서 일본군을 바라보는 아이. 흰 도포에 부채를 들고 느긋한 자세로 앉아 있는 대신들은 발등에 떨어진 불을 보고도 대비를 하지 않다가 결국 망국의 길로 가는 다음 단계를 상징하는 것 같다.

코사크족 러시아군의 약탈

　제2장과 3장에는 러일전쟁의 여러 장면이 담겨 있다. 청일전쟁 10년 후의 일본군은 편제를 전문화하고 능률을 극대화할 수 있도록 세분하여 포병, 공병, 수병, 헌병, 병참, 의무병 등으로 분화했다. 무기는 더 현대화되었다. 군복은 완전히 서구식으로 개량되었으며 군인들의 표정은 자신감에 차 있다. 세종로 큰 길에는 러시아 군대, 프랑스 군대, 미국 해병대가 차례로 행진했다. 외국 공사관이 집결한 정동에서 광화문으로 통하는 길 주변은 초가집이 늘어서 있다.

　북으로 진군하는 일본군은 평양을 거쳐 평안북도 정주성을 함락하고 압록강으로 전진한다. 일본군을 종군하면서 그린 그림과 러시아군 부대를 종군하면서 보도한 화면은 각기 자신이 속한 군대가 승리하는 장면을 보여준다.

　코사크족 출신 러시아군 기마병들이 국경 부근 한국인 마을을 습격하여 약탈하는 비참한 장면도 있다. 전투가 아니라 민간인 살해와 약탈이다. 긴 창을 휘두르는 기마병들이 마을에 들이닥쳤다. 겁에 질린 한국인들은 목숨을 구걸하는 자세로 엎드린 자세를 취하고 있거나 맨손으로 본능적인 방어태세를 취하고 있다. 돼지, 오리 등의 가축은 놀라서 우왕좌왕 흩어진다. 평안북도 정주는 일본군과 러시아군이 육지에서 첫 접전을 벌인 지역이었다. 어린 시절 정주에서 자란 소설가이자 언론인 이광수는 러일전쟁 당시를 이렇게 회고했다.

르 프티 쥬르날(Le Petit Journal) 1904년 3월 27일자에 실린 그림. 코사크족 출신 러시아 기마병들이 국경 부근 한국인 마을을 습격하는 장면이다. 신용석, 『잊어서는 안 될 구한말의 비운』에서.

　"내가 열두 살 되던 해는 계묘년이요, 서력으로는 1903년이었다. 이 해 겨울에 러시아 병정이 정주에 들어왔다. 그들은 들어오는 길로 약탈과 겁간을 자행하여서 성중에 살던 백성들은 늙은이를 몇 남기고는 다 피난을 갔다. 젊은 여자들은 모두 남복을 입었다. 길에서 러시아 마병馬兵 십여 명에게 윤간을 당하여서 죽어 넘어진 여인이 생기고, 어린 신랑과 같이 가던 새색시가 러시아 병정의 겁탈을 받아 퇴기를 낳고 시집에서 쫓겨나 자살을 하였다. 소와 돼지가 씨가 없어지고 말았다. 이 때 어린 나는 우리 민족이 약하고 못난 것을 통분하고 러시아 사람을 향하여 이를 갈았다."

일본군의 의병 처형 장면

일본군은 우리의 의병을 처형했다. 1905년 5월 21일자 라 크로와 일뤼스트레는 의병 학살 장면을 그린 판화를 게재했다. 일본군이 십자가 형태 나무기둥에 의병 3명을 묶고 눈을 가린 상태로 총살한 뒤에 장교가 죽음을 확인하는 장면이다.

제4장 '외국언론에 비친 한국'은 청일전쟁과 러일전쟁 무렵 서울과 인근의 풍경을 모았다. 청일전쟁 당시 남대문 앞에는 나지막한 초가집들이 불규칙하게 달라붙어 있다. 서울에는 몇 개의 넓은 도로를 제외하면 꼬불꼬불한 골목길로 연결되어 있으며 골목에는 오물이 쌓여 있다고 프랑스 신문은 묘사했다. 일본인들이 보기에 남대문은 서울을 지키는 출입문 역할을 할 수 없을 정도로 국가의 위신은 추락한 상태였다.

경복궁 서쪽 출입문인 영추문과 창덕궁 안에 있던 승화루, 그리고 세검정과 서울의 성곽 풍경도 있다. 제물포(인천)의 한국인 마을, 일본인 거류지와 항구의 세밀한 그림은 개화기 우리의 삶을 찾아가는 시간여행의 느낌이 든다. 절도범에게 태형을 가하는 포졸, 병인양요 당시 강화유수의 모습도 그림으로 남아 있다.

널리 알려진 충격적인 장면은 1907년 8월 구한국 군대가 해산하던 당시에 저항하는 한국 군인을 일본군이 총검으로 무자비하게 찔러 죽이는 장면이다. 태극기가 걸린 건물 앞에서 해산당한 한국군은 처참하게 살해되었고, 살아남은 군인들은 의병이 되어 저항을 계속했다.

THE ILLUSTRATED LONDON NEWS, APRIL 9, 1904.—532

THE JAPANESE MEDICAL STAFF CORPS ON ACTIVE SERVICE IN KOREA

Drawn by R. Caton Woodville from a Photograph by R. I. Dunn, Chemulpo.

HOSPITAL EQUIPMENT: COOLIES BRINGING ASHORE MEDICAL STORES UNDER THE SUPERINTENDENCE OF THE MEDICAL STAFF CORPS.

러일전쟁에 일본군대의 의료품을 져 나르는 한국인. 노무자를 강제동원한 일본군인은
의기양양한 표정이다.

제5장에는 유럽과 미국의 신문 잡지에 실렸던 구한말 정세를 풍자한 만평이다. 풍자만평은 당시의 정세를 단순화, 축약하여 전달한다. 한반도라는 먹잇감을 놓고 열강이 서로 차지하기 위해 식탁에 스푼과 나이프를 들고 앉아 있거나 총과 무기로 맞서 싸우는 그림들이다. 우리의 운명이 서양 언론의 재미거리 소재가 되었다. 제6장에는 전쟁 취재를 위해 한국에 왔던 서양 언론인들의 모습이 실려 있다.

이 화보집은 마지막 연표를 포함하여 167쪽 분량에 흑백 사진도 있지만 많은 컬러 그림을 담았다. 30년 전 전시회의 제목 그대로 '격동의 구한말 역사의 현장'을 다시 볼 수 있도록 편찬한 책이다. 오늘의 우리가 깊이 성찰해야 할 자료가 담긴 훌륭한 컬러판 역사 교과서라 할 수 있다.

고종황제를 알현한 외국 특파원들

독립신문은 「창간사」(1896. 4. 7)에서 영문판 *Independent*를 발간하는 취지를 이렇게 밝혔다.

> 한쪽에 영문으로 기록하기는 외국 인민이 죠션사정을 자세이 몰온즉 혹 편벽된 말만 듯고 죠션을 잘못 생각할까 보아 실상 사정을 알게하고져 하여 영문으로 조곰 긔록함.

독립신문 창간 이전까지는 사실 한국의 사정을 우리의 입장에서 서양에 알릴 수 있는 방법이 없었다. 그러므로 한국의 모습은 외국인들이 전달하는 글에 의존하게 되었다. 외국 언론인과 여행객들이 한국에 와서 보고 들은 뒤에 본국에 전달한 것도 있지만, 한국에는 와 보지 않고 일본이나 중국에서 간접적으로 취재한 자료에 근거하여 쓴 글이 더 많았다. 한국에 와 보았더라도 일본 언론을 통해 취재하는 경우가 대부분이었다. 그러기에 더러는 '편벽된 말만 듣고 조선을 잘못 생각'하는 오류도 있었다.

조선은 어떤 과정을 거쳐서 서양인들에게 인식되기 시작했을까. 이는 우리의 대외관계사를 이해하는 데 대단히 중요한 사항이다. 한국과 인연을 맺었거나 한국에 관심을 가졌던 외국인은 우리의 언론발달사에도 직접 또는 간접으로 연관되는 경우가 많기 때문이다. 언제부터 어떤 단계를 거쳐 한국은 서양인들에게 알려지게 되었으며, 또 어떤 사람들이 한국을 서양에 알리기 시작했는지 살펴보기로 한다.

개항 이전의 한국관계 문헌들

아라비아인 코르다드베(Ibn Khrodadbeh)가 세계 지리에 관해 기술한 책에서 신라에는 금이 풍부하며 아라비아의 상인들이 많이 왕래하고 상주하기도 하는데 그들은 주로 신라의 도자기와 말 안장을 탐냈다고 썼다. 이 책의 정확한 출간연대는 알 수 없지만 9세기 중엽이라고도 하고 마르코 폴로(Marco Polo)의 『동방견문록』(1298~99)보다 약 500년 전에 출판되었다는 설도 있으니 서기 850년 이전에 이미 신라는 아라비아와의 교류가 있던 것이다. 유럽에서 널리 읽힌 『동방견문록』에도 우리나라는 '코리아'로 언급되어 있다. 1254년 프랑스의 루이 9세가 몽골 황제에게 사신으로 보낸 뤼브뤼크(Willem de Rubruck)도 여행기에서 고려를 Caule라고 소개했는데, 그는 고려라는 나라 이름을 최초로 서양의 기독교 신자에게 알린 사람이라 할 수 있다. 그러나 앞의 사람들은 한국에 대해 간접적으로 들은 바를 간략히 기술했을 뿐이었다. 실제로 한국에 온 첫 서양인은 포르투갈의 천주교 신부 그레고리오 드 세스페데스(Gregorio de Cespedes)였다. 그는 임진왜란 때인 1593년 12월 말(27일 또는 28일)에 한국에 도착해서 약 1년 반 동안 종군 신부로 사역했는데 그와 일본에 있던 동료들이 본국에 보낸 편지와 보고서는 한국에 관해 여러가지 흥미 있는 내용을 기술하고 있다. 구즈만(Guzman) 신부와 레기(Regis) 신부가 이 편지들을 인용했으나 그 내용에는 혼란이 있다. 세스페데스에 관해서는 헨리 코르디에(Henry Cordier)가 편찬한 『일본관계 문헌목록Biblicothcca Japonica』(1870년과 1912년)에 수록되었으며 우리나라 학자가 연구한 세스페데스 저술도 있다. 한국을 서양에 알린 단편적인 기록은 세스페데스 이후에도 서양 선교사들에 의해 언급된 바 있고, 지리 또는 역사책에도 나타난다.

한국을 서양에 널리 알린 가장 유명한 책은 네덜란드 선원 하멜(Hendrik Hamel)의 『하멜표류기』였다. 이 책은 1668년에 로테르담과 암스테르담에서 처음 출판된 이후 파리(1670), 뉘른베르크(1672), 런던(1704) 등지에서 네덜란드어는 물론이고, 프랑스어, 영어, 독일어 등으로 여러 판이 발행되었다. 그후 서구인들의 한국 관련 기록은 점차로 늘어났다. 이에 대해서는 1930년 6월에 언더우드(Horace H. Underwood)가 작성한 『한국 관련 서양문헌 목록Occidental Literature on Korea』이 있고, 곰퍼츠(E. and G. Gompertz)는 이 문헌목록의 보유편을 편찬했다. 그러나 『하멜표류기』 외에는 서구인들의 한국에 관한 기록이 매우 단편적이며, 한국에 와 보지도 않았거나 일본이나 중국의 간접 자료을 토대로 쓴 것이 대다수여서 정확성에 문제가 있는 경우가 많았다.

금단의 나라 은자의 나라

개항을 전후하여 서구인들의 한국 방문도 점차로 빈번해지고, 한국을 다룬 저서도 늘어났다. 가장 주목할 저서로는 프랑스의 가톨릭 전도사인 달레(Claude Charles Dallet)가 지은 『조선교회사』였다. 달레는 한국에 온 적이 없었고, 한국에서 순교한 다블뤼(Marie Nicolas Antonie Daveluy, 1818~1866) 주교를 비롯한 프랑스 전도사들의 편지와 그들이 번역해 보낸 한국인의 이야기에 근거해서 이 책을 썼다. 비록 한국에 직접 와서 취재하지 않았지만 천주교가 전래되고 있던 시대의 우리나라 상황을 지리, 역사, 국왕, 정부, 법정, 과거科擧, 언어, 사회상태, 부녀, 가족, 종교, 국민성, 오락, 주택, 학술이라는 열다섯 개 항목으로 나누어 기술했다.

그 이후에 나온 중요한 책은 존 로스(John Ross) 목사가 편찬한 『한국어 교본A Corean Primer』(1877)과 『한국 역사History of Corea; Ancient and Modern』(1879), 프러시아 상인 오페르트(Ernest Oppert)의 『금단의 나라 한국A Forbidden Land, Voages to the Corea』(1880), 미국인 그리피스(William Elliot Griffis)의 『은자隱者의 나라 한국Corea; The Hermit Nation』(1882), 그리고 미국 천문학자 로웰(Percival Lowell)의 『고요한 아침의 나라Chosen The Land of the Morning Calm』(1885) 등이 있다.

『은자의 나라 한국』의 저자 그리피스 역시 한국에 온 적이 없다. 일본에 오래 머물면서 주로 일본의 자료를 이용해서 한국에 관한 책을 썼고, 미국의 유수 잡지에 한국 관련 글을 여러 편 발표했다.

로웰이 한국을 "고요한 아침의 나라"로 부른 후 이 말은 한국을 상징하는 가장 친숙한 표현이 되었다. 같은 제목의 글을 여러 사람이 발표했고, 1890년 7월부터 영국 성공회가 한국 선교활동을 소개한 월간잡지『Morning Calm』을 발행하면서 이 표현은 서구인 뿐만 아니라 한국인도 가장 즐겨 사용하는 용어가 되었다. 이 잡지는 영국에서 인쇄하여 세계 여러 나라에 배포되었다. 1892년 1월부터는 미국 감리교 선교회가 운영하던 삼문출판사(The Trilingual Press)에서『Korean Repository』를 발간하기 시작했다. 이 잡지는 1893년부터 1899년 6월까지 발행되는 동안에 한국의 역사와 풍습, 문화 등 다양한 내용의 글과 당시 한국에서 일어난 뉴스를 담아 서양인들에게 한국을 알리는 데 큰 역할을 했다. 이 잡지가 폐간된 후에 미국인 헐버트가 발행했던『코리아 리뷰』(1901~1906) 역시 한국을 외국인들에게 알리는 데 크게 이바지했다. 헐버트는 한국의 독립을 위해 힘썼으며『코리아 리뷰』도 일본의 한국침략을 반대하는 항일 논조를 유지하여 일본의 미움을 샀다.

헐버트의 저서 The History of Korea는『코리아 리뷰』에 연재되었던 글을 묶어 낸 책이다. 이들 잡지 외에 영문으로 발행된 신문으로는 서재필이 독립신문과 함께 영문판 Independent를 1896년 4월 7일에 창간하였다. 서재필이 영문판을 발간하기 시작했던 동기는 앞에서 소개한 대로 한국의 입장에서 한국을 소개할 매체가 필요하다는 판단 때문이었다. 그런데 독립신문의 영문판이 발행되기 전인 1894년에 일어난 청일전쟁은 한국에 많은 외국기자들이 몰려온 계기가 되었다.

1894년 7월 25일 일본군함이 풍도楓島 앞바다에서 청나라 수송선을 격침시켰고 8월 1일 청·일 두 나라의 선전포고로 청일전쟁이 일어났다. 이 전쟁은 서양인들에게는 그때까지도 미지의 나라였던 한국에 대한 관심을 불러일으킨 계기가 되었다. 영국의 화보잡지 일러스트레이티드 런던 뉴스는 7월 28일자 표지에「서울 근교의 재래시장」이라는 설명이 붙은 그림을 실었다. 아직 외국 특파원이 전쟁 취재를 위해 한국에 도착하기 전이었기 때문인지 이 그림에는 한국사람이 아닌 이상한 모습의 사람들이 그려져 있다. 8월 4일자에 실린「한국의 여관(A Corean Rest House)」이라는 그림도 한국이 아닌 국적 불명의 풍경이었다. 그러나 8월 11일자부터 한국 사진이 실렸다. 9월 1일이 되자 특파원이 한국에 와서 직접 그린 그림이 실리기 시작했다. 이는 대부분 화가가 스케치하거나, 사진을 찍어 보내면 본사의 전문화가가 다시 그림을 그려서 게재한 것이다.

국제적 관심의 대상이 된 네 가지 사건

1904년에 일어난 러일전쟁 때문에 또 한 번 각국의 기자들이 몰려와서 한국은 다시 한 번 세계의 주목을 받았다. 서구인들이 볼 때에 러일전쟁은 극동에서 새롭게 팽창하는 일본제국과 구라파의 강국 러시아가 한반도의 지배권을 놓고 맞닥뜨린 흥미 있는 싸움

러일전쟁 취재를 위해 일본으로 향하는 배 위의 미국 특파원들. 일행은 러일전쟁 직전인 1904년 1월 8일 샌프란시스코에서 사이베리아(Siberia)호를 타고 출발하여 호놀룰루를 거쳐 1월 25일 일본 요코하마에 도착했다. 왼쪽 끝은 미국 콜리어스(Collier's) 기자 헤어(James H. Hare), 한 사람 건너 중앙에 담배 들고 선 사람이 영국 더 타임스의 제임스(Lionel James), 두 사람 건너 콜리어스의 팔머(Frederik Palmer), 맨 오른쪽은 뉴욕 헤럴드의 데이비스(O. K. Davis) 기자. *Collier's* 1904년 2월 13일자.

이었다. 유럽에서 수많은 기자들이 극동으로 몰려들었다. 전쟁 발발 후인 1904년 4월 29일자 뉴욕 이브닝 포스트에 의하면 이때 벌써 200여 명의 미국 및 유럽 기자들이 일본군을 따라 종군하고 있었다. 이들 '전쟁터의 무서운 개들(those terrible dogs of war correspondents)' 가운데는 유럽이나 미국의 신문 통신사 본사에서 극동에 파견되어 온 사람들도 있었지만, 일본과 중국 등지에서 발행되던 영어신문에 종사하고 있었거나 종사한 적이 있는 언론인들이 전쟁이 일어나자 특별통신원(Special Correspondent)에 임명된 경우도 있었다. 이때 일본과 중국에는 여러 종류의 영어신문들이 발행되고 있어서 극동에서 신문에 종사한 경험을 가진 서구인들은 적지 않았다.

고종을 알현하는 서양기자들. 러일전쟁 취재를 위해 한국에 온 영국, 미국, 프랑스, 독일, 이탈리아 특파원이 고종을 알현하고 있다. 단상 왼쪽이 고종이고, 오른 쪽은 황태자(후에 순종), 단 아래에서 특파원을 대표하여 영국 화보잡지 일러스트레이티드 런던 뉴스의 빌리어스(Frederic Vilies) 기자가 명함을 건네주고 있다. 명함을 받는 군복 입은 사람은 시종무관장인 듯하다. 일러스트레이티드 런던 뉴스 1904년 8월 27일자.

　당시 세계 최대 신문이었던 영국 더 타임스는 취재를 위한 전용선을 인천 앞바다에 파견하기까지 했다. 이들의 눈에 비친 한국은 열강의 말발굽에 짓밟힌 가련한 나라였을 것임을 짐작하기는 어렵지 않다. 한국은 열강 여러 나라가 침략의 대상으로 삼는 땅이었고 국제 정치상 흥정의 대상물에 지나지 않았다.

　서구인들의 눈을 통해서 본 한국의 당시 모습은 침략자인 일본군의 짐꾼, 혹은 외국 군대의 주변에 서성대면서 호기심에 가득찬 눈으로 바라보는 구경꾼의 모습으로 묘사되고 있다. 한국에 많은

외국기자들이 몰려들었던 역사적인 사건은 네 번이었다. 첫 번째
는 1894년의 청일전쟁이고, 두 번째는 1904년의 러일전쟁, 세 번째
는 1950년의 6·25전쟁, 그리고 1988년의 서울 올림픽이었다. 앞의
세 번은 모두가 전쟁이었다. 그리고 그것은 우리의 전쟁이 아니라
외국군대의 발굽에 짓밟힌 싸움이었다. 마지막으로 1988년의 서울
올림픽만이 한국인이 진정한 주인이었던 큰 사건이었다.

2장

국가와

언론

조선은 왜 국권을 잃었나
─한말 신문에 담긴 망국의 조짐들

신문은 19세기 조선의 타임캡슐

한말의 신문은 19세기 막바지와 20세기 초반에 걸치는 조선의 사회상을 그대로 간직한 타임캡슐이다. 이 시기의 신문에는 너무도 한심한 일이 많아서 분통이 터진다. 이러고도 나라가 망하지 않을 수 있었다면 그것은 20세기 초반의 세계사적인 기적으로 기록되었을 것이라는 생각까지 들 정도다. 국제정세는 사회적 다위니즘(Social Darwinism)으로 불리는 약육강식의 제국주의 시대였다. 국가의 생존도 생물학적인 적자생존의 자연법칙이 적용되어 강한 국가는 약한 국가를 지배하여 번성하고 약한 국가는 절멸한다는 논리였다. 조선왕국이 국호를 대한제국으로 바꾼 이유는 중국으로부터의 독립이라는 의미도 있지만, 우리도 힘이 미치는 날에는 다른 나라를 식민지로 만들 수 있다는 제국주의적 국가 이상을 뒤늦게 밝힌 것으로 해석할 수 있다. 당시의 국력으로는 그것이 전혀 실현성이 없는 망상이었기에 단지 자신을 지킨다는 목표에 성공하는 것만으로도 '제국'으로서의 대한은 위엄과 영광을 주관적으로나마 누릴 수 있을 터였다. 독립만 유지했더라도 백성들의 고통이 오늘에까지 이르지는 않았을 것이기에, 나라가 망하게 된 원인이 어디에 있었는지 100년 전후의 신문을 보면서 뼈저린 교훈적 요소를 발견하게 된다.

외부대신이 독일 영사에게 얻어맞고

독립신문은 1896년 4월 6일에 창간되어 1899년 12월 4일까지 발행되었으니 수명이 긴 신문은 아니었다. 19세기가 끝나고 20세기가 시작되기 직전의 이 기간은 우리의 역사에 중요한 전환점이었다. 독립신문에는 기가 막히는 기사들이 실려 있다. 서민들의 삶이 비참했던 것은 말할 것도 없지만 서양인, 일본인, 중국인들이 한결같이 조선 백성을 업신여기고 까닭 없이 두들겨 패더라도 말한 마디 못하던 상황이었다.

1896년 9월 18일 밤. 일본 민간인 한 명과 일본순사가 통행금지 시간에 남대문을 열라하였으나 문을 지키던 조선 순검(현·순경)들이 날이 밝기 전에는 열 수 없다고 하였다. 일본 순사는 군도로 조선 순검을 무수히 때리고 남의 나라 수도의 성문을 열고 짐 실은 말 두 필과 하인 두 명을 들여보냈다. 남서의 순검 유치선이 술 취한 청인 패에게 순라방망이와 포승·호각 따위를 빼앗겼다. 독립신문 1896년 9월 26일자 「잡보雜報」에 실린 기사다.

1898년 1월에는 서양인 '차례'라는 자가 인천에서 조선 사람을 향해 총을 쏘았다. 탄알이 배를 관통하여 조선사람은 죽을 지경에 이르렀다. 차례는 요리집에서 술을 마시다가 조선사람 수십 명이 몰려 구경하자 귀찮게 여겨 이런 만행을 저질렀다. 이 사건을 보도한 협성회協成會회보는 배재학당 학생들이 발행하던 주간신문이었다. 기사는 이렇게 논평했다. "그렇게 악한 오랑캐 놈을 당장에 설분雪憤 못하였으니 듣는 자에게 분한 일이나 장차 정부에서 법률대로 조처할 일이다." 그러나 정부는 자국민을 보호하거나 범인을 처벌한 흔적이 없다.

뎨국신문帝國新聞은 1898년 8월 10일에 창간되었다. 사장 이종일李鍾一은 후에 민족대표 33인의 한 사람이었고, 임시정부와 대한민국의 초대 대통령이 되는 이승만李承晩이 주필(기자)로 활약했다. 창간 일주일째였던 8월 16일자 「잡보」 기사와 8월 30일자 논설란에는 일본인들의 행패를 실어 독자들의 분노를 자아내었다. 8월 16일자 기사는 한국 병정 한 사람이 군복을 입은 채로 일본인 전당포 주인에게 구타당하는 모습을 보고 길 가던 사람이 분함을 이기지 못하여 그 연유를 물은즉, 일본인 전당포 주인은 길 가던 사람에게까지 욕을 퍼부었다는 내용이었다. 기사는 이승만이 쓴 것인데 그는 "막중한 군복을 입은 병정"이 일본인 전당포 주인에게 얻어맞은 사실을 묘사하여 분한 마음을 품지 않을 수 없게 만들었다.

2주일 후인 8월 29일자 「잡보」는 일본인이 조선 사람을 칼로 쳐서 손이 상하였는데도 한국 순검은 수수방관하면서 자기네 백성을 보호하지 못하는데, 일본인 순사가 달려와서 적반하장으로 칼 맞은 한국 사람을 자기네 경찰서로 연행했다고 보도했다. 현장의 군중들은 격분하여 일대 소동이 벌어졌고 칼질한 놈을 우리가 보는 앞에서 처벌하라고 요구했으나, 아무 소용이 없었다.

몇 가지 간단한 사례들만으로도 나라꼴이 어떠했는지 짐작하기 어렵지 않을 것이다. 어째서 외국인들에게 얻어맞고 억울한 일을 당하면서도 할 말을 못하는 비굴한 백성이 되었을까? 썩은 관리들이 벼슬자리를 돈으로 바꾸고, 벼슬을 돈으로 산 사람들은 민중의 피를 빨아 배를 채웠기 때문이다. 장수가 나약하면 병졸은 오합지졸이 된다. 나라가 백성을 보호하지 않으니 백성은 자기 나라에서도 주인행세를 못한 것이다.

1896년 9월 17일자 독립신문 첫머리 논설에는 이런 이야기가 나온다. 새로 임명된 거창 군수 김봉수를 보고 내부대신이 "어떻게 자네가 고을원이 되었느냐?"고 물었다. 김봉수는 "돈 3만 량을 주고 고을원 벼슬을 샀다"고 대답했다가 파면되었다는 거짓말 같은 사실이다. 돈을 주고 벼슬을 산 고을원이 백성에게 어떤 짓을 했을지 불보듯 뻔하다. 매관매직이 횡행하던 세태의 한 사례였다.

한국에 진출한 열강국 외교관과 상인들은 이권탈취에 혈안이 되어 있었으나 무능하고 부패한 관리들은 대등한 외교로 국민의 재산을 보호할 능력이 없었다. 1898년 6월에는 독일영사 구린(口麟, Krien, D)이 외부대신 유기환兪箕煥을 폭행하는 해괴한 사건도 일어났다. 구린은 유기환을 독일영사관으로 불렀는데, 찾아간 유기환의 팔을 느닷없이 때렸다. 유기환이 무슨 일인가 물으니까 대답도 없이 이번에는 주먹으로 그의 가슴을 때리고 문밖으로 밀어내면서 외부外部(지금의 외교부)에서 보낸 공문 두 장을 마당에 내팽개쳤다 (독립신문, 1898. 7. 2; 4; 6; 7). 외부대신이 일개 외국 영사를 불러들이지 못하고 공관으로 찾아가는 행위도 굴욕을 자초한 처사였지만, 모욕과 구타를 당하는 일은 상상할 수도 없는 일이다. 어이없는 수모에도 아무런 대응을 못했으니 외부대신 개인의 문제가 아니라 국가의 체면이 어떠했겠는가.

의병과 비도匪徒

아관파천 직후, 명성황후를 시해하고 조선을 침략하는 일본을 응징하려는 의병들이 전국에서 봉기하고 있었다. 이 때 나타난 의병은 '을미乙未의병(1895)'으로 불린다. 독립신문은 바로 이 무렵에 창간되었다. 같은 때에 고종은 자기가 다스리는 나라의 궁궐에 머물지 못하고 남의 나라 보호를 받을 요량으로 러시아 공사관에 몸을 내맡겼다. 아관파천俄館播遷으로 불리는 고종의 피신은 그의 무능과 나약함을 내외에 공개한 사건이었다. 독립국가로서의 나라 위신은 참담할 정도로 땅에 떨어졌다.

그런 가운데도 지방 여러 곳에서 의병이 들고 일어나 백성들은 애국심이 살아 있음을 과시했다. 국가가 위기에 처했을 때에는 민간인은 물론이고 승려들까지 무기를 들고 나라를 지키는 전통이 있었다. 그러나 의병이라 해서 모두가 순수한 우국충정을 지닌 애국자들은 아니었다. 현실에 불만을 품은 사람과 불량배 무리들도 있었다. 시류에 편승한 비도匪徒, 떼도적들도 의병임을 빙자하여 횡행했다. 양민들에게 피해를 끼치는 일도 흔해서 의병과 도적의 구분이 애매한 경우가 많았다. 영국인 재정고문 브라운(MacLeavy Brown)이 1896년에 예산을 편성하려고 보니 국가의 세입 400만 원 가운데 3분의 1을 비도들이 도적질한 상태였다(독립신문, 1896. 9. 24. 논설). 나라의 기강이 이런 정도였다.

비도를 진압하기 위해서 정부의 관군이 지방에 출동하고, 고종은 의병을 향해서 무력항쟁을 자제하라는 조칙을 내리기도 하였다. 독립신문에는 '비도匪徒'로 표현된 기사가 200회 이상 나타나고 있으나, '의병'으로 표현된 기사는 20회 정도에 지나지 않는다. 독립신문이 의병을 '비도'로 표현한 것은 친일적인 시각이며 의병을 모독한 것이라 하여 서재필을 비판하는 자료로 삼는 사람도 있다. 그러나 비도와 의병의 구분이 애매했기 때문에, 진압군이 지방에서 '비도' 또는 죄인을 포살(31건)하거나 교살(10건), 총살(7건)하였다는 기사도 독립신문에는 자주 등장했다. 정부에서 내려보낸 관군이 죽인 죄인을 독립신문이 의병으로 보도할 근거는 없었기 때문에 독립신문이 '비도'라는 표현을 썼을 것이다. 이로 인해서 서재필이 비난받는다면 억울한 일이다. 의병이 일어나야 했던 상황을 불러온 위정자들에게 근본적인 책임을 물어야 할 것이다.

선진국의 문물을 접하고 돌아온 서재필의 눈에는 한국의 정치, 사회, 서민이나 양반들의 생활상 그 모든 것이 개혁의 대상이었다. 사회는 한심한 일들로 가득했다. 과학적 근거가 없는 미신, 점쟁이, 무당들의 굿과 부적, 화상和尙이 횡행하고 있었다. 위생 상태는 형편없었다. 목욕을 자주 하라, 우물에는 뚜껑을 덮어 먼지가 들어가지 않게 하고 물을 끓여서 먹으라는 등 서재필의 계몽적인 논설 가운데는 정치개혁을 주장하는 내용과 함께 위생에 관련된 내용이 많았다. 서울의 좁은 길에 긴 담뱃대를 물고 다니는 사람들 때문에 다른 사람의 통행에 방해가 되기도 하였고, 어린이들이 노는 길거리에 말을 타고 달리는 사람도 있어서 몹시 위험하였다. 여자들은 인간적인 대우를 받지 못했으며 '첩'이라는 키워드도 30회 이상이 나온다. '개화'와 '문명진보'는 독립신문이 지향하는 최종목표였고, 지면을 관통하는 중심사상이었다. 인권 개념이 희박하였던 당시에는 살인사건(56건)도 흔히 일어났다.

무력, 외교, 경제, 언론의 입체적 침략

러일전쟁은 일본과 러시아가 한반도의 지배권을 둘러싸고 벌인 전쟁이다. 일본은 1870년대 초의 정한론征韓論 이후에 조선 침략을 노골화하였고 위기는 고조되었으나 조선은 효과적으로 대비하지 못하고 있는 사이에 나라의 운명은 바로잡기 어려울 정도로 기울고 있었다. 국력이 쇠진해 있었으니 개화의 의지만으로 외세에 대응하기에는 때가 늦었다. 일본은 청일전쟁으로 한반도에서 중국을 몰아냈고, 1904년에는 러시아와의 대결에도 승리했다.

일본은 한국 침략을 크게 네 분야로 추진하였다. 첫째는 무력을 통한 침략이었다. 청일전쟁과 러일전쟁을 치르면서 중국과 러시아와 싸워 한반도를 둘러싼 강대국을 축출하고 독점적인 지배권을 확보하였다. 국내의 무장 항일 투쟁에 대해서도 무력으로 제압하였으며, 한일의정서韓日議定書와 을사조약 등의 국권 탈취도 무력을 앞세운 강압으로 체결하였다. 러일전쟁 직후에 체결된 한일의정서는 일본이 한반도에서 군사상 필요한 지역을 점용占用할 수 있도록 하였고, 마침내 1907년에는 군대를 해산하여 대한제국은 군대 없는 나라가 되고 말았다.

둘째로는 외교력을 동원한 침략이었다. 러일전쟁이 일어나자 대한제국은 '엄정중립'의 외교노선을 표방하였지만 일본은 한일의정서(1904. 2. 23)를 강제로 체결하여 실질적으로 한반도를 무력으로 점거하였고, 한일협약(1905. 8. 22)을 강요하여 외교권과 재정권을 장악하였으며, 을사조약(1905. 11. 17), 한일신협약(1907. 7. 24) 등 형식상의 조약 또는 협약을 통하여 한국의 국권을 탈취하였다. 국제적으로는 미국과 맺은 태프트(Taft)-가쓰라桂太郞 협약(1905. 7. 29), 제2회 영일동맹(1905. 8. 12), 러시아와의 포츠머스 조약(1905. 9. 5)과 같은 조약 또는 협약을 체결하여 한반도에서의 우월적인 지위를 확보하고 한국을 강점할 수 있도록 열강의 동의를 얻어내었다.

셋째는 경제침략이었다. 1905년의 한일협약은 일본인을 재정고문으로 임명하도록 하였기 때문에 일본인 재정고문은 국가의 예산 편성과 그 집행을 총괄하여 고종과 순종도 일본인 재정고문의 승인을 받아야 예산을 집행할 수 있었다. 재정고문 메가다 다네타로目賀田種太郞가 일본으로부터 거액의 악성차관惡性借款을 도입하여 대한제국은 경제적 식민지로 전락하고 있었다. 1904년 2월부터 일본이 요구하였던 황무지 개간권도 경제침략의 일환이었다. 민족진영은 황무지 개간권 요구를 반대하는 저항운동을 전개하여 이를 좌절시켰으며, 1907년에 시작된 국채보상운동도 경제적 예속에서 탈피하려는 노력이었다.

넷째는 언론침략이다. 일본은 한성순보가 발간되기 전인 1881년 12월부터 부산에서 조선신보를 발간하기 시작한 이후, 독립신문보다 한 해 먼저인 1895년 2월에는 한국어와 일본어로 편집하는 한성신보를 창간하여 일본의 한국 침략을 합리화하는 논조를 펴기 시작했다. 인천에서는 일본어 신문인 인천경성격주상보仁川京城隔週商報(1890년 1월 28일)가 발간되다가 제호를 조선순보朝鮮旬報(1891년 9월 1일), 조선신보(1892년 4월 5일)로 바꾸면서 발행하였다. 특히 러일전쟁 이후에는 여러 종류의 한국어 신문을 발행하여 침략의 선전도구로 활용하는 한편, 한국인이 발행한 신문에 대해서도 동원하여 친일적인 논조를 펴도록 유도했다.

독립신문 이후에 여러 종류의 민간신문이 자생적으로 창간되었다. 독립신문은 정부의 보조로 발행되었지만 그 이후에는 자력으로 민간인들이 신문을 발행하는 단계로 발전하였다. 1904년 7월 18일에 영국인 배설(裴説, Ernest Thomas Bethell)이 창간한 대한매일신보와 영문판 코리아 데일리 뉴스는 영국인이 누릴 수 있었던 치외법권治外法權을 이용하여 강력한 항일논조를 폈다. 이로 인해서 한·영·일 세 나라의 외교관계에 복잡한 문제를 일으켰다.

황성신문, 제국신문, 대한매일신보와 같은 한말의 민족 언론은 일본의 침략정책에 저항하는 한편으로 민족의식을 고양하는 노력을 동시에 기울였다. 이와 함께 무장 항일 저항운동도 전개되었으나 일본의 군사력에 대항할 정도가 되기에는 너무도 빈약했다. 일본, 러시아 등 서구 열강국의 경제침략, 외교적인 방법을 이용한 이권탈취, 무력을 앞세운 침략에 대해서 벌인 저항은 많았다. 그 가운데 특징적인 2개의 큰 저항운동은 1904년에 일본의 황무지 개간권 요구를 좌절시킨 일과 1907년의 국채보상운동이었다.

한국문제에 냉담했던 영국

일본은 한국을 지배하는 명분으로 영국이 이집트에서 수행한 역할을 한국에서 수행해보겠다고 영국을 비롯한 열강국을 설득했다. 19세기말 영국이 이집트에서 성공적으로 재정과 행정을 개혁하고 스에즈운하를 통행하는 모든 외국의 선박을 공평하게 대우했듯이 일본은 한국의 시정施政을 개혁할 것이며, 한국에 진출한 외국의 이권을 보장해 주겠다는 약속이었다. 일본의 이 같은 주장이 침략을 합리화하려는 속셈이었음은 그 후의 침략정책에서 드러나게 되었다. 일본은 한국을 식민지화한 후, 중국 대륙으로 진출할 때에도 똑같은 논리를 들고 나왔다. 이번에는 만주가 일본의 이집트라는 주장이었다. 대한매일신보는 일본의 주장을 반박했다. 영국은 나일강 댐을 건설하는 등 이집트의 개발에 기여했지만, 영국에 비해 경제력이 크게 빈약한 일본은 스스로의 이익만을 위해 한국을 점령하려는 것이라는 비판이었다("A Comparison", *Korea Daily News*, 1904. 9.

13.; 대한매일신보, 1904년 9월 14일, 「혼 비교 홈이라」).

일본과 한국에 와 있던 영국의 외교관들은 대체로 일본의 한반도 진출을 필연적인 추세로 받아들이는 입장이었다. 한국과 일본을 대등한 독립국가로 보고 중립적인 입장에서 양국 문제를 다루지 않았고, 일본의 입장에 서서 한국 문제를 바라보았으며 한국 정부를 뒤로 제쳐놓은 채 한국 문제를 일본과 협상했다. 이는 극동에 와 있던 영국 외교관들만의 시각이라기보다는 영국 외무성의 외교방침이 그러했기 때문이다. 한국에 와 있던 영국 외교관들이 일본에 우호적인 태도를 가졌던 원인은 어디에 있을까. 당시의 국제정세와 한국의 정치상황에서 그 해답을 찾아야 한다.

첫째는 영국의 외교정책이었다. 영국은 한국에 극히 제한된 이해관계를 갖고 있었다. 영국이 볼 때 한국은 가난할 뿐만 아니라 개발의 잠재력도 거의 없는 자원 빈국이었다. 러시아와 일본이 한국을 놓고 대립할 때 영국의 외교정책은 러시아에 반대하는 노선이었다. 그것은 영일동맹이라는 형태로 구체화되어 있었다. 한국에 대해서는 한국이 독립하느냐의 여부가 아니라 어느 강대국의 지배하에 들어가느냐 하는 쪽으로 정책을 결정하고 있었다. 영국은 일본의 주장을 정당한 것으로 받아들였다. 한국은 일본의 안전과 이익에 직접적인 관련을 갖고 있기 때문에 일본이 한국을 보호해야 한다는 논리였다. 이러한 외교노선에 따라 영국의 외교관들이 일본에 우호적이었던 것은 자연스러운 현상이었다. 일본의 입장에서도 국제정치상 영국의 힘을 빌리는 정책은 긴요했기 때문에 영국과의 관계를 우호적으로 유지하기 위해 최선을 다했다.

둘째는 조선정부의 구조적인 취약성이었다. 서울에 와 있던 영국 외교관들은 한국의 정파政派 갈등과 대신들의 잦은 교체로 협상의 상대를 찾기가 어려울 지경이었다. 주한 영국공사 조단(Jordan)의 눈에는 "한국의 궁정은 높은 자리에 오르기 위한 각색 파당들이 싸우는 결투장이며, 그렇게 분열된 의결기관의 연출장"으로 비쳤다. 그보다 앞서 주한 영국대리공사로 근무했던 가빈스(John Harington Gubbins)는 다음과 같이 쓰고 있다.

> 한국 황제와 그 측근들은 여느 때와 마찬가지로 금전상의 궁핍에 쪼들리고 있다. 그래서 그들이 돈을 얻으려고 하는 열망은 평소 때보다 훨씬 바빠진 미국, 일본, 프랑스, 독일의 이권利權 사냥꾼과 차관借款 알선꾼들에게 새로운 기회를 제공하고 있다.

외부대신이 독자적인 판단에 따라 외교업무를 수행할 수 있는 재량권은 거의 없었다. 조단은 한국의 외부대신을 "황실과 외국공사관 사이에 드리워진 하나의 장식적 휘장"에 불과한 존재로 보았다. 그 불행한 관리는 단지 황제로부터 외국의 외교관들을 격리시키는 도구로나 이용될 뿐이고, 어떤 면에서는 대외관계의 실무에서 하나의 장애물이었다. 황실의 요구도 만족시키고 외국인의 요구도 만족시켜야 하는 자리가 외부대신이었으며 그들은 빈번하게 교체되었다. 이것은 한국의 정책이 전혀 일관성이 없거나 견고하지 못하다는 분명한 징표였다.

고종과 왕비를 협박하는 일본 공사. 일본 화보잡지에 실린 그림을 영국 일러스트레이티드 런던 뉴스 1904년 3월 20일자에 전재했다.

1901년에서 1904년까지 4년 동안 외부대신은 무려 스무 번도 넘게 교체되었다. 같은 사람이 병을 이유로 잠시 물러나 대리에게 자리를 넘겨주었다가 되돌아오는 경우가 대부분이므로 사람이 달라진 회수는 그보다 적었다. 그러나 교체가 심했던 1902년에서 1904년까지 예를 보면 다음과 같다.

1902년에 박제순朴濟純에서 유기환兪箕煥(3. 15), 최영하崔榮夏(4. 29), 유기환(5. 31), 최영하(6. 21), 유기환(7. 1), 최영하(8. 13), 조병식趙秉式(10. 17)으로 교체되었고, 1903년에는 이도재李道宰(1. 30), 이중하李重夏(7. 20), 이도재(7. 29), 이중하(9. 1), 성기운成岐運(9. 15), 이중하(9. 21), 이지용李址鎔(12. 23), 1904년에는 박제순(1. 25), 조병식(3. 12), 김가진金嘉鎭(4. 1), 이영하李夏榮(4. 19), 윤치호尹致昊(8. 22), 이하영(9. 2)의 순으로 정신없이 바뀌고 있다.

조단의 후임이었던 헨리 코번은 외부대신들이 빈번하게 바뀌는 동기가 어떤 원칙의 주장 때문이 아니라 어려운 자리로부터 도피하려는 소망 때문이라고 보았다. 그는 권력을 잡았던 한국의 대신들이 외국의 이해관계에 영향을 미치는 문제를 결정할 때에 취했던 태도를 다음과 같이 기술했다.

그들의 정책은 너무나 많은 복잡하고 종잡을 수 없는 동기로 결정되었고, 위기를 맞을 때마다 너무나 자주 변했기 때문에 제한된 지면 안에서 이를 기술하기란 불가능할 정도이다.

주일 영국대사 맥도날드도 짧은 한국 체류 기간 중에 한국 궁중은 괴상하기 짝이 없을 정도로 부패하고 음모로 가득찼다는 인상을 받았다. 이 같은 영국 외교관들의 견해는 고종과 그 측근들을 지나치게 폄훼貶毁한 평가라 할 수도 있다. 대한제국 정부의 일관성 없는 외교정책들은 대부분 열강의 압력으로 말미암아 일어난 현상이었던 경우가 많았기 때문이다. 그러나 설사 주한 외국 외교관들이 편견을 가지고 한국을 바라보았다 하더라도, 한국 정부를 교섭 상대로 여기지 않고 따돌렸던 원인 가운데 가장 중요한 부분은 대한제국 정부의 무능한 시스템에 원인이 있었음을 부인하기는 어렵다.

세 번째로는 주한 영국공사관과 주한 일본공사 하야시 곤스케林權助의 친분관계도 원인의 하나였을 것이다. 앞서 살펴본 영국의 외교정책과도 관련이 있지만, 한국에 주재하던 영국 외교관들은 하야시와 친숙하게 지냈고, 그를 극구 칭찬했다. 특히 조단은 하야시와 개인적으로 절친했다. 한반도에서 러일 양국의 적대관계가 고조되다가 전쟁이 일어났던 시기에 조단과 하야시는 서울에 주재했고, 을사조약이 체결된 뒤에는 두 사람이 베이징으로 가서 근무했다. 위에서 살펴본 여러 요인들이 복합적으로 작용하여 한국 정부는 영국으로부터 점점 소외되었던 반면에 서울의 영·일 양국 공사관은 더욱 밀접한 사이가 되어 가고 있었다.

일본의 한국 침략과 식민지 정책은 어떠한 변명으로도 합리화될 수 없는 범죄였다. 그렇다고 해서 나라를 지키지 못한 조선 위정자들의 잘못이 경감되거나 합리화될 수는 없다. 그들은 침략자 못지 않게 무거운 역사적 책임을 벗어날 길이 없다. 전쟁에 패한 지휘관이 자신의 병졸에게 패전의 책임을 지우고 자신은 적국에서 생명을 부지하면서 작위를 받아 육신의 평안을 도모한다면 그는 장교나 하급 군인보다 더 큰 죄를 지은 사람이다.

고종은 비극의 왕이었다. 그는 조선의 제26대 임금이 되어 44년 간(1863~1907)이나 왕(또는 황제)의 자리에 앉아 조선을 통치했다. 12 세의 미성년으로 왕위에 올랐으니 국가를 운영할 능력은 없었다 하겠으나 성인이 된 후로도 고종은 격변하는 국제정세에 현명하 게 대처하지 못했다. 그는 자신의 선조가 세운 나라를 잃고 자신 과 일족의 생명을 적국에 의탁하는 처지로 전락했다. 그의 즉위 이전부터 조선 왕조는 이미 국가의 재정이 피폐했고, 백성의 기백 은 꺾였다. 누적된 비정秕政이 고종 시대에 와서 외세의 침략과 맞 물려 회복이 불능한 상태가 되어 나라가 망하는 운명을 자초한 것 이나 다름없었다. 그러고 보면 고종도 역사의 희생자였다. 그러나 나라가 망한 가장 무겁고도 최종적인 책임은 절대군주 고종에게 돌아가지 않을 수 없다.

미-일 제국의 배신과 대한제국의 종말

루스벨트가 뿌린 재앙의 씨

『대한제국 침탈 비밀외교 100일의 기록Imperial Cruise』(프리뷰, 2010)는 대한제국의 운명에 관련된 부분이 큰 비중을 차지한다. 일본군의 진주만 침공으로 시작된 끔찍한 태평양전쟁의 근원이 어디에 있는지, 그 기원을 찾는 작업이 책을 쓴 직접적인 동기였다. 결론적으로 미국이 태평양을 무대로 펼친 외교정책에서 신흥 제국 일본이 대한제국을 식민지화할 수 있는 길을 터 주었기 때문이라는 것이 저자의 역사 전개 논리다. 책의 중요한 핵심내용이 한말 조선의 운명에 관한 부분이라고 보는 이유다.

미국에는 두 사람의 루스벨트 대통령이 있었다. 시어도어 루스벨트(Theodore Roosevelt, 제26대: 1901~1909 재임)와 프랭클린 루스벨트

(Franklin Delano Roosevelt, 제32대: 1933~1945 재임)다. 두 루스벨트는 대통령
으로서 한국과 특별한 인연이 있다. 제32대 루스벨트는 2차 세계
대전이 치열하게 전개되던 1943년에 영국, 중국과 공동으로 발표
한 카이로선언에서 한국의 독립을 보장한다는 내용을 담았다. 그
는 이로써 한국인들의 기억 속에 깊이 각인되어 있다.

책의 주인공이라 할 수 있는 제26대 루스벨트는 한국과 좋은 인
연을 만들지 못했다. 미국의 위대한 대통령 가운데 하나로 평가
받는 루스벨트는 포츠머스조약을 주선한 공로로 노벨평화상 첫 번
째 수상자가 되었다. 그러나 책의 저자는 루스벨트가 한 세기 전
의 역사에 어떤 비극의 씨앗을 심었는지 구체적인 사례를 들어 파
헤치면서 흥미로운 에피소드를 적절히 배합하는 서술방식으로 이
야기를 엮어 나간다. 루스벨트의 백인 우월주의 세계관과 포츠머
스조약이 상징하는 잘못된 외교정책이 100년의 세월이 흐르는 동
안 후대에 큰 재앙을 몰고 왔다는 사실을 가차 없이 드러낸다.

일본은 한국을 식민지화한 후로도 제국주의적 야욕을 버리지 못
하고 만주사변(1931), 중일전쟁(1937)에 이어 하와이의 진주만 공격
(1941)을 감행한다. 그래서 제2차 세계대전의 근원도 거슬러 올라가
면 루스벨트의 잘못된 정책에 그 뿌리가 닿아 있다는 것이다.

최대 규모의 순방 사절단

이야기는 루스벨트 대통령이 파견한 아시아 순방 외교사절단 80
여명이 1905년 7월 5일 샌프란시스코 항을 출발하던 날에서 시작

된다. 사절단은 그때까지 미국 역사상 가장 큰 규모였고 하와이, 일본, 필리핀, 중국, 대한제국을 거치는 긴 여정이었다. 미국이 태평양 지역의 패권을 장악하고 세계의 절대강자로 부상하도록 만들기 위한 원정대遠征隊의 성격을 띠고 있었다.

루스벨트의 후임으로 제27대 대통령이 되는 육군장관 태프트(William Howard Taft)를 비롯하여 상원의원 7명, 하원의원 23명과 다수의 군인 및 민간 관료들이 배에 타고 있었으며 기자들도 동승했다. 일행 가운데는 루스벨트의 매력적인 21세의 젊은 딸 앨리스도 포함되어 있었다. 그는 '앨리스 공주'라는 애칭으로 불렸던 사절단의 꽃이었다.

이 '제국주의 순방(imperial cruise)'를 통해 루스벨트는 앞으로 수세대에 걸쳐 미국의 아시아 정책에 큰 영향을 미칠 중대한 정책들을 결정하고 실행에 옮겼다. 루스벨트는 약소국을 향해 미국의 힘을 휘두른 인물이었다. "한마디로 몽둥이 철학에 투철한 사람"이었다. 대규모 사절단을 보내면서 루스벨트가 추구했던 정책을 저자는 이렇게 묘사한다.

그가[루스벨트] 휘두른 몽둥이가 남긴 상처들은 태평양에서 벌어진 제2차 세계대전, 중국 공산혁명, 한국전쟁, 그리고 오늘날까지도 우리의 삶에 영향을 미치는 여러 긴장사태들을 일으킨 불씨가 되었다. 20세기 미국의 아시아 외교는 시어도어 루스벨트가 남긴 궤적을 따라갔다.

이때 루스벨트가 대한제국을 배신함으로써 아시아 대륙에 대한 일본의 영토 확장 계획에 파란불을 켜 주었으며 수십 년 뒤에 또 다른 루스벨트 대통령(프랭클린 루스벨트)은 전임 루스벨트가 행한 비밀협약의 결과로 빚어지는 피비린내 나는 처절한 전쟁의 소용돌이에 휘말리게 되었다고 저자는 단정한다.

100년 전의 대한제국은 이미 국운이 쇠진한 상태였다. 열강의 침략에 대항할 군사력도 부족했고, 외교정책을 추진할 수 있는 능력을 지닌 인재도 없었다. 국가재정은 거의 파탄상태였다. 누적된 비정秕政과 국제 정세에 적응하지 못한 결과였다.

서양 열강의 눈에 비친 한국은 침략자를 유혹할 정도로 풍부한 자원이 없었다. 하지만 한국은 일본제국에게는 절대 불가결의 중요한 존재였다.

주한 영국 총영사 헨리 코번(Henry Cockburn)은 한반도의 처지를 인접한 강국 일본, 러시아, 중국 세력의 틈바구니에 끼어 고통 받는 장기판의 졸卒에 비유했다(영국 외무대신 에드워드 그레이에게 보낸 보고, 1907. 3. 7). 서양 열국은 한반도가 오래 전부터 중국과 일본의 지배를 받아온 나라라는 잘못된 선입관을 지니고 있었다.

태프트 일행 미국 사절단도 비슷한 인식을 지니고 태평양을 건너는 순방길에 올랐다. 출발지 샌프란시스코는 2년 8개월 뒤인 1908년 3월에 대한제국의 미국인 외교고문 스티븐스가 암살당한 곳이다. 스티븐스는 일본이 한국을 문명과 진보의 길로 인도하려고 노력하고 있으며, 한국 국민을 대하는 일본의 태도는 미국이 필리핀을 다스리는 방법과 비슷하다고 주장했다. 샌프란시스코 크로니클에 실린 이 기사를 보고 현지 교민들은 격분했다. 그는 항의 차 방문한 교민 대표들에게도 한국은 독립할 자격이 없기 때문에 일본이 빼앗지 아니하면 벌써 러시아가 점령했을 것이라는 망언을 하다가 장인환의 총에 맞아 목숨을 잃었다.

책에는 나오지 않는 이야기

이 책에 상세히 기술되지 않은 사실도 있다. 사절단 일행이 첫 기착지 하와이 호놀룰루에 도착했던 7월 14일, 현지 거주 한인들은 일행을 뜨겁게 환영했다. 사절단의 목적이 무엇인지 알지 못했던 교민들은 미국이 한국의 독립을 지원할 것으로 믿었다. 8천명의 하와이 거주 한국인은 루스벨트에게 한국의 독립유지를 도와달라는 청원서를 보내기로 하고 후에 초대 대통령이 되는 이승만과 윤병구 목사를 대표로 선출했다.

태프트는 7월 15일 호놀룰루를 떠나 25일에는 요코하마에 도착하여 이틀 뒤에 가쓰라-태프트 비밀협약을 체결했다. 협약은 필리핀 문제, 극동의 평화유지, 한국문제를 포함했는데 일본이 한국을 보호국으로 삼도록 허용한 내용이 들어 있었다. 가쓰라-태프트의 이 비밀협약은 19년 뒤인 1924년에야 내용이 알려졌다.

그런 사실을 모르는 이승만과 윤병구는 8월 4일 루스벨트의 사가모어 힐 별장을 찾아가서 일본의 침략으로부터 한국을 구해달라고 청원했다. 1882년에 맺은 한미수호통상조약에 따라 미국이 한국을 구해 줄 것으로 믿었지만 루스벨트는 한국의 믿음을 배신했다. 루스벨트는 '무력한' 나라들은 문명국의 합법적인 먹잇감이라고 쓴 적이 있다. 그런 생각을 지닌 루스벨트와 태프트는 2인 1조로 한 팀이 되어서 후대에 제2차 세계대전이라고 부르게 될 전쟁이 태평양에서 일어나도록 파란불을 켜 주었던 것이다.

국빈 대접 받은 루스벨트의 딸

사절단은 샌프란시스코를 떠난 지 두 달 뒤 상하이에서 두 무리로 헤어졌다. 태프트 일행은 미국으로 돌아가고 앨리스 일행은 베이징을 거쳐 한국을 방문한다. 앨리스 일행은 9월 19일 서울에 도착했다. 한국에 대한 일본의 지배권을 인정한다는 요지의 포츠머스조약이 9월 5일에 체결된 날로부터 2주일 뒤였다. 일본은 한국 지배를 국제적으로 인정받았고 한반도 침략에 가속도가 붙게 되었다. 두 달 후 을사늑약이 체결되어 한국의 외교권이 박탈당한다.

포츠머스조약 체결로 루스벨트의 정치적 위상은 크게 높아졌고, 조약을 중재한 공로로 노벨상을 받는 영광까지 차지한다. 한국인에게 민족적인 고통을 안겨준 대가였다. 책의 저자는 이렇게 썼다. "인종이론에 대해서만 관심이 있지, 국제외교와 아시아에 관해서는 거의 아는 게 없던 루스벨트는 미국과 일본의 관계를 어두운 길을 따라 달리게 해 마침내 1941년(태평양전쟁)에 이르도록 만들었다."

고종은 미국과 일본 사이 밀거래의 내막을 까맣게 모르고 있었다. 앨리스는 인천을 거쳐 서울에 왔다. 루스벨트의 딸이 한국에 온 사실은 당시 한국의 신문도 비교적 상세히 보도했다. 고종은 엘리스를 국빈으로 대접했다. 자신의 나라를 일본에 넘겨주는 외교정책을 펴고 있는 미국 대통령의 딸이 지나가는 길을 보수하고 엘리스가 방문하는 곳에 한·미 두 나라 국기를 교차 게양하여 환영과 경의를 표하도록 정부 각 부처에 지시했다고 황성신문이 보도했다.

예식관 고희경高義敬과 궁내부 참서관 남정규南廷奎를 인천까지 보내어 영접토록 하고 앨리스에게는 황제의 전용열차를 제공하여 서울에 도착하자 궁내부대신 이재극李載克이 정거장에 마중 나와 황실의 가마에 태워 숙소로 안내했는데 연도에는 서울에 거주하는 외국인과 한국인들이 구름처럼 몰려왔다.

이튿날인 20일 12시 엘리스는 고종을 알현하고 식사를 함께 했고 미국 공사관의 만찬, 청량리의 홍릉과 남한산성을 관광하는 등 바쁜 일정을 보냈다. 엘리스가 지나가는 길의 보수비용으로 국고 2천 9백원을 지출했고, 29일에 열차편으로 부산을 거쳐 일본으로 떠날 때에는 특별열차를 제공했다. 떠나는 날은 각부 대신이 남대문 정거장에 나와 전송했다고 황성신문이 보도했다. 루스벨트의 무례한 딸 엘리스는 최고의 인기를 누리고 있었던 것이다.

스물 한 살의 젊은 공주 엘리스가 약소국의 이 같은 극진한 환대에 안하무인으로 행동했다는 사실이 미국의 언론에 보도된 것은 그 후의 일이었다. 그가 서울에 머물던 때인 9월 27일자 황성신문은 루스벨트가 노벨평화상을 수상하게 되었다는 외신을 실었다. 프랑스의 르 프티 파리지앙은 1905년 10월 8일자에는 가마를 타고

구한국 군대의 경호를 받으며 궁성으로 들어가는 엘리스의 모습을 보도하면서 한국은 이 미국적인 말괄량이 아가씨를 상대로 한미공수동맹을 맺으려했다는 기사를 실었다.

1910년 7월에는 대통령 자리를 떠난 루스벨트가 동양을 방문하여 한국 북방에서 호랑이 사냥을 할 계획이라는 외신 보도가 실리기도 했으나(대한매일신보와 황성신문, 1910. 7. 20) 한국을 방문하지는 않았다. 전국 각지에 호랑이가 출몰하여 사람과 가축에 피해를 입히는 일이 자주 일어나던 시절의 일이다.

대한제국의 허망한 최후

고종은 순진하게도 루스벨트를 한국을 구원할 구세주로 착각하였으나 루스벨트는 철저하게 일본 편을 들었다. 일본이 한국을 차지하는 걸 보고 싶다는 것이 루스벨트의 진심이었다. 국제정세에 무지했으며 강력한 군대와 유능한 외교관을 양성하지 못했던 대한제국은 결국 멸망의 길로 가지 않을 수 없었다.

독자의 이해를 돕기 위해 이 책에 언급된 사항 두 가지에 대한 약간의 설명을 덧붙이고자 한다. 하나는 가네코 겐타로金子堅太郎로 불리는 사람이다. 가네코는 하버드대학 출신으로 미국 사정에 밝았다. 하버드 동문인 루스벨트와의 연락과 미국의 일본에 대한 우호적 여론을 형성시키는 임무를 띠고 있었다. 주미 일본공사 다카히라 고고로高平小五郎를 자문하는 역할을 맡았던 것으로 이 책은 서술하고 있다.

러일전쟁 마무리. 미국 대통령 루스벨트의 초청으로 포츠머스 강화조약 담판에 참석한 러·일 두 나라 대표. 메이플라워 선상에서 루스벨트(중앙)가 일본 전권대사 고무라(小村壽太郎, 오른쪽)와 러시아 대표 위테(N.Witte, 왼쪽)를 소개하고 있다.

둘째로는 고쿠민신문國民新聞에 대해서다. 이 신문의 사주 도쿠토미 소호(德富蘇峰, 1863~1957)는 1887년에 민유샤民友社를 설립하여 신문, 잡지 및 출판사업을 전개하는 한편, 많은 글을 써서 신문 경영인 겸 논객으로 일본에서 명성이 높은 거물 언론인이었다. 그는 민유샤를 모체로 고쿠민노토모國民之友(1887. 2)라는 잡지를 창간하고, 이어서 고쿠민신문(1890. 2. 1), 『가테이 잡지家庭雜誌』(1892. 9. 15), 영문잡지 『The Far East極東』(1895. 2. 15)를 발행하고 출판사업도 병행하고 있었다.

도쿠토미는 이토 히로부미를 비롯하여 정계와 언론계에 폭넓은 인맥을 형성하였다. 그는 일본의 침략을 미화하고 이를 정당하다고 주장한 국수주의 사상을 지니고 있었으며 1910년 한일 강제합방 이후에는 총독부 기관지 경성일보(일본어)와 매일신보(한국어)의 감독을 맡았던 인물이다. 고쿠민신문이 1905년 11월 4일자에 보도했던 "영일동맹은 사실상 일본·영국·미국의 동맹"으로 보았던 것이 숨겨진 역사의 진실이었다고 이 책은 밝힌다. 고쿠민신문은 러일전쟁을 마무리하는 포츠머스조약의 협상이 진행된 1905년에 정부를 옹호하고 강화조약의 체결을 축하하는 지면을 제작했다가 격분한 군중들이 몰려와서 사옥을 습격당하는 수난을 겪은 일도 있었다.

대한제국의 멸망에 관해서는 한국인, 서양인, 일본인들이 쓴 여러 종류의 책이 있지만 이 책은 서술방법과 시각이 기존의 책들과는 다르다. 미국의 제국주의 정책이 미국 자신에게도 이롭지 않았다는 것이 역사의 교훈이었다고 결론짓기 때문이다. 대한제국이 일본에 병합되는 마지막 모습을 미국인의 시각에서 바라보아야 하는 심정은 안타깝고도 허무하다.

열강 세력의 농단에 슬기롭게 대처하지 못한 채 고종은 미국을 비롯한 열강 여러 나라를 향해 구원을 호소하는 밀서를 보내거나 밀사를 파견해 보았으나 냉엄한 국제무대에서 힘이 뒷받침되지 않은 외교는 아무런 성과도 거두지 못한다는 교훈을 남긴 채 강제 합병에 이르게 되고 말았다. 대한제국은 침략에 맞서 싸우다가 장엄한 최후를 맞은 것도 아니고, 처절한 비장미悲壯美를 보여주지도 못한 채 사라지고 말았다. 이 책을 읽고서 얻는 뼈아픈 교훈이다.

신문으로 보는 1945년 해방 전후의 한국

서대문형무소 앞 만세 군중은 진짜인가

1945년 8월 15일의 서울은 평상시와 다르지 않았다. 형용할 수 없는 감격이 작은 물결이 일듯이 전달되는 동안에 큰 파도가 되어 삼천리 강토를 쓰나미처럼 뒤덮었다고 하지만 이 말도 그 날을 상징적으로 묘사한 표현일뿐이다. 시가지의 진짜 풍경은 조용했다. 서대문형무소의 문이 활짝 열리면서 독립운동가들이 쏟아져 나와 두 팔을 높이 들고 조국의 해방을 기뻐하는 모습이 연출되지는 않았다. 그런 방송프로그램이 있다면 단지 극적인 효과를 노린 역사의 왜곡이다. 세월이 한참 흐른 후에 당시를 회고하는 '증언'이나 글을 쓰는 사람들의 '기억'은 사실이 미화되거나 자기중심의 과장이 수반되지 않을 수 없다. 아마도 그랬을 것이라는 믿음같은 것

서대문형무소에서 석방된 사람들이 기쁨의 만세를 부른 장면으로 알려진 사진. 이 사진이 어느 신문이나 잡지에 처음 실렸는지 알 수 없다. 8월 15일에 찍은 사진인지 확실하지 않다.

이 역사적 사실로 굳어지게 되는 경우이다.

　사람의 기억은 객관적이거나 정확하지 않다. 신빙성 있는 자료는 사건이 일어난 시점의 신문, 잡지, 수사기록, 법원판결 같은 것이다. 그 자료들도 완전하다고 볼 수는 없지만 그 정도까지는 믿을 수밖에 없다. 독립운동가의 공적을 심사할 때에 본인의 주장이나 주변의 증언보다 가장 신뢰하는 자료는 바로 위에서 열거한 객관성 있는 증거물이다. 가장 가까운 시점에서 기록되고 공개되어 검증을 거친 자료를 찾아야 한다. 그런 증거물이라 해도 신중히 활용하지 않으면 안 된다.

일제 패망의 소식이 전해진 8월 15일 직후의 감격을 상징적으로
보여주는 결정적 장면으로 국사편찬위원회가 '공인'한 사진이 있
다. 국사편찬위원회는 『자료 대한민국사』 제1권(1970년 발행) 맨 앞에
「출옥한 항일투사들을 앞세우고 대한독립 만세를 부르는 광경」이
라는 설명과 함께 문제의 사진을 실었다. 이 사진은 신문 잡지나
방송이 광복의 그날을 묘사할 때에 언제나 등장하는 장면이다.

문화방송-경향신문 발행 『눈으로 보는 광복 30년 시련과 영광의
민족사』(1975)에는 "출옥하는 독립투사들과 함께 서울 서대문형무소
앞의 환호군중"이라는 설명이 붙어 있다. 『동아일보』의 『사진으로
보는 한국 100년: 1876~1978』(1978)에는 "옥문이 열리던 날 8·15 조
국 해방은 옥중 독립투사들에게 더욱 감격스러운 것이었다. 사진
은 서울 서대문형무소에서 풀려나와 만세를 외치는 출옥 애국인사
들과 이들을 환영하는 시민들의 모습이다"로 되어 있다.

이 사진에 관해서 의문을 제기하는 사람은 보지 못했다. 하지만
나는 그 사진은 적어도 1945년 8월 15일의 장면은 아니라고 확신
한다. 그런 사진을 찍을 수 있는 상황이 아니었다는 것이 당시의
여러 정황을 살펴본 나의 결론이다. 사진이 찍힌 장소는 지금은
형태가 많이 달라진 서대문 형무소 앞 전차 종점이었던 것 같기는
하지만, 문제는 촬영된 시점이다. 8월 15일 이후 언젠가 어떤 신문
또는 잡지가 이 사진에 1945년의 8·15라는 설명을 갖다 붙였고, 그
후로는 별다른 검증 없이 8월 15일의 출옥 장면으로 정착되었다고
본다. 1945년 8월 15일이 아니라는 것은 확실하고, 그 다음 해 여
름 어느 날이거나 그보다 더 지난 시기일 가능성도 있다.

일본 아사히 신문朝日新聞의 우에무라 다카시植村隆 기자가 찾아왔을 때에 나는 이 사진에 관한 의문점을 제기하면서 설명을 붙일 때에 주의하도록 조언했다. 그래서 아사히는 이 사진에 "일본 식민지로부터 해방을 기뻐하는 조선인들=1945년"이라는 다소 애매하고 유보적인 설명을 붙였다(『신문과 전쟁新聞と戰爭』, 朝日新聞出版, 2008. 6, 65쪽). 8월 15일에 찍은 사진은 아닐 것이라는 나의 의견을 조심스럽게 반영한 것이다. 『신문과 전쟁』은 아사히 신문이 2007년 4월부터 이듬해 3월까지 주 5회 연재했던 내용을 단행본으로 출간한 책이다.

일본어로 편집된 천황의 '조서'

역사적인 8월 15일의 평균 기온은 27.2도, 오전 9시 하늘에는 80%의 구름이 끼었으나 일본 천황의 항복 방송이 있고 난 뒤 오후 3시 무렵은 쾌청이었다. 이는 2005년 8월 7일자 조선일보에 8·15 관련 칼럼을 쓰면서 기상청에 그날의 날씨가 어땠는지 문의해 본 결과다. 우리말 신문으로는 단 하나 밖에 없던 총독부 기관지 매일신보의 이 날짜 지면을 보면 일제의 항복 사실을 제대로 보도하지 않았다.

다만 15일자를 대판大版으로 발행한 것이 전날과 다른 점이었다. 한 달 반 전 7월 1일부터는 지면을 타블로이드 2페이지로 축소 발행하고 있었는데 이날은 이전과 같은 통상적인 크기로 넓힌 것이다. 1면 머리에는 「평화재건平和再建에 대조환발大詔渙發」이라는 통단 제목을 달고 천황의 「조서詔書」를 3단 박스로 편집했다. 「조서」는 번역하지 않고 본문보다 큰 글자로 뽑아 일본어로 게재했다.

경성일보(일본어판)도 동일한 편집이었다. 타블로이드에서 대판으로 지면을 키우고 천황의 조서를 머리에 실었다. 그러나 두 신문 어디에도 '항복'이라는 단어는 없었다. 조서 아래에는 「미, 영, 지, 소米英支蘇 사국四國에 대하야 공동선언 수락통고」라는 제목으로 "황공하옵게도 천황폐하께옵서는 만세萬世를 위하사 태평太平을 열랴고 하옵시는 성려聖慮로 14일 정부로 하여금" 포츠담선언을 수락한다고 통고하도록 하였다고 보도했다. 천황의 항복 방송은 "특히 전혀 어이례御異例에 속하는 것이지만은 15일 정오 황공하옵게도 대어심大御心으로부터 대조大詔를 어방송御放送하옵시엇다"라고 말했다. 천황이 방송을 통해서 직접 포츠담선언을 수락한 것은 황공하다는 것이다. 이어서 총독 아베 노부유키阿部信行의 「유고諭告」를 게재하여 조선이 일본의 식민지로부터 벗어나게 되었음을 완곡하게 표현했다.

매일신보 또한 "잔인 흉포한 신병기 원자탄"의 강력한 파괴력은 지금까지의 전쟁형식을 근본적으로 변혁하였다면서 와신상담 국난극복을 호소했다. '와신상담'이라는 단어는 일본 내각정보국의 「대동아전쟁 종결終結교섭에 따르는 여론지도방침」에 특별히 그 사용에 주의하도록 규정하고 있었다. 정보국은 「여론지도방침」을 시달하면서 와신상담의 의미를 "장래 우리나라의 판도를 확대하려 한다는 의미가 아니고, 세계평화 건설을 위한다는 뜻으로 사용하라"는 '주의'를 덧붙였다.

매일신보와 경성일보의 편집은 조선인들에게 해방의 감격을 전달하는 보도가 아니라 전쟁에 패한 일본의 입장을 완곡하게 변명하여 전달했다. '신형폭탄'으로 표현되던 단어가 '원자탄'으로 바뀌어 이 날짜에 처음 등장했다는 점이 후일 이 신문을 면밀히 관찰하면 찾아볼 수 있는 차이점이지만, 원자탄의 파괴력과 피폭자의 후유증 같은 것은 아직 알 도리가 없는 정보였다. 일본 내각정보국의 여론지도방침을 충실하게 반영하여 제작된 신문이다. 조선민족이 식민지 치하에서 벗어나 독립국가를 세우게 되었다는 엄청난 역사적인 변혁이 일어난 사실을 실감하기 어려웠다. 12시 방송을 들은 군중이 거리로 뛰어나와 태극기를 흔들며 감격의 만세를 부르는 장면이 연출될 상황이 아니었다. 부둥켜 안고 감격의 눈물을 흘리면서 기쁨을 표출할 정도로 명확한 보도를 하지 않은 것이다.

당시의 라디오 수신기 보급 현황은 통계가 남아 있는 1942년의 경우 조선인 149,652대, 일본인 126,049대, 외국인 1,582대를 합하여 277,283대였다. 인구 1만 명 당 110.10대 비율이었다.

승전보로 가득했던 패전의 기록

8월 15일을 기점으로 그 이전의 상황을 돌이켜 본다. 전쟁이 끝날 무렵에 단 하나의 한국어 일간지 매일신보에는 연일 승전보가 실렸다. 일본군은 적의 함대를 괴멸하고 비행기를 격추하면서 승리를 거두고 있다는 기사를 열심히 내보내고 있었다. 신문은 태평양전쟁 이후 심각한 용지난을 타개하기 위해 날이 갈수록 지면을 줄여서 발행하는 상황이었다. 1944년 3월 10일부터는 조선신문춘추회의 결의로 석간 발행을 중단했고, 6개월 후인 9월에는 주 18면제를 실시했다. 수요일과 토요일만 4면, 다른 날은 2면 발행이었다. 1944년 11월부터는 매일 2면 발행, 주당 14면으로 다시 축소되었다. 전쟁 막바지였던 1945년 7월에는 타블로이드 발행으로 손바닥 크기의 신문 2면으로 줄어들었다. 일본어 신문 경성일보도 마찬가지였다.

　일본 내각정보국의 언론통제와 대본영 발표에 따른 지면 조작이 물샐틈없이 치밀하게 이루어졌지만, 일제가 패망할 것이라는 징후를 완전히 감출 수는 없었다. 경성일보는 6월 30일자 1면 머리에 오키나와沖繩 방면 최고 지휘관 우지시마 미쓰루牛島滿 중장과 그의 참모장 조우 이사무長勇 소장이 「최후의 공세 결행 후 장렬하게 자결」했다고 보도했다. 매일신보는 다음날 1면 머리에 「우도牛島 최고사령관/ 장렬, 할복자결/ 장 참모장도 지휘관 따라」라고 보도하면서 '일본 무사도의 정화精華'라고 찬양했다. 지금 시점에서 이 기사를 보면 일본이 오키나와 방어에 실패했으며 패망의 순간이 임박했다는 사실을 알 수 있지만, 정보가 통제된 당시 상황에서는 객관적으로 판단하기 어려웠다. 차기벽 교수는 "해방 후에는 우리 민족이 독립할 것을 미리 알고 있었다고 떠드는 사람을 많이 보았지만, 일제 말 당시에 그런 말을 들어본 적이 없다"고 회고했다.[*]

---

[*]　차기벽, 『한국 민족주의의 이념과 실태』, 까치, 1978; 같은 책이 2005년에 한길사에서도 발행되었다.

1945년 8월 15일자 매일신보. 일본이 항복한다는 말은 없다. 다만 미, 영, 중, 러 4개국의 카이로선언은 수락했다는 표현으로 패망을 간접으로 알리고 있다.

1945년 8월 15일자 경성일보. 역사적인 종전의 날에 발행된 총독부 일본어 기관지도 매일신보와 같은 지면 편집이다.

7월 4일에는 조선언론보국회와 경성일보·매일신보가 공동으로 주최하는 '본토 결전 부민대회(서울시민대회)'가 덕수궁에서 열렸다. 타블로이드 2페이지의 좁은 지면은 군은 물론이고 민간인들도 전쟁 수행에 총동원되어 싸우고 있는 모습으로 가득 채워졌다. 특히 남방 보르네오에서는 적의 군함을 격침하는 전과를 올린다는 소식이 실리고 있었다.

적기의 공습에 대비하는 필승의 대책으로 흰 옷을 벗자는 '대국민운동'도 전개되었다. 흰옷은 적 비행기의 표적이 되기 쉬우므로, 색깔 있는 옷 입기를 국민운동으로 전개하자는 것이다. 흰옷 입은 사람은 조선인이기 때문에 공격을 받지 않는다는 풍설도 떠돌았지만, 오히려 공습의 표적이 된다는 것이다. 서울, 인천, 평양, 부산 등 대도시 어린이들 가운데는 부모 품을 떠나 공습의 안전지대로 가서 '집단소개集團疏開' 생활에 들어가기도 했다. 서울 죽첨국민학교(서대문구 금화초등학교) 어린이 48명은 7월 28일부터 북한산 기슭의 진관사津寬寺에서 피난 중이었다.

신문광고 가운데 8월 15일 이전까지 끊어지지 않았던 종목은 병원과 극장이었다. 1단 또는 2단 크기로 외과, 내과, 소아과, 이비인후과 등의 병원 광고가 실렸다. 극장 광고도 위축되는 추세였으나 전쟁이 끝날 때까지 계속되었다. 죽음과 생활고에 위로받을 수 있는 가장 호사스러운 장소가 극장이었던 것일까. 8월 9일부터 '조선악극단'의 「金의 나라, 銀의 나라」(동양극장), 13일부터 극단 '현대극장'의 「산비둘기」(박재성 작, 유치진 연출: 약초국민극장), 14일부터는 명치좌明治座(명동의 국립극장이 되었던 건물)에서 '만타악극단萬朶樂劇團'의 창립공연 가극 「목장의 노래」가 예정되어 있었다.

「순 일본적 병기의 개발로 본토 결전의 승산이 절대적」(7월 23일)이라는 기술원 총재의 담화도 보인다. 8월 5일자 2면 머리에는 「나온다 목제木製 비행기/ 영 · 소를 능가할 우수 국산품에 개가凱歌」라는 기사도 실렸다. 나무로 만든 비행기를 가지고라도 끝까지 싸우려 안간힘을 썼던 것이다.

히로시마 원폭에 '전사'한 조선왕족

이런 상황에서 미국은 8월 6일 인류 최초의 원자탄을 히로시마廣島에 투하했다. 일본의 패망은 이제 시간을 다투는 급박한 상황이 되었다. 8일자 매일신보와 경성일보는 이 엄청난 사실을 아주 짧게 보도했다. 「적敵 신형 폭탄사용/ 광도시廣島市에 상당한 피해」라는 2단 짜리 제목으로 1면 아랫 부분에 대수롭지 않은 듯이 다루었다. 원폭 투하에 관한 기사 전문은 다음과 같다.

> [동경전화] 대본영大本營 발표 (소화 20년 8월 7일 15시 30분) ① 작
> 8월 6일 광도시廣島市는 적 B29 소수기少數機의 공격에 의하야
> 상당한 피해가 발생하였다. ② 적은 우右 공격에 신형 폭탄을
> 사용한 것 같은데 상세詳細는 방금 조사 중이다.

언론통제의 총본산 내각정보국은 '원자폭탄'이라는 단어를 사용하지 못하도록 금지했다. 국민의 사기에 영향을 미친다는 이유였

다. 정보국이 처음부터 그랬던 것은 아니고 원자탄 공격에 대해서 적극적인 선전보도의 대책을 수립했었다.

첫째, 대외적으로는 이같은 비인도적 무기의 사용에 관해서 철저한 선전을 개시하여 세계의 여론에 호소한다. 둘째, 대내적으로는 원자탄이라는 사실을 발표하여 전쟁수행에 관해서 국민의 새로운 각오를 요청한다. 이를 위해서는 즉각적인 사실보도와 진상조사를 병행할 수밖에 없다고 판단했다. 외무성도 이같은 방침에 찬성했지만, 군부는 반대였다. 그래서 항복 선언이 있기까지 원자탄이라는 단어는 사용되지 않았다.

이리하여 '신형폭탄'이라는 애매한 용어가 사용되었다.[*] 정보국과 군부의 철저한 통제 하에 제작된 신문이었으므로 어쩔 수 없었겠지만, 일본의 패망을 알리는 역사적인 사건을 다룬 기사의 역할을 하지 못한, 국민을 기만한 지면이었다. 경성일보는 8월 12일자 1면 머리에 「미국의 신형폭탄에 제국정부 항의」라는 기사를 싣고, 이것은 인류에 대한 새로운 죄악이며 잔혹성이 독가스를 능가한다고 크게 다루었다.

매일신보 8월 8일자 머릿 기사는 「장절壯絶 함대육탄艦隊肉彈/ 불멸不滅할 해상특공대 수훈/ 제국 해군 혼의 정화」라는 제목으로 최후의 발악을 하는 기사가 크게 실렸다. 폭탄을 실은 비행기를 단신으로 몰고 가서 자신의 목숨을 내던지면서 적함을 격침시키는

---

[*] 山中恒, 『新聞は戰爭お美化せよ! 戰時 國家情報機構史』, 小學館, 2001, 789~790쪽.

가미카제神風 특공대와 마찬가지로 폭탄을 실은 배를 몰고 가서 적함을 격침시키겠다는 결의였다. 괴멸상태에 이른 해군이 승리를 거두고 있는 듯한 착각을 불러일으키도록 만든 지면이었다.

이런 가운데 히로시마에 떨어진 원폭에 맞아 조선의 왕족 이우李鍝 공이 사망했다. 이우의 전사 기사는 8월 9일자에 실렸다. 군복 정장 차림의 반신 사진을 1면 머리에 싣고 그의 죽음을 큰 비중으로 보도했다. 「이우공 전하, 7일 히로시마서 어御전사」라는 톱 기사에 "이우공 전하께서는 재작 6일 히로시마에서 작전임무 어御수행 중 공폭에 의하야 어御부상하시어 작 7일 어御전사하시었다"는 설명을 달았다. 이우는 의친왕 이강李堈의 차남으로 고종의 손자이다. 1912년 11월 15일에 태어나 일본 귀족학교인 가쿠슈인學習院

히로시마 원폭에 숨진 조선 왕족 이우李鍝. 매일신보 1945년 8월 9일자 1면 톱으로 보도했다.

에서 공부했고 일본육사를 졸업하여 중좌까지 승진했던 33세 청년이었다. 히로시마 주둔 서부군관구 사령부에 고급 참모로 근무하면서 말을 타고 출근하던 중에 원자탄에 피폭되었다. 일본 육군상 아난阿南은 이우가 "대륙[중국]에서 위훈을 세운 후" 6월 10일 히로시마에 부임하여 군 참모로 근무하던 중 전사했다고 애도했다.

10일자 1면 머리에도 이우의 죽음을 알리는 기사로 채워졌다. 유해는 8일 오전 11시 40분 서울로 공수되어 운현궁에 안치되었다. 13일자로 육군 대좌로 특진하였으며 공功 3급 금계金鵄훈장과 천황의 목배木杯 1조가 하사되었다. 금계훈장은 육군과 해군에 수여되는 훈장으로 1급에서 7급까지 나누어지고 종신 연금이 지급되는 훈장이다. 장례식은 15일 오후 1시에 서울운동장에서 조선군관구 참모장 이하라 준지로井原潤次郎 중장을 장의위원장으로 육군장으로 예정되어 있었지만* 천황의 항복 선언으로 연기되어 이날 오후 5시에 거행되었다.

이우의 아버지 이강李堈 역시 일본 육군 중장 군복을 입고 일본 다카마쓰 육군대연습지를 방문한다는 기사와 군복 입은 사진이 동아일보에 실린 일도 있었다.(동아일보, 1922. 11. 12) 고종의 일곱째 아들인 영친왕 이은李垠은 일본 육군사관학교와 육군대학을 졸업한 육군 중장이었다. 히로시마 평화기념공원에는 한국인 원폭 희생자 위령비가 서 있는데 '이우 공 전하 외 2만여 영위靈位'라는 비명이 새겨져 있다. 2만여 명의 한국인이 원폭에 희생되었다는 것이다.

---

* 宮塚利雄, 「그저 멍하기만 했다」, 『월간조선』, 1995. 8.

'패전', '항복'을 '전쟁종결'로 보도

소련군은 8일 0시 마침내 일본을 상대로 공격을 개시하여 만주 소련 국경과 북조선 국경을 넘어오기 시작했다. 경성일보는 「소련 군 돌연 월경越境/ 불법공격을 개시」라는 기사를 톱으로 보도했다. 대본영 8월 9일 오후 5시 발표 내용이었다. 일본 육군대신은 전 장병에게 최후의 명령을 내렸다. 「단호히 신주神洲를 호지護持하라」, 「풀을 먹고 흙을 깨물면서라도 싸워서 최악의 사태를 타개하자」. 12일자 매일신보는 이같은 비장한 결의를 담은 지면에 나가사키에 떨어진 두 번째 원자탄 기사를 1면 맨 아랫 부분에 2단으로 간단하게 배치했다. 적기 2대가 나가사키에 신형폭탄 같은 것을 떨어뜨렸는데 피해는 근소하다는 것이다.

일본은 이처럼 패망 직전까지 국내에 살았던 사람들에게 전세가 돌이킬 수 없을 정도로 불리하다는 전황을 알리지 않았다. 모든 정보가 왜곡되어 있었다. 최후의 승리를 거둘 것이라는 광적인 확신이 사회를 지배하고 있었다. 매일신보와 경성일보가 보도하는 정보는 왜곡되어 있었다. 대본영의 발표를 그대로 실을 수밖에 없었고 정보국의 '지도'에 따라 용어 하나도 마음대로 사용할 수 없는 상황이었기 때문에 매일신보와 경성일보 또는 일본에서 당시에 발행되던 모든 신문의 잘못으로만 돌릴 수는 없다.

그러나 매일신보와 경성일보는 일본이 최후의 승리를 거둘 것이라는 광적인 확신이 사회를 지배하도록 만들었다. 광복 전야의 신문은 일제 치하에서 고통 받는 서민들의 고달픈 삶을 반영하지 않앗다. 일치단결하여 목숨을 아끼지 말고 추악한 적을 격멸하자는 결의가 지면을 채웠다. 조선인들의 생활과 관련된 기사는 쌀 배급, 등화관제, 징용, 보리와 밀 감자의 공출供出, 국민의용대, 육탄 공격, 무훈武勳들과 같은 제목이었다. 이것이 식민지 백성들의 삶을 엿볼 수 있는 상징적인 단어였다.

8월 14일, 마침내 일본은 어전회의를 열고 항복을 결정했다. 항복방송 '조칙'은 8월 9일에 처음 초고가 작성되었고, 14일에 한학자의 교열과 각료들의 논의를 거쳐 완성되었다.*

항복을 '평화재건'으로 표현

천황의 이른바 '옥음방송玉音放送'은 8월 15일 12시에 일본 전역과 조선에 방송되었다. 평상시라면 항복 사실을 신문에 내려면 이튿날 조간까지 기다려야 할 상황이었다. 그런데 같은 날짜의 신문이 이를 보도했다. 일본의 패망을 미리 알고 기사를 준비하고 있었던 것이다.

신문은 '예정고豫定稿'라는 것을 준비해 두는 경우가 있다. 큰 사건이 일어날 것에 대비하여 원고를 미리 만들어 두거나, 조판까지 해 두었다가 즉각적으로 발행하는 것이다. 국가원수나 유명인사가 위독한 때에는 죽음을 대비하여 예정 기사를 써 놓는 것이고, 전

---

* 小森陽一, 송태욱 옮김, 『천황 히로히토는 이렇게 말하였다』, 뿌리와 이파리, 2004.

쟁이 일어나거나 끝나는 상황도 미리 기사를 준비해 둘 수 있다. 그러나 군부가 결사항전을 외치던 시기에 패망을 예측한다는 것은 상상하기 어렵다.

일본 교토대학의 사토우 다쿠미佐藤卓己 교수의 『8월 15일의 신화』(2005년 7월)는 8월 15일의 항복 방송에 관해서 상세히 고찰한 책이다. 천황은 14일 심야 11시 25분부터 50분 사이에 일본 궁내성宮內省 청사 2층에 있는 정무실政務室에서 녹음을 마쳤다. 원반형 독일제 텔레풍켄 녹음기는 78회전으로 10인치 음반에 약 3분 분량만 수록할 수 있기 때문에 2장에 4분 37초, 815자의 조서를 육성으로 담았다. 우연인지 글자 수도 8월 15일과 일치했다.

같은 시간 수상 관저에서는 내각서기장관 사코미즈 히사쓰네迫水常久가 기자단에 조서를 전달하면서 이튿날 정오 방송이 끝날 때까지는 절대로 보도하지 못하도록 엄중 지시했다. 따라서 이튿날 신문은 오후에 배포되었다. 이 보다 약간 앞선 시간, 내각이 항복을 결정한 직후인 14일 오후 5시, 언론통제의 본산이었던 내각정보국은 「대동아전쟁 종결終結 교섭에 따르는 여론지도방침」을 각 신문에 시달했다.

'전쟁종결'에 관해서 전국민의 결속과 분기奮起를 요망하는 방향으로 지면을 제작하라는 방침이었다. '항복' 대신 '전쟁종결'로 표현하고, 전국민의 결속을 유지하고 국체國體를 호지護持하여 미증유의 곤란에 대비할 것을 강조했다. 엄중히 금지[取締]할 특기 사항도 포함되어 있었다. ① 공산주의적, 사회주의적인 언론, ② 정부가 결정한 방침에 반대하여 전쟁을 계속해야 한다는 말 또는 국내 결속을 흐트러뜨릴 수 있는 논의, ③ 군과 정부의 지도층(전쟁지도 책임자)에 대한 비판은 일절 불가, ④ 직접행동을 시사하거나 자폭적 언론은 엄격한 단속取締의 대상이다.*

조선의 신문도 같은 여건에서 발행되었다. 8월 15일 정오에 중대방송이 있을 것이라는 예보가 있었으나 일반인들의 시국인식은 무지했다. 일본의 패망을 믿지 않을 정도로 정보는 차단되어 있었던 것이다. 서울에는 14일 밤부터 15일 아침에 걸쳐서 일본 동맹통신 본사를 통해 「조서詔書」가 전달되었다. 총독부 일본어 기관지 경성일보 사장 요코미조 미쓰테루橫溝光暉는 내각정보국의 초대 부장을 지낸 엘리트였다. 언론 통제의 총본산에서 활동했던 경력의 관록과 정보에 밝은 인물이었다. 그는 새벽에 동맹통신 서울지사에 가서 「조서」를 보았다. 이리하여 8월 15일자 매일신보와 경성일보는 똑같이 1면 머리에 본문보다 큰 4호 활자로 조서를 실었다. 조선인들에게 해방의 감격이 아니라 정보국의 여론지도방침에 따라 전쟁에 패한 일본의 입장을 완곡하고 조심스럽게 전달한 것이다.

암호문처럼 난해한 '조칙'

매일신보는 1면 머리에 주먹만한 0호 활자로 「평화재건平和再建에 대조환발大詔渙發」이라는 제목을 가로로 달고 그 아래 3단 4호 일본

---

* 高桑幸吉, 『マッカーサーの新聞檢閱, 揭載禁止·削除になった新聞記事』, 讀賣新聞社, 1984, 34~36쪽.

어 활자로 '조칙'을 짠 통단 편집이었다. 제목은 한 눈에 무슨 말인지 알 수 없는 암호 같았다.

"짐은 세계의 대세와 제국의 현 상황을 감안하여 비상조치로써 시국을 수습코자 충량한 너희 신민匪民에게 고한다. 짐은 제국 정부로 하여금 미, 영, 중, 소 4개국에 그 공동선언을 수락한다는 뜻을 통고토록 하였다"로 시작되는 '종전조서'는 지금 읽어보면 거의 암호문이라고 할 만한 정도다. 미, 영, 중, 소 4개국의 공동선언을 수락했다는 말은 일본의 무조건 항복을 의미했지만 일반인들이 방송이나 신문을 보고 정확한 뜻을 이해하기는 어려웠다. 7월 26일에 발표된 포츠담선언은 "카이로선언의 모든 조항은 이행되어야 하며, 일본의 주권은 혼슈本州 · 홋카이도北海道 · 규슈九州 · 시코쿠四國와 연합국이 결정하는 작은 섬들에 국한될 것이다"(제8항)로 되어 있었다. 카이로선언(1943년 11월 27일)은 "현재 한국민이 노예상태 아래 놓여 있음을 유의하여 앞으로 한국을 자유 독립국가로 할 결의를 가진다"라고 명시하여 한국의 독립이 처음으로 보장받은 선언이었다. 선언은 이상의 목적으로 3국은 일본의 무조건항복을 촉진하기 위해 계속 싸울 것을 천명하였는데, 1945년 포츠담선언에서 이 조항이 재확인된 것이다. 하지만 애매한 815자 문장의 '조칙'을 방송으로 듣거나 그날 신문의 일본어 문장을 읽고 당장 조선이 독립한다는 사실을 실감하기는 어려웠다.

천황의 항복 방송과 관련해서 매일신보는 "천황폐하께옵서는 만세萬世를 위하사 태평太平을 열랴고 하옵시는 성려聖慮로 14일 정부로 하여금 포츠담선언을 수락하였다"고 보도했다.

와신상담 국난극복 동경전화 잔인 흉폭한 신병기 원자탄은 드디어 아등我等의 전쟁노력의 일체一切를 오유烏有(어찌 있겠느냐는 뜻으로, 있던 사물이 없게 되는 것을 이르는 말)에 귀歸케 하엿다. 강열한 파괴력은 지금까지의 전쟁형식을 근본적으로 변혁하야 1억 봉공奉公의 감투정신에 응결한 우리 전선前線장병이나 총후銃後국민이나 모다 이 고성능 병기에 대하야는 싸우는 노력을 명료히 하지 아니하면 안되게 되엇다. 전국도시는 초토화 하야 무고無辜의 노유老幼 부녀자에 대한 잔학한 대량살육이 가해지려고 하였던 것이다. 황공하옵게도 세계평화의 급속한 극복과 1억 민초의 안위에 기프옵신 대어심을 나리옵시는 성하폐하께옵서는 이 원자탄의 참해가 더욱더 민초 우에 가중될 것을 깊이 어진념御胗念하옵시어 정부로 하여금 전쟁 종결의 방도를 강구케 하옵신 것이다.

「조서」아래에는 총독 아베의 「유고」가 실렸다. "경거輕擧를 엄계嚴戒하야 냉정침착하라"는 제목이었다. 일본의 패망으로 나라가 광복을 찾았다는 감격을 담은 편집은 아니었다. 이 날짜 매일신보는 1면에만 기사를 싣고 2면은 백지로 발행했다.

경성일보는 일본의 패망에도 불구하고 곧바로 폐간되지 않았다. 약 3개월이 지난 후인 12월 11일까지는 일본어판 발행이 계속되었다. 8·15 직후에는 오히려 조선인 사원들을 축출하고 사장을 비롯하여 일본인 중심으로 발행되었다. 사장 요코미조는 자신이 겪었던 경성일보 최후의 상황을 소상하게 기록한 회고록을 남겼다(横溝

光暉, 「京城日報の終刊」, 「昭和史片鱗」, 經濟來往社, 1974, 328~341쪽). 회고에 따르면 일본 천황의 항복 방송이 있었던 8월 15일은 서울 시내가 비교적 조용했고 경성일보사 내부도 별다른 동요가 없었다. 하룻밤을 지내자, 이때부터 서울 시내가 소란스러워졌다. 소련군이 입성한다는 포스터가 사방에 보였다. 총독부의 가장 충성스러운 대변자였고, '일선융화'에 앞장섰던 경성일보에는 오히려 가장 과격한 움직임이 일어났다. 이튿날인 16일자 1면에는 다음과 같은 기사가 실렸다.

「일억 민초의 위에, 큰자애의 큰천황의 마음―億民草の上に, 大慈愛の大御心」, 전 각료 어전에서 통곡各閣僚御前で慟哭」, 「스즈키 내각 총사직鈴木內閣總辭職, 어제 궐하에 사표봉정昨日闕下に辭表捧呈」, 「지불제한 등 절대 안된다支拂制限等絶對行はず, 통화금융정책에 만전通貨金融方策に萬全」, 「국민인고의 결실이야말로 황국의 운명개척國民忍苦の結實こそ皇國の運命開拓, 국민 금후의 새 각오를 요청國民今後の新覺悟を要請」, 「미국 회답 접수米回答接收」, 「소련도 회답을 수리蘇聯も回答を受理」, 「포츠담선언 내용ポツダム宣言內容」, 「공동선언, 교환공문 정문共同宣言, 交換公文正文」, 「일본군의 전투정지에 관한 통고日本軍の戰鬪停止に關する通告」

조선인 사원들은 8월 16일 사원대회를 열고 위원을 선출한 다음에 경성일보의 접수를 기도했다. 좌익 사원들이 부사장 나카호에

게 "우리들은 건국준비위원회의 지령에 따라 경성일보를 관리하기로 되었으니 사무를 인계하라"는 것이었으나 나카호는 이를 거절하고 사장과 의논해서 이튿날 아침에 대답하기로 하고 헤어졌다. 바로 이웃에 사옥이 있었던 매일신보도 건국준비위원회로부터 파견된 이여성李如星, 김광수金光洙, 양재하梁在厦 등이 해방일보의 발행을 시도하고 있던 때였다.

옥문은 어떻게 열렸나

8월 15일에 옥문이 열리고 사진에서 보듯이 출옥한 항일투사들을 앞세우고 대한독립 만세를 부르는 감격의 장면이 과연 서대문형무소 앞에서 연출되었나? 우선 그때 출옥한 독립운동가는 누구였나? 8·15 당일 서대문형무소에서 누가 석방되었는지 남아 있는 기록이 없다. 일본 쪽 자료에는 서대문형무소장 사가라 하루오相良春雄, 작업과장 아오야기青柳義雄 외에 직원 3명이 구속되어 재판 끝에 1946년 3월 25일에 징역 1년 집행유예 2년의 형을 받았다는 기록이 있다. 보호관찰소장 사키 유우조우﨑祐三는 일본 패망 후에 보호관찰소의 기록을 불태웠고, 기밀비 9만 엔을 대화숙大和塾 회원 5명에게 송금해 약 50명의 치안대를 조직함으로써 교통정리, 여론 지도, 구류 일본인 석방 등의 활동을 하도록 했다는 책임으로 1946년 3월 20일에 징역 1년 6개월의 판결을 받았다.[*]

---

[*] 森田芳夫, 『조선종전의 기록』, 巖南堂, 1964, 838쪽.

조선에서 고위급 교정관리를 지낸 모리 도쿠지로(森德次郎, 1941년 경성형무소 전옥典獄)가 일본의 『월간행정』에 쓴 「조선총독부 형무소 종언기終焉の記」에는 당시 서대문과 대전형무소의 재소 인원이 기록되어 있다. 남자 장기수 가운데 사상범은 대전형무소, 무기수는 서대문형무소에 수감되어 있었다. 8·15 당일 조선전체 수감인원은 4,015명이었는데, 서대문형무소에는 1,543명이 수감되어 있었다. 그 가운데 농장에 배치되어 있는 죄수가 496명이었고 취업하지 않은 인원이 192명(미지정자 100명, 환자 70명, 기타 22명)이었다. 대전형무소에는 2,472명이 있었는데 미결수 72명, 기결수 2,400명이었다. 사상범은 240명이었고, 해남보국대 보충인원으로 300명을 선발하여 대기 중이었다(모리 도쿠지로의 「조선총독부 형무소 종언기終焉の記」는 『월간조선』 오동룡 기자가 입수하여 2010년 8월 『주간조선』 2120호에 게재했다).

모리 도쿠지로가 '사상범'으로 표현한 수형자는 독립운동가를 비롯하여 사회주의 등 이른바 '과격사상'을 지닌 인물을 지칭한다. 1933년 무렵부터 총독부는 사상범을 서대문형무소가 아닌 대전형무소에 이감하기 시작했다. 독립운동가들을 일반 범죄자들을 섞어서 수용하면 독립사상이 전파될 우려가 있었기 때문이다. 그래서 도산 안창호를 비롯하여 구연흠具然欽, 최익한崔益翰과 같은 유수한 독립운동가 32명을 대전형무소에 이감하였는데 1933년 3월경에 대전형무소에 수감된 사상범은 500여 명이었다(동아일보, 1933년 3월 28일, 「사상수思想囚와 보통수普通囚의 분리집형執刑을 결정? 안도산安島山 이하 사상수 속속 이감/ 사상수 감옥은 대전형무소로」). 이 가운데 최익한은 1936년 1월 8일 아침에 대전형무소에서 만기 출옥했다(동아일보, 1936. 1. 10).

이처럼 독립운동가와 사상범들은 대부분 대전형무소에 수감되어 있었기 때문에 8·15 당일에 서대문의 옥문이 열리자 독립운동가들이 몰려나와 만세를 부르는 일은 일어나기 어려운 풍경이었다. 매일신보 8월 16일자에는 사상범 석방에 관해서 다음과 같은 기사가 실려 있다.

> 사상관계자 등 석방. 전조선의 각 형무소와 경찰서 안에 있는 사상범을 필두로 하는 경제위반, 노무관계 위반자를 전부 석방하기로 되어 15일 관계방면에 시달되었다. 이에 따라 전기 세 가지 종류의 관계자들은 즉일부터 즉시 출옥하게 되었는데 강·절도 등 일반 형법범刑法犯은 원칙적으로 출옥하지 않는다.

매일신보 지면에 해방의 감격이 나타나기 시작한 날은 8월 17일자부터였다. 이 날자 1면 머리에는 「호애互愛의 정신으로 결합, 우리 광명의 날 맞자, 3천만에 건국준비위원회 제1성」이라는 제목으로 안재홍安在鴻의 방송을 소개했다. 안재홍은 경성중앙방송을 통해 16일 오후 3시 10분부터 약 20분 동안 해방의 기쁨을 전하면서 국민들의 자중을 당부하는 연설을 한 것이다. 기사는 "새날은 왔다. 삼천리 근역槿域에 광명과 희망이 가득하고 3천만 동포의 가슴이 환희와 감격이 넘쳐 흐르는 가운데 역사적 일보一步는 당당히 진발進發한 조선건국준비위원회는…"이라는 서두로 해방의 감격을 전해주었다. 이전의 편집과는 완전히 달라진 모습이었다. 하지만 신문기자도 태극기를 정확하게 어떻게 그려야 하는지 알지 못했을 정도였다. 소설가이면서 매일신보 기자였던 이봉구李鳳九는 광복 직후에 신문에 태극기를 게재하기 위해 유자후柳子厚에게 물어보았으나 민속학자 송석하宋錫夏를 만나보라고 해서 찾아갔더니 한참 고서를 뒤적였으나 정확한 대답을 듣지 못했다고 회고했다.[*]

  매일신보는 한동안 국내 정치세력의 집결체라고 할 수 있는 건국준비위원회(건준)의 기관지와 같은 역할을 하기 시작했다. 건준 위원장 여운형은 총독부 정무총감 엔도 류사쿠遠藤隆作와 만났던 사실을 휘문중학교 교정에서 청중들에게 밝혔다. 매일신보는 여운형의 연설 기사를 박스로 처리하여 비중 있게 다루었다. 엔도는 여운형에게 "지나간 날 조선, 일본 두 민족이 합한 것이 조선민중에 합당하엿는가 아닌가는 말할 것이 업고 다만 서로 헤어질 오늘을 당하야 마음조케 헤여지자. 오해로 서로 피를 흘린다든지 불상사가 이러나지 안토록 민중을 잘 지도하야 달라"고 요청했다고 보도했다. 여운형은 투옥된 정치 경제범의 즉시 석방을 비롯하여 5개항을 엔도에게 요구했다는 것이다.

  여운형은 건국준비위원회를 배경으로 정국의 주도권을 쥐기 위해 기민하게 움직이면서 우선적으로 신문을 장악하는 일에 착수했다. 건준은 8월 16일 매일신보사의 접수를 기도하다가 뜻을 이루지는 못하였으나 동포의 「자중自重과 안정安靜」을 요망하는 전단을 제작 살포하여 국민 앞에 그 이름을 드러내었다.

---

[*] 「신문기자가 겪은 8·15」, 『신천지』, 1948년 8월호.

조선동포여!

중대한 현 단계에 잇어 절대의 자중自重과 안정을 요청한다.
우리들의 장래에 광명이 잇스니 경거망동은 절대의 금물이다.
제위諸位의 일어일동一語一動이 민족의 휴척休戚에 지대한 영향
이 잇는 것을 맹성하라! 절대의 자중으로 지도층의 포고에 따르
기를 유의하라.

매일신보는 2면 좌측에 이 전단을 사진판으로 게재하고 머리에
는 다음과 같이 감격을 드러내는 글을 실었다.

오! 고난의 밤은 가고 엄숙한 민족의 아침이 밝엇다. 우리들
의 하늘, 우리들의 바람, 우리들의 신성한 국토—오! 우리 사
랑하는 3천만 형제자매들아!

8·15출옥혁명동지회

8·15 당시에 서대문형무소와 대전형무소에 수감된 인물이 누구
인지 정확한 명단을 찾을 수는 없다. 형무소는 강, 절도 등의 잡법
을 제외하고 사상범을 선별하는 작업이 필요했을 것이다. 경찰과
검찰은 독립운동가를 사상범이 아닌 잡범으로 취급한 경우도 흔했
으므로 석방될 인물을 선별하는 과정에 약간의 시간이 소요되었을
것이다. 전쟁에 패했지만 미군이 진주하던 9월 9일 이전에는 엄연
히 무력을 지닌 일본군과 경찰이 치안을 장악하고 있었다.

형무소의 일본 간수들은 오래 전부터 독립운동가들이 석방된 후에 일어날 수 있는 소요사태에 상당히 신경을 써왔다. 3·1운동으로 수감된 독립운동가 가운데 17명이 1921년 11월 5일에 만기 출옥되었는데 형무소 측은 한꺼번에 모두 석방하지 않고 네 사람씩 나누어 내보냈다. 밖에서 기다리던 가족과 일반인들이 소요를 일으키지 못하도록 사전에 차단하기 위해서였다.[*]

　　3·1운동 무렵과 8·15는 전혀 다른 상황이었다. 하지만 일본이 패전했다고 해서 옥문을 활짝 열어주지는 않았을 것이다. 해방 후 국내 정치범 중 가장 긴 옥중생활을 한 독립운동가 정이형鄭伊衡은 8월 17일 대전형무소에서 출옥 후 상경하여 '8·15출옥혁명동지회'를 결성했다. 공주형무소에서 출옥한 김근金槿 외에 20~30명이 간부로 활동했다. 약 400여 명의 회원 중에는 국내와 만주, 러시아, 중국 등지에서 활동하다 투옥된 인물이 있었다. 출옥혁명동지회는 8·15 이후 전국 각지에서 출옥한 인원을 1천 300여 명으로 추산했다.[**]

8월 15일의 신화

　　일본 천황의 종전조서는 난해한 한문체였기 때문에 일본인들도 의미를 얼른 이해하기 어려웠다(사토 타쿠미佐藤卓己, 『8월 15일의 신화』).

---

[*]　동아일보, 「독립선언 관계자 17인의 만기출옥」 1921년 11월 5일.
[**]　박환, 『잊혀진 혁명가 정이형』, 국학자료원, 2004.

그런데 일본에서도 '옥음방송'을 듣는 장면이 오랫동안 신문에 실린 경우가 있었다. 직립부동의 자세로 서 있는 여자 정신대(근로자)의 아사히신문 사진과 홋카이도신문北海道新聞이 천황의 조서발표 방송을 듣는 사진 등이 있었는데, 후에 그 사진은 연출 조작된 장면이라는 증언이 나왔다. 홋카이도신문의 사진은 1995년이 되어서 신문사 스스로 조작임을 밝힌 것이다. 그밖에도 여러 종류의 조작된 사진에 관해서 사토 교수는 실증적으로 파헤치고 있다.

8월 15일 서대문형무소 앞에서 찍었다는 사진은 진실인가?

1945년 11월 20일에 창간된 국제통신에는 강철 같은 의지를 지닌 한국의 애국자들이 8월 16일에 석방되어 자유롭게 숨쉬면서 서울 거리에 나섰다는 설명이 붙은 사진이 실려 있다. 하지만 서대문형무소 앞에서 찍었다는 사진은 없었다. 15일에는 석방이 없었고, 16일 오전 9시부터 정치범이 석방될 것이라는 소식을 듣고 형무소 앞 현장에 찾아갔던 좌익 인물 전후全厚는『신천지』1946년 3월호에 다음과 같은 글을 실었다.

> 그날(8월 16일) 혁명가대회에서 와서 석방되는 동무들의 편리를 보고 있었고, 눈에 뜨이는 것은 다만 조선비행기주식회사 접수위원회에서 보내온 자동차 한 대, '혁명동지 환영'이라고 쓴 혁명가대회의 기빨 한 폭, '권오직 동무 김대봉 동무환영'이라고 써서 어떤 부인이 들고 있는 조그마한 초롱 한 개 — 이

리하여 이날 해방조선의 첫 페이지는 열렸다.[*]

당시의 기록은 모두가 8월 16일, 또는 그 이후에 정치범(독립운동
가, 사상범)이 석방되었다고 기록하고 있다. 안재홍은 16일 오후 3시
10분부터 약 20분 동안 경성방송국에서 「호애互愛의 정신으로 결
합, 우리 광명의 날 맞자」라는 요지의 방송을 했다. 거리에 환희와
활기가 넘치기 시작했던 것도 이날부터였다.

---

* 「혁명자의 私記, 혁명에의 길, 좌익인사의 양심」, 『신천지』, 1946년 3월호.

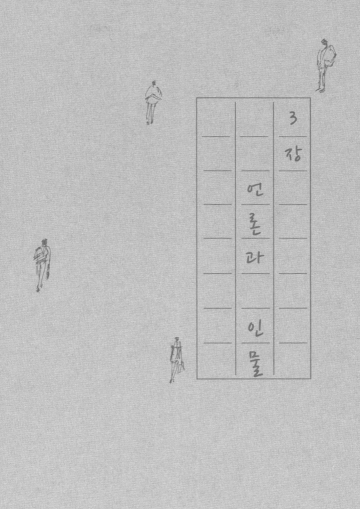

3장

언론과 인물

대한매일신보와 배설

─한국 문제를 둘러싼 영·일 외교

한·영·일 세 나라의 자료

나는 비교적 많은 책을 낸 편이다. 단독 저서만 27권에 이른다. 공저와 편저 등을 합하면 수십 권이 더 늘어난다. 애착이 가지 않는 책은 없지만 그 가운데에서도 『대한매일신보와 배설』에 관한 애정은 각별하다. 이 책은 국내의 책상머리에 앉아서 쓴 것이 아니라 한국과 영국을 발로 뛰면서 쓴 책이다. 일본의 자료도 많이 활용했다. 내 책 가운데서 가장 힘을 많이 쏟았고, 시간도 많이 소요되었다. 오랜 준비와 노력을 기울인 결정체이므로 한국의 학계만이 아니라 외국, 특히 영국과 일본에서도 평가를 받아 보고 싶다는 주제넘은 생각을 하기도 했다.

책은 자신의 분신이기 때문에 누구나 자식과 마찬가지로 애착과 긍지를 갖기 마련이며 쓰는 동안 자기 나름의 숨은 사연도 있을 것이다. 그러므로 학문에 겸허한 자세를 지녀야 할 천학비재淺學菲 才인 주제에 자신의 책에 관해 스스로 자랑을 늘어놓는 것은 아내 나 자식 자랑과 비슷해서 팔불출의 하나일 수 있다. 영어판은 1987 년에 서울에서 한국어판과 함께 발행되었고, 일어판은 2008년에 도쿄에서 발행되기는 했지만 아직 이 책이 제대로 평가받지 못하 고 있다고 생각한다.

대한매일신보(이하 '신보')가 한국 언론사에 차지하는 위치가 얼마 나 중요한가에 관해서는 긴말이 필요하지 않을 정도이다. 그러나 이 신문의 중요성은 언론사보다 오히려 근대사의 관점에서 더욱 중요하게 평가되어야 한다. 언론을 통한 항일 투쟁사인 동시에 의 병투쟁, 국채보상운동, 애국계몽운동, 그리고 일제의 강제 합병 후의 신민회新民會 사건에 이르기까지 깊은 관련이 있으므로 한국 근대 민족운동사의 핵심적인 연구 과제의 하나이다.

신보와 발행인 배설(裴說, Ernest Thomas Bethell)을 둘러싼 영·일 두 나라의 외교 교섭은 길고도 복잡했다. 러일전쟁에서 한일 합병까 지의 시기에 두 나라의 가장 첨예한 외교적인 쟁점이었으며, 한국 의 입장에서는 근대사의 중요한 부분이 되었다. 그래서 책의 부제 도「한국 문제에 관한 영·일 외교」였다.

배설과 신보의 역사적인 중요성은 상당히 인식되고 있었음에도 불구하고, 관련 자료가 너무 방대하고 복잡하기 때문에 종합적이 고 체계적인 연구를 깊이 있게 하기에는 어려움이 있었다. 무엇보다도 신보와 그 발행인 배설의 처리를 둘러싸고 영국과 일본이 벌였던 복잡한 교섭 경위와 관련된 자료를 모두 수집하여 종합하고 체계화해야 하는 과정이 큰 애로사항이었다.

다음으로는 이 신문을 창간했고, 사건이 있을 때마다 그 전면에 부각된 배설이라는 인물 연구에도 미진한 점이 있었으며, 신문 발간에 필요한 자금은 어디에서 나왔는가 하는 의문도 명확히 풀리지 않고 있었다.

신보와 관련되는 연구는 국내 자료만으로는 정확한 사실을 밝혀낼 수가 없었다. 한국의 자료보다는 오히려 영국과 일본의 방대한 외교문서를 중심으로 한국의 자료들을 비교 검토하는 방법을 쓰지 않으면 안 된다. 그런데 기존의 연구는 국내의 자료만을 토대로 한 것이었기에 무리한 해석, 또는 추측성 결론이 나오게 되었다는 한계가 있었다.

대한매일신보 영인본 제작

내가 대한매일신보 연구에 처음 뜻을 둔 것은 한국의 언론사 연구를 개척한 은사 최준崔埈 교수님의 「군국일본의 대한對韓 언론정책」(『亞細亞研究』 제2권 7호, 1961)과 그 이듬해에 발표한 「양梁 기자 구속을 에워싼 한일간의 외교 교섭」(『국제법학논총』 제7권 1호, 1962)을 논문이 발표된 지 거의 10년이 지난 뒤에야 읽어본 때부터였다. 최준 교수님의 논문은 국사편찬위원회에 소장된 「주한 일본공사관기록」을 기본 자료로 삼아 집필했다. 이 두 논문은 1976년에 출간된 최준 교수님의 『한국 신문사 논고論攷』(일조각)에 수록되었는데 나는 책이 출간되기 전인 1972년 무렵에 최 교수님이 학술지에 발표한 논문을 읽었다. 최 교수님은 「양기자 구속…」의 첫 번째 주註에 "이 자료가 처음으로 공표되는 귀중한 문헌"이라고 밝히고 있었다.

나는 그 두 논문에 인용된 일제가 남긴 원본 자료를 직접 확인해 보고 싶은 마음에 남산에 있던 국사편찬위원회로 찾아갔다. 당시의 국사편찬위원회는 원래는 KBS 건물이었고 그 후 국토통일원이 있던 건물 옆에 있었다. 거기에서 나는 「대한매일신보 배세루」라는 제목으로 편철된 문서들을 찾아볼 수 있었다.

일본 외무성이 편찬한 『일본외교문서』 1907년(제40/1책)과 1908년(제41/1책)에는 「재한在韓 영인 기자英人記者 ベセル처분 1건」이라는 독립된 항목으로 분류되어 있을 정도로 큰 비중을 차지하는 외교 현안이었다.

그러자 대한매일신보를 열람해 보고 싶은 생각이 들어 국립중앙도서관(당시에는 남산에 있었다)을 비롯하여 서대문에 있는 한국연구원, 서울대학교, 고려대학교 등에 분산 소장되어 있던 신보를 찾아다녔다. 물론 대한매일신보만을 찾아보기 위한 목적은 아니었다. 나는 이 무렵에 언론사를 본격적으로 연구하기 시작하였으므로 언론의 역사와 관련된 다른 자료들과 옛날 신문 · 잡지들을 함께 열람하려는 목적도 있었다.

그러던 과정에 다행히도 1976년도에 한국신문연구소(후에 언론연구원을 거쳐 현재는 한국언론진흥재단)에서 신보의 영인 작업을 하게 되었고 그 실무를 내가 맡았다. 실은 이 영인 작업도 나의 발의로 시작된

서울의 자택 앞에 선 배설.
배설의 집은 서울 서대문구 홍파동에 있었다.

사업이었다. 신문 열람을 위해 도서관을 뒤지고 다니던 어느 날
언론계의 원로이신 홍종인洪鍾仁 선생께 여러 도서관에 분산 보관
되어 있는 신보를 종합하여 영인할 필요가 있다는 말씀을 드렸더
니 홍 선생님이 김성진金聖鎭 문공부 장관에게 부탁하여 문예진흥
원의 자금을 신문연구소에 지원하도록 한 것이다.

영인 작업의 실무를 맡으면서 나는 공공 도서관은 물론이고 신
보가 있다는 곳은 어디든 다 찾아가 신문의 실물을 확인하고 한
장 한 장 조사하면서 월별로 카드를 만들어 소장 상황을 기록했
다. 대구의 영남대학에는 신보의 창간호부터 많은 분량이 소장되
어 있다는 소식을 듣고 찾아갔으나 헛걸음이 된 일도 있었고, 심
지어 안국동 입구에 있는 체신박물관(전 우정국郵政局 자리)의 사진틀

양기탁.
대한매일신보의 총무로 편집과 경영을 총괄한
독립운동가.

에 걸려 있는 호외 한 장까지 들어 내려서 영인본에 넣었을 정도
였다. 체신박물관이 소장한 신보 호외는 을사조약을 반대하는 장
지연 선생의 명논설「시일야방성대곡是日也放聲大哭」을 영문과 한문
으로 번역한 지면이었다. 신보에서 영역한「시일야방성대곡」은 일
본 고베神戶에서 영국인이 발행하던 재팬 크로니클에도 전재되었
고, 이 신문을 읽은 일본과 여러 외국에도 널리 알려졌다는 사실
을 발견한 것은 그로부터 거의 10년의 세월이 흐른 뒤 영국의 신문
도서관에서였다. 신보의 영인은 독립정신과 문화유산의 한 표본인
민족언론을 재생시키는 사업이라는 생각에서 성심과 성의를 기울
여 최선을 다해야 한다는 자세로 나는 작업을 진행했다. 민족적인
대 사업을 내 손으로 맡아 한다는 사명감과 자부심을 느꼈다.

이리하여 국내 각 도서관의 불완전한 소장본을 한데 모아 국한
문판 6년치는 1976년도와 그 이듬해에 걸쳐 모두 6권 6,862쪽으로

나왔다. 그후 내가 관훈클럽 신영연구기금의 사무국장직을 맡고 있었던 1984년에는 신보 한글판의 영인을 기획하여 그 제작을 직접 담당했었다. 한글판은 4권, 총 3,622쪽으로 신보의 영인본은 국한문판을 합쳐서 10권 10,844쪽에 이르는 분량이다.

이와 같이 신보의 국한문판과 한글판의 영인 작업을 하면서 신문의 실물을 직접 만져보고 내용을 면밀히 검토할 수 있는 기회를 갖게 되었고, 이것이 이 연구의 직접적인 동기가 되었다.

나는 영인 작업을 하면서 신보의 내용은 물론이고 그 발행인이었던 영국인 배설과, 편집 제작의 실무를 총괄했던 총무 양기탁梁起鐸이라는 인물에 심취하여 본격적인 연구에 착수하게 되었다. 배설의 무덤이 있는 양화진의 외국인 묘소를 찾아가 보기도 했다. 일제와 싸우다 두 차례나 재판에 회부되었고, 마침내 이 땅에 뼈를 묻은 그의 파란만장한 일생을 돌이켜보면 비장감 넘치는 낭만의 감정까지 우러날 정도였다.

영국에서 찾은 배설 공판기록

1976년도에 영인 작업을 위해 신보의 소장 상황을 조사하다가 나는 매우 흥미 있는 사실을 발견했다. 두 번에 걸친 배설의 공판 기록이 신보에 소상하게 게재되어 있다는 사실을 알았다. 특히 1908년도에 있었던 제2차 재판의 내용은 국한문판과 한글판에 무려 41회(6월 20일~8월 7일)에 걸쳐 연재가 되어 있었다. 국한문판과 한글판의 기사를 모두 복사하여 차근차근 검토해 나가면서 나는 국운이 기울던 격동의 역사적 현장에 뛰어든 것 같은 형언할 수 없는 감동에 사로잡혔다.

우선 공판의 내용이 여간 드라마틱하고도 흥미롭지 않았다. 재판정에 등장하는 인물들도 주인공 배설을 비롯해서 총무 양기탁, 상하이에서 이 재판을 위해 한국에 왔던 영국인 판사(F. S. A. Bourne)와 검사(Hiram Parker Wilkinson), 일본 고베에서 온 영국인 변호사(C. N. Crosse), 통감 이토 히로부미를 대리하여 고소인의 자격으로 참석한 통감부의 제2인자인 서기관 미우라 야고로三浦彌五郎, 의병장이었던 민종식閔宗植, 그리고 평민 등 실로 당시 한반도의 정세를 상징하는 인물들이 재판정에 모두 모인 것 같았다. 영어 통역은 해방 후에 정치가로 유명했던 김규식金奎植이었다. 한一일 통역을 맡았던 일본인 마에마 교사쿠前間恭作는 후에『고선책보古鮮冊譜』를 저술하는 서지학자이자 중세 이전 한국어를 연구한 국어학자였다. 그의『고선책보』는 40년에 걸쳐 수집한 목록을 정리·편찬한 노작으로 3권을 완간하는 기간도 13년이 걸렸다.

한국과 일본에서 비상한 관심을 모으면서 영국의 재판관들이 진행하였으므로 세 나라가 관련된 이 특이한 재판은 한국 문제를 둘러싸고 영국과 일본이 어떤 방침을 지니고 있었는가를 보여준 한 편의 드라마였다. 그런데 신보에 실린 재판 기록을 읽어 나가면서 내게는 또 다른 의문과 함께 어떤 가능성이 떠올랐다. 4일 동안에 걸쳐 서울의 영국 총영사관(정동의 현 영국대사관)에서 진행된 공판 내용을 이처럼 상세하게 보도하자면 신문기자가 아니라 속기사가 이를 기록했을 것이다. 공판은 영어로 진행되었지만 한국어와 일어도 사용되었는데 필시 영국인 속기사가 있어야 했을 것이고, 그는 신문사에 소속된 사람이 아니라 영국 법원에 소속이었을 가능성이 크다고 생각했다.

이렇게 추리해 나가자니 영국의 법원 어디엔가는 공판 기록 원본이 보관되어 있을지도 모른다는 생각이 들었다. 영국인들이 자료를 보관하는 데 얼마나 철저한 사람들인지를 나는 이전에 영국에 몇 달 머무는 동안 직접 본 일이 있었다. 공공 기관만이 아니라 개인이라 할지라도 기록이나 기념물들을 보존하는 것은 국민성의 한 부분으로 되어 있는 것처럼 보였을 정도였다. 그러니 상하이에 있던 영국의 법원 기록이 본국으로 보내졌을지도 모르는 일이고,

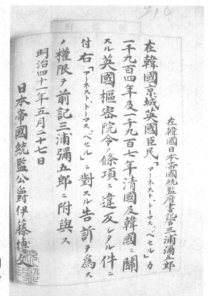

통감 이토 히로부미의 배설 기소 문서. 통감부 2인자 미우라 야고로에게 고소의 권한을 위임한다는 문서를 영국에 제출했다(1908년 5월 27일).

그렇다면 어디엔가 그것이 보관되어 있을 가능성이 있을 것이다.

이런 가설을 가지고 나는 서울에 있는 영국대사관에 문의해 보았다. 주한 영국 대사관에는 내가 잘 아는 언론인 출신 주상언朱相彦씨가 공보관으로 재직 중이었다. 엉뚱하고도 황당하다고 할 수 있는 나의 부탁을 주상언 공보관은 성실하게 들어주었다. 몇 차례에 걸쳐 영국 쪽으로 문의 편지를 보낸 끝에 드디어 공공기록보관소(Public Record Office; PRO, 현재는 National Archive)라는 곳에 배설에 관한 기록들이 보관되어 있다는 사실을 알아냈다. 나의 추리가 맞아떨어진 참으로 놀라운 발견이었다. 또 다시 몇 차례에 걸친 문의 편지가 오고간 다음에 마침내 나는 귀중한 자료를 받아 쥘 수가 있었다. 마이크로 필름으로 4롤이나 되는 분량이었다. 필름 제작비도 나의 당시 수입으로서는 감당하기에 벅찬 액수였다. 그러나 경비를 따질 게재가 아니었다. 이리하여 나는 영국에 있는 자료를 서울에 앉아서 얻어낼 수 있었다. 신보에 41회나 연재되었던 공판 내용은 통감부의 기관지 『서울 프레스Seoul Press』가 영문으로 B5판(4-6 배판)에 2단 조판으로 56페이지에 이르는 상세한 책자로 발행했었다는 사실도 영국이 보관한 자료에서 처음 알았다.

그러나 어렵사리 얻어낸 자료였지만 이것을 정리하는 데는 또 다시 긴 시간이 소요되었다. 알아볼 수 없을 정도로 흘려 쓴 글씨도 있는가 하면 타자 친 것, 인쇄한 것, 사신私信 형식으로 주고받은 메모 등 각종 자료가 런던의 외무성, 서울의 주한 영국 총영사관, 일본의 영국 대사관 등으로 복잡하게 오고 갔기 때문이었다.

공공기록보존소와 신문도서관 자료들

그런데 신보의 내용을 세밀히 검토하고 배설의 공판 사건 등을 더 깊이 알아갈수록 더욱 미진한 부분이 있는 것 같았고 이것을 모두 입수하지 않고는 연구가 진척되기 어렵다고 생각했다. 나는 언젠가 영국에 가 볼 수 있는 기회를 만들어 이러한 의문들을 풀어 보리라 마음먹었다. 이와 같은 나의 오랜 소망은 1985년에야 이루어졌다. 이해 1월부터 런던대학 정경대학의 국제정치사학과 (Department of International History) 박사 과정에 등록을 할 수 있게 되었다. 나는 미리 서울에서 입수한 영국 측 자료와 일본 측의 외교문서, 국사편찬위원회에 소장된 주한 일본공사관 기록, 내가 만든 대한매일신보 영인본 한 질과 배설과 관련된 기사 등을 카드로 만들어 가지고 갔다.

여기서 나는 영일 외교사의 권위자인 니시(Ian Nish) 교수를 만나는 행운을 얻었다. 일본인 같은 이름인 니시 교수는 일어까지 할 수 있는 학자로 일본에 관한 여러 권의 저술도 있었고 일본의 학계에서는 널리 알려진 분이었다. 그는 내가 이 연구를 마칠 수 있도록 늘 자상하고 친절한 배려를 아끼지 않았다.

이리하여 나는 전적으로 이 연구에만 몰두할 수 있었다. 런던에 머무는 동안 경제적으로는 쪼들렸지만 일생에 가장 보람되고 행복한 마음으로 연구에 전념하였다. 공공기록보관소를 비롯한 여러 문서보관소와 신문도서관(British Newspaper Library) 등에서 우리나라를 둘러싼 영일 외교사와 배설과 신보에 관한 새로운 사실을 밝혀낼 때마다 형용하기 어려운 흥분과 보람을 맛보기도 했다.

내가 가장 많은 시간을 보낸 곳은 런던 남서쪽 큐 가든(Kew Garden) 근처에 있는 공공기록보관소와 런던 북쪽 콜린데일(Colindale)에 있는 신문도서관이었다. 템스 강에서 가까운 공공기록보관소는 우리나라로 치면 한일합병 이전의 자료를 소장하고 있는 규장각과 정부의 기록물들을 보관하고 있는 정부기록보존소, 그리고 국사편찬위원회 소장 자료 등을 하나로 합친 기관에 해당되는 곳이다.

나는 처음에는 그곳에서 우리나라 개화기와 한제국 말의 외교문서들을 찾아보는 데 많은 시간을 보냈다. 공공기록보관소에 소장된 그 복잡한 문서 가운데서 한국 관계가 독자적인 분류 번호를 가진 독립 항목으로 된 것은 겨우 1904년 이후부터 1910년까지이다. 그 이전은 중국(FO 47) 또는 일본(FO 17)에 들어 있는 문서 가운데서 한국에 관한 자료를 찾아내어야 한다. 영국이 볼 때 1904년 이전까지 한국은 중국의 한 속국에 불과했고, 그 이후라 하더라도 영국은 한반도에서 일본의 권익을 양해한다는 외교정책이었으므로 그러한 영국의 시각이 공공기록보관소의 문서 분류에 그대로 드러나는 셈이다.

중국과 일본에 주재하는 영국 공관과 본국 외무성이 주고받은 문서는 해마다 여러 권의 책으로 제본해야 할 분량이기 때문에 인덱스를 보고 그 가운데서 한국 관계 문서를 찾는다는 것도 생각보다 쉬운 일은 아니다. 일본에서는 벌써 1949년에 도쿄대학의 한 교수가 『런던의 공공기록보관소에 소장된 중·일 관계 외교문서 목록List of the Foreign Office Records Preserved in the Public Record Office in London

Relating to China and Japan』이라는 제목으로 1902년까지의 자료 인덱스를 만든 바 있고, 이를 1958년에는 책으로 내기까지 했을 정도로 분량이 방대하다. 그러니 공공기록보관소에서 한국 관계 문서들을 골라내어 그 가운데서 내가 연구하는 테마에 관련되는 자료를 찾는다는 것은 힘들고 어려우면서도 생각하기에 따라서는 흥분이 뒤따르는 모험에 찬 작업이라고 할 수도 있었다.

나는 여기서 여러 가지 귀중한 자료들을 발견했다. 서울에서 입수했던 자료는 단지 한국에 있던 영국 총영사관이 본국에 보내거나 본국에서 받은 문서들이었다. 그것도 방대한 양이었다. 그런데 직접 내 손으로 찾아보니 문서는 다른 구석에도 많이 숨어 있었다. 한국이 독립 항목으로 분류되기 시작했던 1904년 이후에도 중국이나 일본 쪽에서 많은 자료들이 나왔다.

기존 연구의 한계

그 동안 배설에 관해 연구한 가장 중요한 단서는 그가 죽은 직후인 1909년 5월 7일과 8일자의 2회에 걸쳐 신보에 게재된 「배설 공의 약전」이었다. 이 「약전」에는

> 서력 일천 팔백 칠십 이년 (대한 개국 사백 팔십 일년) 십일월 삼일에 공이 쑤리스톨에서 생산하였으니…

라고만 되어 있다. 그의 항일 활동으로 일본과 영국 사이에 그토

록 복잡한 외교적인 문제를 불러일으켰던 배설에 관해서 남은 자료는 단지 그의 생년월일과 출생지뿐이었다. 나는 이 간단한 정보만을 가지고 배설의 부모로부터 아내와 동생 등의 가족 관계를 완벽하게 밝혀내었다. 만들어 놓고 보면 간단해 보이는 그의 가계家系와 출신 성분, 학력, 일본에서의 활동 같은 것을 밝혀낸다는 것은 결코 수월한 일이 아니었다. 아침 일찍 자료 소장처를 찾아가 샌드위치 한 쪽만 먹으며 종일 인덱스와 마이크로 필름만 들여다 본 날이 많았다. 찾아놓고 나면 그저 평범한 생년월일, 주소, 직업 등을 새로 찾는 일이란 그렇게도 힘이 들었던 것이다. 그것은 그야말로 내 땀과 노력과 눈물의 결정체였다.

영국에 있는 동안인 1985년 관훈클럽이 발행하는 『신문연구』(겨울호)에 「대한매일신보의 제작진과 경영 자금에 관하여/배설의 인물 연구를 겸해서」라는 제목으로 200자 원고지 700여 매의 긴 논문을 발표했다. 배설이 한국에 올 때 어느 신문사의 특파원으로 왔는가, 그가 어떤 경로로 한국에 남아서 신보를 창간했는가 등에 관해서 거의 알려진 바가 없었던 사실을 나는 영국의 외교문서와 배설이 일본에 있을 때에 고베에서 발행된 재팬 크로니클의 기사 등을 자료로 집필한 것으로 내 책의 제 I 장에서 III장까지가 그때 발표한 것이다.

신보와 배설에 관해서는 다른 학자들이 이룩한 업적들도 있다. 앞에서 언급한 최준 교수의 논문을 비롯해서 저서로는 구대열具大烈 교수(이화여대)의 『제국주의와 언론』(1985), 이광린李光麟, 유재천劉載天, 김학동金澩東 3인 공저 『대한매일신보 연구』(1986)가 있다. 이 두

배설의 출생증명서. 1872년 11월 1일 브리스톨에서 태어났다.

배설의 결혼신고서.
1900년 7월 3일 일본 고베에서 마리 마우드 게일(Mary Maude Gale)과 결혼했다.

책은 내가 영국에 있는 동안에 발간되었다. 그러나 나는 완전히 독창적인 시각에서 이 연구를 진행하려고 노력했다. 그리고 기존 연구들이 설정해 두었던 통설에 구애받지 않고 잘못 알려졌던 오류들을 바로잡아 가면서 내 나름대로의 해석을 시도하였다.

배설이 러일전쟁 직후 한국에 특파원으로 올 때에 소속된 신문이 런던 텔레그라프(The London Telegraph)였을 것이라는(이광린, 『대한매일

신보연구』, 1986, 6쪽) 추측 같은 것이 그런 오류의 한 예가 된다. 그는 데일리 크로니클(Daily Chronicle)의 특파원이었다. 처음에 배설과 함께 신문을 발행하기로 했던 사람인 토마스 코웬(Thomas Cowen)을 고웬(T. Gowen)으로 잘못 안 것(최준, 이광린)은 국사편찬위원회의 주한 일본공사관기록 자체가 선명하지를 못했는데 그의 이름이 'コオウエン' 으로 흐릿하게 표기되어 있었고, 영어의 대문자 C와 G가 비슷했기 때문에 일어난 혼동이었다. 그밖에도 여러 가지 오류가 발견되지만 이같은 사소한 오류가 큰 문제는 아니다.

가장 심각한 논쟁은 이 신문의 창간 주체와 그 자금이 어디서 나왔는가 하는 문제다. 학계의 통설은 다음과 같이 이 신문은 한제국 정부 또는 고종의 밀명으로 창간된 한영 합자회사合資會社로 추측했다.

① 최준 "일제의 강압적인 언론 정책에 대항하기 위하여 고종의 밀명을 받은 통변 양기탁은 종군기자로 내한 중인 영국인 배설과 더불어 한영 합판체의 언론 기관을 새로 창설하는 데 힘을 기울였다."(『한국 신문사논고』, 1976, 226쪽: 『한국 신문사』, 1965, 106쪽)

② 이광린, "예식원의 관리들이 영자 신문의 간행을 맡을 외국인을 찾는 가운데 영국인 기자, 이를테면 고웬과 베설을 포섭하게 되었던 것 같다"(『대한매일신보 연구』, 서강대학교 인문과학연구소, 1986, 6쪽.)

③ 신용하 "대한매일신보는 주지하는 바와 같이, 양기탁 등

이 영국인 배설을 사장으로 추대하고 양기탁은 총무가 되
어 합작으로…(『한국민족 독립운동사 연구』, 을유문화사, 1985, 76쪽)

그러나 신보가 한영합판회사로 설립되었다는 근거는 어디에도
없다. 나는 신보는 배설이 창간한 신문이며 배설이 처음 한국에
와서 신문을 발간하기 시작했을 때에는 신문을 하나의 사업으로
여겼던 것으로 보았다. 1909년 5월 1일 배설이 죽은 후 신보는 만
함(萬咸, Alfred Marnham)이 경영을 맡았는데 통감부가 합병 직전에 그
로부터 7천 파운드에 이를 인수하였다는 비밀 기록들을 비롯하여
배설이 신문을 자기 자본으로 창간하였다는 증거는 많다. 고종과
민족진영이 처음부터 신문을 발행할 계획을 세우고 배설을 포섭하
여 그에게 자금을 제공했다는 통설을 수정하여 배설이 창간한 신
보의 경영을 고종이 지원했다고 결론지었다.
　그러면 배설은 왜 일본의 한국 침략을 규탄하면서 목숨을 걸고
한국의 독립을 위해 투쟁했는가라는 의문이 제기된다. 신보가 민
족 독립운동의 구심점이 되었으며, 고종이 신문 경영에 도움을 주
었던 것은 사실이지만 그러나 그러한 결과만을 가지고 신문 창간
의 동기까지 미화하기에는 논리적으로 많은 문제가 따르고 당시의
국내외 정세도 너무나 복잡했던 것이다.
　그러면, 이 신문을 항일 민족운동의 중심기관으로 만든 것은
누구일까. 그리고 배설과 양기탁 등이 일본의 갖은 탄압과 회유
에 굴하지 않고 싸운 행위는 어떻게 해석해야 할까. 좁게는 황무
지 개간권 문제로 일본 공사관 서기관 하기와라 슈이치萩原守一와

배설이 사이가 나빴던 것이 직접적인 동기였으며, 넓게는 당시의 역사적 상황과 민족의 성원이 배설을 순교자로 만들었다고 보았다. 나는 선입관을 떨쳐 버리고 자료에 입각해서 사실을 파악하되 한·영·일 세 나라의 각기 다른 이해관계를 동시에 고려하면서 당시의 정세에 비추어 어떤 결론을 내려 보려고 노력했다고 책의 서문에서 밝혀 두었다.

배설의 재판을 둘러싸고 영일 간에 벌어졌던 외교 교섭, 국채보상의연금을 횡령하였다는 죄목으로 양기탁을 구속한 사건으로 인해 서울 주재 영국 총영사 헨리 코번과 통감부 서기관 미우라 야고로 사이에 벌어졌던 숨가쁜 대결, 고종이 영국 신문 트리뷴의 특파원 스토리에게 보낸 밀서사건, 배설과 양기탁의 재판 내용, 신보의 영문판 코리아 데일리 뉴스와 대항하기 위해 통감부가 발행한 서울 프레스 등은 내 책이 새롭게 밝힌 역사적인 사실이다.

내 책은 제목 그대로 대한매일신보와 그 발행인 배설을 둘러싼 영·일 간의 외교교섭과 양기탁을 비롯한 국내의 민족진영 인사들이 벌였던 언론항쟁을 한·영·일 3국의 자료를 토대로 연구한 것이다. 그러나 이와 관련된 연구는 아직도 완결되지 않은 부분이 있었다. 그것은 신보를 중심으로 벌어졌던 국채보상운동과 신민회에 관련된 사건이다.

국채보상운동에 관해서는 1993년 11월 25일에 한국민족운동사연구회가 운동의 발상지인 대구에서 「일제침략과 국채보상운동」이라는 주제의 학술회의를 대구에서 열었을 때 나는 「국채보상운동과 언론의 역할」을 발표했다. 국채보상운동에는 대한매일신보가 의

연금총합소였기 때문이다. 이 학술발표회의 논문은 『한국민족 독립운동사연구』제8집(1993.12, 한국민족운동사연구회)과 『일제 경제침략과 국채보상운동』(趙恒來 편, 아세아문화사, 1994)에 수록되었다. 이 논문에는 특히 통감부가 양기탁을 국채보상의연금을 횡령하였다는 혐의로 구속하여 재판에 회부하였을 때에 서울 프레스가 보도한 상세한 공판 내용을 처음으로 소개하여 연구의 기초 자료로 제공했다.

일본이 한국을 강제로 합방한 후에 신민회 사건으로 양기탁을 비롯한 민족진영 인사들을 대량 투옥한 사건도 신보에 대한 탄압의 연장이었다는 관점에서 연구의 대상이 되어야 할 것이다.

정주영의 언론관과 언론인 후원
—신문은 만인의 벗이요, 광명이요, 스승

관훈토론회 세 차례 연설

　정주영(鄭周永, 1915. 11. 25~2001. 3. 21)은 언론을 스승으로 삼아 폭넓은 지식과 교양을 쌓았다. 그의 두 동생은 신문기자였다. 정주영은 6·25전쟁 휴전이 체결되기 직전인 1953년 6월부터 몇 달 동안 동생 인영과 함께 『모던 타임스』라는 시사 주간지를 발행한 일도 있었다. 정주영이 출연한 기금으로 설립된 재단법인 관훈클럽정신영기금이 언론 발전에 크게 기여하고 있다는 사실은 널리 알려져 있다. 하지만 그는 신문과 정면충돌하면서 공개적인 갈등을 빚은 경우도 있었다. 기업가, 정치인으로 활동하면서 언론에 대해 애증 愛憎이 교차하는 이중적인 감정을 지니고 있었다.

정주영은 어려서부터 신문을 애독했다. 자신이 쓴 칼럼에서 "신문은 만인의 벗이요, 광명이요, 스승"이라고 말했다.* 1984년 11월의 관훈토론회에서는 신문과 관련된 어린 시절을 회상했다. 1920년대 추운 겨울, 먼 구장집(이장집) 사랑방까지 걸어가서 신문 한 장 빌어다 호롱불 밑에서 '근대'에의 꿈을 키웠다고 한다.

언론인을 향해서는 이렇게 말했다. "여러분 자신은 오늘을 사는 언론인이지만 여러분이 쓰는 글은 오늘 뿐만 아니라 21세기까지의 한국의 길을 결정하고 있는 것이라고 확신한다. 이러한 제 경험과 확신으로 해서 저는 언론인에 대하여 무한한 존경심을 갖고 있다. 추위에 떨었던 어렸을 때나, 가난하던 기능공 시절이나, 기업인이 된 오늘이나, 언론의 기능과 국민교육자로서의 언론인에 대한 애정과 존경을 잊어본 적이 없다."**

관훈토론회는 일반 기자회견과는 다르다. 4~5 명의 분야별 패널이 전문적인 안목에서 질문을 던지면 초청연사는 즉석에서 대답을 하고 '토론'을 벌인다. 정주영은 네 차례 토론회 연사로 초청을 받았다.

> 1984년 11월 16일: 성장 잠재력과 민간기업주의
> 1990년 11월 27일: 중·소中蘇 진출은 통일차원서
> 1992년 4월 9일: 3·24 총선과 정국 전망
> 1992년 12월 3일: 경제대국과 통일한국의 길

---

* 정주영, 「신문과 나」, 서울신문 칼럼 「고임돌」, 1977. 8. 11.
** 1984년 11월 16일 관훈토론회, 연설문.

연사로 참석할 때마다 정주영은 신분이 변했고 토론의 주제도 달랐다. 첫 번째 1984년 토론회에 초청되었을 당시에는 현대그룹 회장이면서 전국경제인연합회 회장을 맡고 있었고, 직전까지는 대한체육회 회장으로 서울 올림픽 유치에 주도적인 역할을 담당했다. 올림픽 유치를 일생에 가장 큰 보람으로 여긴다고도 말했다.

두 번째 초청 때에는 현대그룹의 명예회장으로 75세의 고령에 시베리아 개발에 열정을 쏟으면서 소련을 일곱 차례나 방문했고, 대통령 고르바초프와 면담을 성사하여 주목을 끌었다. 러시아와 국교 수립의 분위기가 무르익던 무렵이었다. 고르바초프 면담에는 이명박 현대건설 사장이 수행했다. 세 번째는 통일국민당 대표로 제14대 대통령 선거에 출마한 정치인 자격으로 초청되었다. 일생에 가장 빛나는 활동을 한 시기에 관훈클럽의 초청을 네 차례 받은 것이다.

경제단체, 체육회, 정치계, 대북활동

네 번 토론회에서 정주영 회장은 항상 막힘없이 성실하고 적극적인 자세로 토론에 임하면서 재치 있게 답변하여 청중의 관심을 끌었다. 공개석상에서 기자들을 상대로 이같은 토론을 할 수 있으려면 폭넓은 지식, 경제를 비롯한 국내와 국제문제에 광범위한 식견과 전문성을 갖추지 않으면 안 된다.

관훈토론회 말고도 정주영은 다양한 공개토론과 기자회견, 방송 출연 등으로 언론에 자주 등장했다. 매스컴에 비치는 그의 솔직한 태도, 친근감 느껴지는 언변, 자기가 간여하는 분야를 꿰뚫고 있는 지식, 통계숫자를 구사하는 기억력 등을 직접 목격할 수 있었다. 관훈토론회 토론 모습과 TV에 출연하여 대담할 때에도 주도권을 놓지 않았고 자신감에 넘쳤다.

1920년대에 강원도 산골 소학교 졸업 학력에 무일푼으로 상경하여 현대그룹이라는 거대 재벌을 이루었고, 체육계와 정치계를 비롯하여 사회 여러 분야에서 저명인사로 활동하는 모습을 보면 놀라지 않을 수 없었다. 건설 현장 노동자, 쌀가게 배달원, 자동차 수리점 경영과 등의 경력을 가졌던 인물이지만, 세계를 무대로 건설, 조선과 같은 거대 프로젝트를 수주하는 활동을 벌이고 서울올림픽 유치의 주역으로 스포츠 외교를 성공적으로 이끌었다는 객관적인 사실에서 교양과 지식과 추진력이 뛰어난 인물임을 인정하지 않을 수 없다.

1992년 2월 정주영은 자신이 창당한 통일국민당 대표최고위원을 맡았고, 3월에 제14대 국회의원(비례대표)에 당선되었다. 이어서 12월의 제14대 대통령에 출마하여 평생을 정치인으로 살았던 김영삼, 김대중과 겨루는 정치계의 거물로 떠올랐다. 그는 실천적인 통일 운동가였다. 1989년에는 두 차례 북한을 방문하면서 아산리 고향도 찾아갔다. 1998년 6월에는 1차로 소 500마리를 몰고 가서 북한에 전달했고, 같은 해 10월의 2차 방문 때에는 501마리를 몰고 휴전선을 통과했다. 소 1천 마리를 북한에 기증하여 북한 주민의 생활에 도움을 주고 통일의 미래를 준비한다는 큰 뜻이 담겨 있었다. 소 1천 마리에 한 마리를 더 보탠 것은 젊은 시절 고향에서 아버지가 소 판 돈을 몰래 들고 서울로 가출했던 빚을 되돌려준다는 의미가 있었다. 11월에는 금강산 관광단지 개장식에도 참석했다. 나이 83세 때의 일이었다. 말만 앞세우는 사람들과는 달리 재계와 정계를 은퇴한 뒤에도 통일의 염원을 실현하기 위해 노력하는 모습이었다. 긍정적인 사고, 의지를 관철하는 실천적인 모범을 보여준 일생이었다.

나는 정주영 회장이 정신영기금 임원들을 초청한 몇 차례 모임의 말석에서 정 회장을 직접 지켜본 경험이 있었다. 40년이 더 지난 과거의 일이지만 아직도 기억에 생생하다. 정 회장은 재치, 순발력, 좌중을 장악하는 화술로 분위기를 유쾌하게 이끄는 능력이 뛰어났다. 그가 구사하는 화술의 원천은 어디에서 나온 것일까. 우선 타고난 자질이 있어야 한다. 정주영은 논리적 사고, 직관력, 자신감, 언어 구사 능력 등의 여러 요인을 선천적으로 지니고 있었다. 초등학교 학력이 전부였지만 어려서부터 신문을 읽으면서 지식을 넓혀나갔다. 신문은 스승이었다. 신문을 읽으면서 언변과 문장력을 향상시켰을 것이다.

순발력과 탁월한 언어감각

정주영 회장이 관훈클럽에 1억 원을 기부하여 그 돈으로 관훈클럽신영연구기금(현재 명칭은 관훈클럽정신영기금)이 재단법인으로 설립등기를 마친 날은 1977년 9월 10일이었다. 나는 관훈클럽과 신영연구기금의 초대 사무국장에 임명되어 이듬해 1월 1일부터 1984년

12월까지 만 7년 동안 클럽과 기금 사업의 실무를 맡아 일하면서 정주영 회장을 가까이서 관찰할 기회가 더러 있었다. 기금과 클럽의 공식 모임 때와 동생 정신영과 사별한 부인 장정자 여사 댁에 부부 동반으로 저녁 식사 초대 모임에서도 주최자였던 정 회장의 모습을 지켜볼 수 있었다.

장정자 여사 댁에서의 식사지만 실은 정 회장의 초대 자리였다. 부인 변중석 여사는 말없이 앉아 있고 동생 정세영, 아들인 정몽구, 정몽준도 손님들과 대화를 나누는 경우가 있었다. 그럴 때면 정 회장 댁의 며느리들과 때로는 장 여사의 딸 일경 양이 음식을 직접 나르면서 손님을 접대하는 모습에서 위계가 분명한 가운데도 우애가 넘치는 가풍을 엿볼 수 있었다.

정 회장은 언제나 유쾌하게 대화를 주도했고, 준비해 둔 마이크를 잡고 노래까지 부르면서 손님들의 흥을 돋우기도 했다. '쨍 하고 해 뜰 날', '난 정말 바보처럼 살았군요' 같은 신나는 곡이었던 기억이 난다. 참석한 신영기금의 임원들이나 동반했던 부인들은 소탈하면서도 품격 있는 집안 분위기에 좋은 인상을 받았다는 평이었다. 자신의 자서전에는 사원들이 자기를 '호랑이'로 불렀다고도 썼지만 사적인 자리에서 그런 인상은 풍기지 않았다. 이것이 내가 지켜본 정주영의 모습이었다.

정주영 회장이 1977년에 1억 원의 기금을 관훈클럽에 전달하던 때까지 언론과 직접적인 인연은 없다고 알려져 있었다. 기업을 창업하여 사회적으로 크게 성공한 기업인이 동생을 생각한다는 아름다운 뜻을 담아 클럽에 돈을 기탁했다는 설명이었지만 얼른 이해가 되지는 않았다. 하지만 그는 언론과 일찍부터 인연이 있었다.

나는 정주영 회장이 친필로 쓴 편지를 읽을 기회가 있었다. 2012년 정신영 기자 50주기 때였다. 장정자 여사는 정주영 회장이 1950년대에 동생 신영에게 보낸 여러 통의 편지와 바쁜 일정에도 조카들에게 띄운 그림엽서를 소중히 보관하고 있었다. 편지와 엽서를 읽어보면서 정주영이라는 인물의 새로운 면모를 발견하고는 깊은 감명을 받았다.

그의 친필 편지에서 두 가지 사실에 주목하였다. 첫째는 그가 특별한 애정을 가졌던 동생 신영의 죽음을 진정으로 슬퍼하고 아쉬워했다는 사실이었다. 6남 2녀의 장남이었던 정주영은 가족을 아끼는 마음이 유별났다. 가난한 집안의 장남으로 태어나 가족을 돌본다는 보호본능이 강했다. 특히 신영을 사랑했던 사실이 편지에 담겨 있었다.

둘째로 편지는 정주영의 경영철학과 1950년대의 기업 활동을 단편적이나마 손수 기록한 자료라는 점도 흥미가 있었다. 그는 1991년에 『시련은 있어도 실패는 없다』라는 자서전을 출간했다. 「나의 삶 나의 이상」이라는 부제가 붙은 책이었다. 1992년에 통일국민당을 창당하여 제14대 대통령에 출마하던 무렵에 출간한 홍보용 성격의 책이라 자서전이라 해도 글을 쓴 사람은 따로 있었을 것이다. 그런데 동생에게 쓴 편지는 본인이 직접 쓴 친필이었다. 그것만으로도 가치와 흥미를 동시에 지닐 수 있는 자료가 아닐 수 없었다.

경영철학과 활동상 담긴 편지

편지에는 당시의 경제상황에 대한 정주영의 시각이 반영되어 있었다. 현대그룹을 키워나가는 과정의 한 시기, 정주영의 숨소리가 살아있는 모습으로 담겨져 있었다. 그것도 후일에 공개될 수 있다는 생각을 전혀 하지 않고 동생 한 사람을 대상으로 쓴 글이었다.

나는 그의 편지 가운데 16통을 골라 해설을 붙여 「기자 정신영과 인간 정주영/ 정신영 50주기에 읽어보는 정주영의 편지」라는 제목으로 『관훈저널』 2012년 여름호에 소개했다. 나는 "글을 쓰는 직업이 아닌 기업인이 쓴 글이라는 사실도 흥미롭다. 글은 인격, 교양, 품격을 드러낸다. 초등학교 졸업 학력으로 거대한 기업을 일으킨 정주영은 어떤 인물이었는지를 그의 육필 편지가 증언한다. 그의 글을 보고 내가 특히 놀란 것은 그가 상당한 문장력을 지니고 있었음을 확인할 수 있었다"고 썼다.

정주영은 자신이 청년 시절에는 문학청년이었다는 말을 어디에선가 했던 것으로 알려졌다.* 지나가는 말로 했을 터인데 관훈토론회의 한 토론자가 끄집어내었던 것이다. 젊은 시절에는 누구나 문학청년을 자처하는 사람이 많지만 열심히 신문을 읽고 시와 소설을 탐독했던 정주영의 문장력은 상당한 수준이라고 나는 평가했다. 그의 편지 두 편을 다시 전재한다.

---

* 1984년 11월 16일 관훈토론회에서 토론자 신찬균이 이렇게 질문했다. "제가 분명히 기억하는 것은 회장님께서 청년 시절에는 문학청년이라고 말씀하셨다." 『신문연구』, 1984년 겨울호, 191쪽.

경애하는 신영군

　객지에서 혼인준비에 여러 가지 불편이 많을 것이다. 이곳 우리들은 다 잘 있다. 전일(19일) 이곳 국제그릴에서 張 사장댁 [장정자 댁] 주최로 너의 약혼인 사주를 전달받았고 식을 마치었다. 다들 기뻐하야 형도 즐거웠다. 앞날의 너의 결혼생활이 순조로울 것을 믿는다. 군의 목적한 경제과목을 속히 전공하고 귀국하기를 바란다.

　필요하다고 생각하는 모든 과목을 타국에서 마친다는 너의 장구한 계획을 형은 찬성치 않는다. 앞으로 2~3년간에 전공하는 학업 마치고 귀국할 것으로 생각하야라. 학문은 끝이 없는 것이므로 자기의 지식을 실지로 살리며 현실 체득하는 것이 산지식이 되는 것이다. 형식이나 학파에 골몰하야 평생을 보낼 필요는 없다. 30이 훨씬 넘도록 학창생활을 한다는 것은 정상적인 생활방도가 아니라는 것을 깨달아야 할 것이다.

　이곳 회사의 건설 사업은 순조로우니 다행이다. 시멘트공장은 난관에 봉착하였다. 미국 ICA 본부에서 ICA 자금으로 시멘트 공장 건설하는 것을 취소하였다. 연然하나 한국 정부에서 재교섭 한다고 하나 쉬운 것은 아니고 불가능 상태이다.

　아이들 학교는 일류 학교에 돈을 들여보내는 형식의 습성을 버리고 학력이 모자라 낙제하면 회사에서 응분의 일을 가르치도록 하였다.

　3월 중순 군의 셋방 얻을 돈을 다소 보내도록 하야 보겠다.

항상 건강에 유의하여라. 우리들은 이제부터 대단히 분주한
계절이 되었다.

3월 24일

舍兄 平信

신영 군에게

그동안 건강이 완전 회복되었는지 심히 궁금하다. 그리고
너의 아내도 너의 시종侍從으로 많이 피로하였을 것으로 생각
한다. 이곳 대소가 다 무고들 하다. 우리들의 사업도 대단히
분주한 계절을 만났다. 모든 것이 순조로우니 안심하여라. 가
을절기를 잡어든 한국의 모든 정경은 평화스럽고 희망적이다.
금년은 전례에 없이 다시 풍년이다. 국외의 모든 정치, 경제,
문화 각 분야에 많은 발전을 하였다.

각 생산 분야의 공장들도 각기 궤도에 올라, 상품의 양이나
질이 대단히 상승하여졌다. 국민의 각층의 소득도 상승되었
다. 각계의 중견 인물들이며 지도층이 차츰 착실하야짐에 따
라 각 분야가 안정되어간다. 물가도 안정되고 시중주市中株 금
리도 최근 출발당시 월 1할 2~3분 하던 것이, 현재 월 4~5분
으로 떨어지며 앞으로 1년 내외에 월 3분으로 하락될 것이다.
그리되면 일정日帝 당시의 금리金利와 비슷하게 되는 것이다.
경제면은 사금리私金利가 하락된다는 것은 투기와 물가의 기복

이 심하지 아니하다는 것을 말하는 것이다.

귀군은 뜻한 대로 학위를 밧고 귀국하기를 바란다. 앞으로 2~3년 더 체류될 것으로 생각한다. 일생을 바라보고 살아가는 계획이므로 서두를 것은 없을 것이다. 시간을 소중히 생각하고 학업과 휴식을 잘 조절하야 건강에 유의 하여라. 이곳 우리들은 일심으로 경제적 기반을 세우는 데 노력하며, 아이들도 선량하게 성장시키는 데 유의하고 있다. 아버지 산소 변두리의 과수원에는 과실이 풍작이어서 우리들은 일요일마다 성묘 겸 과수원에 간다.

분주하야 종종 편지를 못 쓰나 틈틈이 안부 전하여라.

아침 일찍 일어나 운동을 계속하는 습관을 하야, 체력을 증진하는 데 특히 유의 하여라. 내내 선조의 가호로, 너의 부부의 건승을 빈다.

9월 6일 아침

백형 평신

위의 두 편지는 정황상 1959년에 보낸 것으로 짐작된다. 그는 사업상 매우 바쁜 가운데도 동생에게 자상한 편지를 썼고, 동생 사후에는 장정자와 조카들에게 편지와 세계 여러 나라의 그림엽서를 보냈다.

정주영 친필 서신

신문기자 인영과 신영

정주영의 형제 가운데 큰 동생 인영(仁永, 1920. 5. 6~2006. 7. 20)과 네 번째 동생 신영(信永, 1931. 3. 5~1962. 4. 14)은 신문기자였다.

정인영은 대한일보와 동아일보 기자를 지낸 경력이 있었다. 대한일보(大韓日報 1947. 7. 27~1948. 12. 2)는 이종형李鍾榮과 그의 아내 이취성이 경영했던 대동신문(大東新聞 1945. 11. 25~1949. 3. 12) 계열신문이었다. 이종형이 발행한 여러 신문은 극우익 논조로 당시 압도적으로 우세했던 좌파 신문에 대항하여 공산당과 그 동조자에 대해 정면대결을 벌였다.

큰형과 달리 둘째인 인영은 소학교도 다니지 못하고 13살까지는 마을 서당에서 한문공부를 했다. 사서삼경, 통감 등을 배웠는데 기억력이 좋아서 그때 배운 구절을 말년까지 외우고 있었으며 중국에 가서 중풍치료를 받을 때에 현지 의사들과 한자로 대화하고 한시를 읊어 친분관계를 맺기도 했다. 14살 때 서울로 올라온 인영은 총독부 간행물을 발간하는 행정학회인쇄소에서 문선공으로 5년 동안 일하면서 초등학교 과정을 이수했다. 이어 YMCA 영어과를 2년간 다녔다.[*] 그 후 일본으로 건너가 대성중학교, 미사키三崎 영어학교, 아오야마靑山학원 영어과에서 1943년까지 공부했다. 이리하여 쌓은 영어 실력을 바탕으로 정인영은 동아일보 기자가 된 뒤에 UNKRA 등 외국기관에 출입하면서 능력을 인정받았다.^{**}

동아일보사는 6·25전쟁으로 서울이 적의 수중에 넘어가기 전날인 27일 오후 4시경에 외근기자들이 모여 호외를 준비했다. 이미 텅 빈 공장으로 내려간 기자 정인영은 문선공으로 일했던 경험을 살려 간신히 문선은 끝냈으나 조판할 공무국 직원이 없었다. 할 수 없이 공무국장 이언진李彦鎭이 손수 판을 짜서 300장 가량의 호외를 수동기로 찍어냈다. 「적, 서울 근교에 접근, 우리 국군 고전 혈투 중」이라는 마지막 호외를 발행하고 무교동 '실비옥'에서 이별

---

* 홍성호, 「인물 탐구/ 쇠붙이 사업에 일생을 던진 선견력 뛰어난 부도옹」, 『이코노미스트』, 1993. 3. 20, 92~103쪽.
** 「정인영 한라그룹 회장, 중화학 외길 '오뚝이 경영인'」, 매일경제신문, 1992. 10. 12.

384   함께 길을 가다

의 술잔을 나누었다.* 남은 지면은 6월 27일자(지령 8308호)가 마지막
이다.**

시사주간지 모던타임스 발행

부산으로 피난한 정인영은 미군 공병대 통역으로 활동하며 정주
영의 미군 공사 수주를 도와주었다.*** 그런 가운데 1953년 6월에 정
주영과 인영 형제는 부산에서 시사주간 잡지『모던타임스』를 창간
했다. 주간지로 기반을 다진 뒤에 장차 종합일간지로 발전시킨다
는 큰 꿈을 지닌 출발이었다.

『모던타임스』의 창간은 동아일보 6월 21일자 2면에 실린 광고에
서 확인할 수 있다.「주간 시사잡지, 창간호 발매개시/ 풍부한 내
용, 참신한 편집」이라고 소개하는 광고였다. 서울신문 7월 8일자
광고에는 창간호의 목차가 게재되었다. 조선일보는 6월 26일자「신
간소개」란에 간단한 단신으로 창간을 알렸다. 신문에 실린 광고만
으로 정확한 창간 날짜를 알 수는 없지만 6월 하순의 월요일이라
면 일단 29일로 추정할 수 있다. 이를 기점으로 지령 2호는 7월 6
일이 된다. 이어서 매주 월요일 발행으로 계산하면 7월 13일(3호),
20일(4호), 27일(5호), 8월 3일(6호), 10일(7호), 17일(8호), 24일(9호), 31

---

* 『동아일보 사사』 2권, 동아일보사, 1978. 110~112쪽.

** 정인영,『재계의 부도옹 운곡(雲谷) 정인영』, 한국경제신문 한경 BP, 2007, 144
   쪽.

*** 오효진,「새로 쓰는 오효진의 인간탐험 ① 鄭周永, 한국의 전설 鄭周永은 살아
    있다」, 월간조선, 2013. 8.

모던타임스 광고

(10호), 9월 6일(11호) 순이 된다. 제10호 광고는 서울신문 9월 15일자에 실렸고, 제11호는 경향신문 9월 27일자에 게재 되었으므로 중간에 발행되지 않고 건너뛴 월요일도 있었던 것 같다.

편집 기획 제작은 정인영이 전담했지만 기사 작성과 편집, 제작에서 판매까지 모두 혼자 힘으로는 불가능하다. 합동통신 편집부장 조동건(趙東健, 1922. 7. 1~1993. 3. 6) 등이 객원편집위원이었고, 조선일보 기자 남기영(南基永, 1917. 8. 13~1984. 12. 23)이 실무 차원에서 도와주었다고 정인영은 회고했다.

지령 2호까지 발행소는 부산시 대교로 1가 48번지로 확인되는데 3호 또는 4호를 발행할 무렵에는 서울로 올라왔다. 7월 27일에 휴전협정이 체결되고 8월 15일에는 정부가 서울로 환도하였으므로 『모던타임스』도 피난수도 부산에서 서울로 발행지를 옮겼다. 서울 발행소는 중구 필동 1가 41번지였고, 잡지 크기는 4 · 6 배판(B5 257×188㎝)에 20쪽 분량이었다. 오늘의 여성지나 교과서 종류에 해당하는 사이즈였다. 처음 구독료는 20환이었다가 곧 30환으로 인상했다.

광고에 실린 창간호 특집은 휴전문제였고, 2호부터는 국내동향, 인물평,* 국제정세, 경제동향과 같은 고정 색션에 시사문제를 요약하고, 「나의 고난시대」를 실었다.** 창간호부터 영국의 등산가 헌트(Henry Cecil John Hunt) 대장의 에베레스트 등정기를 4회 연재하였다. 언론인이 쓴 기명 글은 「휴전협정 참관기」(이혜복, 6호), 「휴전협정 파기될까?」(이시호, 8호) 등이 있다. 경제학자 최호진의 글도 실렸다. 정인영은 미국의 타임과 뉴스위크 비슷한 시사 주간잡지를 만들려 했을 것이다. 크기도 유사했다. 두 미국 시사주간지를 번역 게재한 기사도 있었다. 조선일보 9월 8일자에 실린 지령 8호 광고 '금주 토픽스'에는 다음 기사를 소개하고 있다.

· 미공군은 쏘련의 수소폭발을 어떻게 탐색하여 냈을까?
　−뉴스위크지에서
· 가공할 수소탄 공격에 대비, 영국은 노유(老幼)를 소개·공
　업을 분산 −뉴스위크지에서
· 남한 공비의 현황, 미국 여성은 불임증 −타임지에서

경향신문 9월 27일자 지령 11호를 마지막으로 신문광고가 보이지 않기 때문에 그 이후에도 발행되었는지 확실하지 않다. 정인영

---

* 「인물론」에 다룬 사람은 ① 최덕신 ② 양유찬 ③ 로버트슨 ④ 손원일 ⑤ 갈홍기 ⑥ 변영태 ⑦ 백두진 ⑧ 원용석 ⑪ 백한성.
** 「나의 고난시대」는 2호부터 게재. ② 전진한 ③ 박순천 ④ 정일형 ⑤ 설의식 ⑥ 박종화 ⑦ 윤치영 ⑧ 양우정.

의 자서전은 20호를 발행했다지만, 그의 자서전은 창간 날짜와 장소조차 잘못 기록되어 있을 정도로 신빙성이 떨어진다. 여러 정황으로 보아서 11호 이후에는 발행되지 않은 것으로 추측된다.

제7호 광고부터는 전국에 걸쳐 지사지국을 모집한다고 밝혔고, 마지막 제11호 광고도 지사지국 모집 내용이 포함되어 있었다.[*] 하지만 전쟁 기간에 창간된 주간지 발행을 지속하기는 어려웠다. 사회 경제적인 여건이 주간잡지 발행에 매우 열악했던 시기였다. 취재와 보급에 필요한 기동력도 없었고, 광고도 부족했다. 판매수입도 보잘 것 없었다. 이 무렵에 현대건설도 위기를 맞았다. 미군 공사가 줄었고, 낙후된 장비와 지형적 악조건으로 고전했다. 고령 다리 복구사업 때인 1953년 2월의 통화개혁(100대 1로 평가절하)으로 현대건설은 엄청난 타격을 입었다. 이런 여러 요인이 겹쳐 결국 주간지 발행은 중단하지 않을 수 없었다.[**] 몇 년 뒤 사회가 어느 정도 안정된 뒤 출판사를 배경으로 발행된 주간지도 길게 발행되지 못하고 실패로 끝이 났다. 1964년에 한국일보가 창간한 『주간한국』이후에야 안정적으로 발행될 수 있는 사회적 여건이 조성되었다. 그나마 신문사 발행 주간지만 성공했을 뿐이다. 전쟁의 상흔이 깊었던 궁핍한 혼란기에 출판사나 신문사 배경 없이 창간한 『모던타임스』는 의욕이 앞선 도전이었다.

---

[*] 지사지국모집: 국내 전역에 지사 지국을 설치하고자 하오니 희망자는 우편 또는 서신연락으로 소정의 수속을 밟으시기 바랍니다. 서울시 중구 필동 1가 41 모던타임스사.

[**] 정인영, 『재계의 부도옹 운곡雲谷 정인영』, 145쪽.

『모던타임스』는 짧은 수명으로 끝났지만 동아일보, 조선일보, 서울신문, 경향신문에 게재한 광고에 나타나는 목차를 종합해 보면 시사문제를 다룬 본격 주간지로서 손색이 없었다. 정인영의 신문 기자적인 감각과 미국 시사주간지를 접하면서 얻은 편집 기술로 '국내 유일 시사주간지'임을 자부하며 시도했던 의욕은 높이 평가할 수 있다.

정인영의 자서전 『재계의 부도옹 운곡雲谷 정인영』(한국경제신문 한경 BP, 2007)에는 『모던타임스』 발행에 관해서 사실과 다르게 서술된 부분이 보인다. 우선 창간 일자를 휴전협정이 체결되고 서울로 환도한 후로 기록한 것은 잘못이다. 1953년 12월 3일, 타블로이드판 16면 체제로 발행되었다고 쓰여 있지만 이때는 이미 발행이 중단된 뒤였다.

『모던타임스』는 현존하는 지면이 없기 때문에 신문에 실린 목차를 보고 내용을 짐작하는 수밖에 없다. 광고가 실린 신문지면의 인쇄 상태가 선명하지 않아서 판독이 어려운 부분도 있다. 정주영이 『모던타임스』를 창간하면서 최종 목표로 삼았던 일간지 발행의 꿈은 28년 뒤 1991년 11월 문화일보 창간으로 결실을 맺은 셈이다.

신문에 자극받은 근대에의 유혹

『모던타임스』는 제11호 이후에 신문광고가 실리지 않았지만 같은 해 12월 6일자 동아일보 1면 「인사」란에는 『모던타임스』사 대표 정인영이 자택(시내 중구 장충동 1가 37의 7)에서 조모상을 당했다는 단신이 실려 있다. 7일자 경향신문도 『모던타임스』 사장 정인영의 조모 상을 보도했다. 이와는 달리 7일자 조선일보는 같은 내용의 기사에서 『모던타임스』사 대표를 정주영으로 보도했다.

이로 미루어 『모던타임스』는 정인영이 형 정주영의 자금으로 운영했을 것이다. 정주영은 미군부대의 공사를 수주할 때에 동생의 도움을 받아 돈을 벌었지만 인영은 아직 독자적으로 잡지를 발행할 경제적 능력이 없었다. 그래서 두 형제 가운데 누가 사장인지 대외적으로는 분명하지 않은 상태로 운영되었을 것이다. 1956년판 『대한신문연감』에는 『모던타임스』의 발행허가 날짜는 1953년 5월 18일, 발행소는 서울 중구 초동 106번지, 발행인은 정인영으로 기록되어 있다.

정주영의 여섯 형제 가운데 다섯째인 신영은 서울대학교 법과 대학과 대학원 졸업 후 1956년 3월 동아일보에 입사하여 기자생활을 시작하였다. 언론계에 투신한 다음해에 창립된 관훈클럽의 초기 회원이 되어 적극적으로 참여했다. 관훈클럽 30번째 회원이었다. 기자 경력은 짧았다. 1957년 6월에는 동아일보를 퇴사하고 10월 24일에 독일로 떠나 11월에 함부르크대학 대학원 경제정책과정에 입학했다. 유학 중인 1958년에는 한국일보 통신원 자격으로 아일랜드 기행문을 쓰기도 했고(11월 16일자 게재), 1961년 5·16 후에는 동아일보 독일 특파원으로 유럽 여러 나라를 순방 취재하였고, 동베를린에 들어가 동서 양 진영이 대치중인 현장상황을 국내 독자들에게 알렸다.

그가 요절한 후 관훈클럽은 묘비를 세워 추모했는데, 15년 뒤에

정주영 부부 사진(동생 정신영과 함께)

정주영이 희사한 기금으로 관훈클럽신영연구기금을 설립하여 언론발전을 위해 뜻 있는 여러 사업을 벌이고 있다. '신영'이라는 이름을 딴 기금은 언론인들의 연구·저술·출판과 해외연수를 지원하고 자체 출판사업에도 쓰인다. 많은 언론인들이 기금의 지원을 받아왔거나 기금의 자금으로 운영하는 사업에 참여하고 있다. 2019년에는 기금의 명칭을 '관훈클럽정신영기금'으로 바꾸었다. 기금의 사업은 앞으로도 계속될 것이다.

정주영은 17살 때에 강원도 통천 고향에서 가출할 때에 어떤 신문에 실린 '실천부기학원' 광고를 보고 서울로 올라왔으나 아버지가 찾아와서 설득하는 바람에 하는 수 없이 고향으로 돌아갔다고 한다. 정주영은 시골에 살았지만 신문을 보고 세상 돌아가는 사정을 파악했다. 시골에서 신문을 읽었다는 사실만으로 신문과 특별한 인연이라고 말할 수는 없다. 하지만 정주영이 신문을 만인의 벗이요, 광명이요, 스승이라고 했던 말은 진심이었다. 그는 이렇게 말했다.

극빈의 두메산골에서 10여살 안팎의 소년이 처음으로 맞본 '근대'의 두 접촉, 즉 학교와 신문에서 얻은 경이와 동경의 추억은 날이 갈수록 강렬하게 남아 있다. 아마도 신문이 주었던 근대에의 유혹이 없었던들 저의 탈 농촌, 탈 빈곤의 의지는 햇빛을 보지 못했을 것이며 현대기업의 경영인으로서의 오늘의 저도 없었을 것이다.

언론과의 두 차례 공개적인 갈등

정주영은 신문과 큰 갈등을 빚기도 했다. 공개적인 갈등이 표출되기 전에 정주영은 신문에 대한 아쉬움을 토로하면서 우회적으로 비판하는 글을 썼다.

오늘에 와서는 나의 마음은 신문에 대하여 가끔 실망과 서
글픈 마음을 가지게 된다. 요사이 일부 신문이 기업의 영리를
추구하는 무기로 교묘하게 이용되려는 시련에 부딪치고 있는
느낌을 금할 수 없다. 우리들의 신문은 모든 자기본위의 욕망
에서 해탈한 숭고한 인격자의 지도하에서 발행되어 영원한 민
족의 동반자가 되기를 바라는 마음 간절하다.*

정주영은 재벌이 운영하는 언론사에 대한 불만과 피해의식을 지
니고 있음을 짧은 칼럼에서 토로한 것이다. 그것이 객관적인 사
실인지 자신의 주관적인 판단이었는지 한마디로 단언하기는 어렵
다. 그가 이끄는 현대그룹과 언론의 갈등이 사회의 이목을 끌었던
사건은 1980년 3월에 일어났다. 현대건설·현대중공업 임직원 일
동은 3월 15일자 조간부터 중앙일보와 동양방송을 제외한 도하 각
신문 1면에 「해명서」를 게재하면서 삼성그룹에 대한 불만을 공개
적으로 표출했다. "중앙매스콤(회장 이병철)의 사실과 다른 집중과장
보도에 해명합니다"로 시작한 광고는 삼성그룹이 운영하는 신문
과 방송이 현대에 편파보도를 일삼아 국제 입찰에서 손해를 보았
다는 사례를 적시했다. 언론은 삼성의 '제일주의'와 현대의 '팽창주
의'가 충돌한 사건으로 규정했다.**
1992년 12월에는 정주영의 국민당과 조선일보 간의 충돌이 있었

---

* 정주영, 「신문과 나」, 서울신문 칼럼 「고인돌」, 1977.8.11.
** 정진석, 『한국 현대언론사론』, 전예원, 1984, 451~454쪽.

다. 막바지 선거운동을 앞두고 국민당에 대한 조선일보의 보도 태도를 문제 삼아 현대그룹이 조선일보 광고를 중단하면서 시작되었다. 국민당도 5일부터 중앙당 및 전국 지구당이 '조선일보 안보기 운동'을 벌였다. 조선일보는 "금권을 이용한 재벌의 언론탄압"이라고 반박하고 현대 및 국민당의 정치광고를 싣지 않기로 하여 분쟁이 확대되었다.

언론이 편파보도를 한다고 판단하면 타협하지 않고 정면으로 맞서 싸운다는 정주영의 성격을 보여준 사례였다. 언론을 상대로 전면전을 벌일 때의 판단이 옳았는지 여부는 보는 관점과 주관에 따라 평가가 다를 수 있다.

관훈클럽에 첫 1억 원 출연 이후

1977년 7월 현대그룹의 정주영 회장이 관훈클럽에 1억 원을 출연하여 신영연구기금이 설립되었다. 신영연구기금은 첫 출연 이후 세월이 흐르는 동안 기금의 규모는 여러 차례 확대되었고, 신영기금은 사업을 다양화하면서 언론 발전에 기여해 왔다. 출연자 정주영 회장이 어떠한 조건도 달지 않고 기금을 쾌척하였던 것이 성공의 요인이었다. 언론인들이 자율적으로 운영하도록 일임하였기 때문에 독립적이면서 공정한 운영으로 성과를 거두었으며 이에 따라 그 명성도 널리 알려지게 된 것이다.

정주영 회장은 처음 1억 원을 출연하였을 때부터 돈은 내지만 그 운영에는 일절 간여하지 않는다는 원칙을 지켰다. 1978년 1월에 2억 원을 추가로 출연했을 때에 초대 사무국장이었던 나는 조세형 이사장을 수행하여 광화문 현대그룹 빌딩에 있던 정 회장 집무실을 방문하여 액면 1억 원짜리 수표 두 장을 받았다. 이 돈을 어떻게 쓰라는 주문은 한마디도 없었다. 아무런 조건을 달지 않았다. 조세형 이사장과 나는 돌아오는 길로 무교동 현대그룹 동관東館 2층 현대종합금융에 개설한 기금 통장에 수표를 입금했다. 현대종금은 현대그룹 계열 금융회사였지만 정 회장이 돈을 거기 예치하라는 말을 하지는 않았다. 프레스센터와 가까웠고, 기금 운용을 위한 회사채 매입 등에 우선적으로 편의를 보아주는 처지였다.

정 회장은 그 후에 기금을 여러 차례 늘려주었다. 내가 사무국장을 맡고 있던 1984년 말까지 1977년 1억 원, 1978년 2억 원, 1980년 1억 원, 1981년 2억 원을 내놓았다. 그때까지 총 6억 원이었다. 이쪽에서 돈을 더 달라고 요청한 일은 전혀 없었고, 정 회장은 한 번도 조건을 달지 않았다. 기금의 운용은 회사채, 수익증권 같은 안정된 금리가 보장된 금융상품에 기탁하는 방식이었다. 1984년 초에 내가 기금의 투자현황을 설명할 일이 있어 처음이자 마지막으로 정 회장 집무실을 방문했더니 건설업종 주식에는 투자하지 말고, 금융주를 사는 것이 좋을 것이라고 조언했다. 현대건설을 기반으로 그룹을 창업한 정 회장은 건설업은 투기성이 강하고, 불안정한 사업이라는 것을 깨우쳐 준 것이다. 그것은 내가 아는 한 정 회장이 기금 운용에 관해서 들려준 유일한 조언이었다. 그러나 그 후에도 기금이 금융주를 매입한 적은 없었다. 정 회장을 만났던 날은 눈이 많이 와서 약속 시간을 지키지 못해서 몹시 민망했던 기억이 지워지지 않는다. 중림동 한국경제신문 별관에 클럽과 기금이 다른 언론단체들과 함께 임시로 이전해 있던 때였다. 태평로 이순신 장군 동상이 서 있는 바로 옆 현대그룹 빌딩까지 택시를 잡을 수 없어 발을 구르다가 30여 분 이상 늦게 겨우 도착했었다.

정주영은 언론의 순기능을 확신하면서 힘닿는 대로 지원하려는 의지를 가지고 있었으나 언론이 잘못된 방향으로 흐르고 있다고 판단하면 싸워서라도 바로잡으려 했던 인물로 평가할 수 있다.

여행가 김찬삼과 신문에 실린 여행기

여행가, 르포작가, 해외 진출 길잡이

　김찬삼(金燦三, 1926~2003) 선생은 일반인의 해외 진출이 어려웠던 시기에 한국인들의 국제무대 진출을 이끈 선구자였다. 수천 년 잠재해 있던 한국인들의 도전정신과 개척정신을 활성화 시킨 스승이다. "그는 몸으로 부딪치는 험한 여로를 구수한 인간미와 따스한 감성, 위트 넘치는 기록으로 풀어낸 거인"이었다.[*]

　김찬삼의 세계 무전 여행기는 1960년대 이후 30여 년간 중요 신문에 연재되면서 우리 사회에 큰 영향을 미쳤다. 어린 시절 또는 젊은 나이에 그의 여행기를 읽고 영감을 얻거나 꿈을 키웠던 사람

---

[*] 吳太鎭, 조선일보, 2003. 7. 5.

은 너무나 많았다. 장차 세계를 무대로 활약하는 한국인들은 대부분 김찬삼의 여행기를 읽었다. 신문에 실린 그의 여행기는 그냥 신기한 나라의 여행기로 그치는 것이 아니었다. 언론인들이 취재해서 독자들에게 알려야 했던 르포기사였다. 지구 구석구석을 누비며 여러 나라의 지리, 사회, 풍습 등 각 분야의 전문가들에게 길잡이가 되었다. 그는 여행가이자 르포작가, 지리학자 그리고 언론인이었다.

김찬삼은 평생 동안 지구 32바퀴의 거리를 여행한 우리나라 해외여행의 개척자였다. 3차례의 세계 일주여행을 포함해 모두 20번의 세계여행을 했다. 160여 개국을 여행하면서 1,000개가 넘는 도시를 방문했다. 여행시간으로 계산하면 14년이 걸린 셈이다. 김찬삼은 민간 외교관이었다. 가는 곳마다 KOREA라는 나라의 존재를 알리고 우정을 쌓았다.

대한민국 정부, 외교가, 해외 파병 군인, 기업인, 학자와 유학생, 체육인을 포함한 정부와 민간인들이 해외를 개척하여 국부國富를 창출하기 위해 혼신을 다하던 1960년대, 1970년대, 1980년대에 걸치는 기간에 그의 여행기는 필독의 지침서였다. 어린 학생은 그의 책을 읽고 장차 세계를 무대로 활동할 꿈을 키웠고, 기업인들은 해외진출의 아이디어를 얻었다. 그의 여행기는 교양도서, 계몽도서, 실용도서, 교과서의 기능을 동시에 지니고 있었다. 10권짜리 방대한 그의 여행기가 베스트셀러가 되었던 사연이다.

김찬삼의 여행기가 큰 관심을 끌었던 것은 시대상황과도 관련이 깊었다. 정부가 브라질 이민을 적극적으로 추진하고, 월남전에 참전하는 등으로 해외 진출에 대한 국민의 관심이 고조되고 있던 시기였다. 브라질 이민은 1962년 보건사회부차관을 단장으로 이민관계 시찰단이 브라질을 방문하여 브라질 정부로부터 이민 30세대를 접수하겠다는 약속을 받았다. 이에 따라 1963년 2월 이민 17세대 92명이 제1차 이민단으로 산투스항에 도착한 후 상파울루 근교농장에 정착하였고, 1964년 5월 제2차 이민 68세대 350명이 브라질에 건너갔다.

한국의 신드바드, 배낭여행의 효시

김찬삼은 한국의 신드바드(Sindbad)였다. 아라비안나이트에 나오는 뱃사람 청년 신드바드는 인도양을 일곱 번이나 항해하면서 죽을 고비를 여러 차례 넘긴다. 신드바드는 거대한 괴물과 마주치고 코끼리를 물어 올리는 커다란 새를 만나는 등 모험 가득한 항해와 교역을 통해 바그다드의 부호가 되지만, 안락한 생활을 뒤로하고 여러 차례 거친 바다로 항해를 떠난다.

김찬삼도 안정된 고등학교 교사 생활을 그만두고 미지의 세계를 찾아 20여 차례나 힘든 여행을 떠났던 탐험가였다. 그는 지구 곳곳을 누비면서 만난 사람들이 사는 모습, 지리, 역사 등 신기한 이야기를 가난한 시절의 국민들에게 글과 사진, 강연, 방송 출연 등을 통해서 전해 주었다. 몸으로 체험한 여행기를 현대의 아라비안나이트로 만들어 들려주었고 꿈을 심어주었다.

해외여행은 감히 꿈조차 꾸기 어려웠던 가난한 1950년 말에서

1980년대 말까지는 '배낭여행'이라는 말이 아직 없던 시절이었다. 하지만 그는 '배낭여행의 효시'라는 타이틀을 얻었다. 배낭을 메고 여행을 떠난다는 기사가 신문에 등장한 시기는 1980년대 이후였다. '배낭'과 '여행'이라는 별개의 단어가 한 문장에 들어 있어도 따로 분리되어 쓰이는 경우는 있었지만, '배낭여행'이라는 복합명사는 1980년대 후반에 처음 나타난다.[*]

인천고등학교 지리교사이던 김찬삼의 무전여행은 1958년 9월 미화 500불(또는 300불)을 지니고 김포공항을 출발하면서 시작되었다. 샌프란시스코에서 열린 세계지리학회에 참석하기 위해 한국을 떠나며 필생의 과업인 멀고도 긴 장정의 첫발을 떼어 놓았다. 그는 샌프란시스코 소재 캘리포니아주립대학 지리연구소에서 1년 동안 연구와 여행 준비를 한 후에 제1차 세계일주 여행길에 올랐다.

1959년 9월 시애틀을 출발, 북미(알래스카와 미국 본토), 중미(멕시코, 과테말라, 엘살바도르, 파나마 등), 남미(콜럼비아, 페루, 칠레, 볼리비아, 아르헨티나 등), 아프리카(우간다, 수단, 이집트 등), 중동(요르단, 시리아, 터키 등), 유럽(영국, 프랑스, 이탈리아 등), 아시아(인도, 홍콩 등)를 여행하고, 일본을 거쳐 1961년 6월 22일 김포공항에 도착했다. 혼자서 1년 10개월 동안 59개국을 방문하면서 지구를 세 바퀴 반이나 돈 것이다. 김찬삼이 돌아온 때는 5·16 군사정변이 겨우 한 달이 지나 긴장감이 감도는 동시에 새로운 사회질서가 잡히기 시작하던 시점이었다.

---

[*] 「배낭여행」 세미나, 동아일보, 1990.4.27; 해외 '배낭여행' 인기, 동아일보, 1990. 4. 29;「미지의 세계로 "젊음 챙겨들고" 훌쩍 해외 배낭여행」, 경향신문, 1990. 6. 28.

신문 지면을 장식한 인기 유명인

세계 일주 여행을 마치고 김포공항을 통해 서울로 돌아온 날부
터 김찬삼은 매스컴의 각광을 크게 받는 인기 유명인이 되었다.
요즘으로 치면 우주여행을 마치고 지구로 귀환한 최초의 우주인
을 맞는 분위기였다. 골덴 상하의에 등산모와 반장화 차림으로 김
포공항에 내린 김찬삼이 지니고 온 소중한 재산은 세계 일주 중에
촬영한 필름 1만 2천매였다.

동아일보, 조선일보, 경향신문, 한국일보 등 유력 일간지가 꽃다
발을 목에 건 사진을 곁들여 세계 59개국을 돌아 귀국한 김찬삼의
쾌거를 소개하는 기사를 실었다. 조선일보는 그를 '세계의 김삿갓'
으로 부르면서 무전여행으로 '세계를 제패'했다고 보도했다.[*] 경향
신문은 김찬삼이 대법관과 심계원審計院장을 지낸 김세완金世玩의
장남이라고 소개하고 부자의 사진을 곁들여 세계일주 무전여행을
보도했다(오대륙 무전여행/ 아프리카에서는 가장 큰 환대를 받아/ 김찬삼씨 59개국
돌고 귀국, 경향신문, 1961. 6. 23). 민국일보는 '걸어서 59개국'이라는 제목
으로 "안데스 산맥을 넘어/ 고산병 앓으며 킬리만차로로"라는 제
목과 함께 300불로 집 떠난 지 2년여에 "카메라에 세계를 집어넣었
다"라고 보도했다.

김찬삼이 처음으로 신문에 이름이 오른 때는 이보다 앞선 1957

---

[*] 「무전여행 59 나라/ 때로는 낙타 등에…5만리/ '세계의 김삿갓 어제 귀국」, 조선
일보 1961. 6. 23.

년 4월 24일이었다. 무전여행 차 한국에 온 브라질 청년 베트로 지아노티가 부산을 거쳐 서울에 왔을 때에 인천고등학교 교사였던 김찬삼이 그를 부여와 경주에 안내해 주었다는 기사가 동아일보에 실려 있다.[*] 그 때부터 김찬삼은 무전여행의 계획을 세우고 있었으며 세계일주 무전여행을 하고 있던 브라질 청년의 노하우를 들었을 것이다. 지아토니는 5년 뒤인 1962년 6월에 또 다시 한국을 찾아와서 김찬삼과 해후했다.[**]

여행기 신문연재 사진전 강연회

귀국 직후부터 김찬삼은 바쁜 나날을 보냈다. 신문에 실린 그의 여행기는 큰 인기를 끌었다. 먼저 한국일보는 「전 인천고 교사 김찬삼씨 59개국 무전여행기」라는 제목으로 8회의 연재 기사를 실었다. 본격적인 여행기 연재는 동아일보였다.

6월 28일 부터 동아일보에 「世界一周 무전여행기」 연재를 시작했다. 귀국한 지 겨우 5일이 지난 때였다. 동아일보는 9월 23일까지 58회에 걸친 여행기를 '독점연재'했다. 당시 동아일보는 최정상의 신문이었다. 알라스카, 북미, 남미, 아프리카, 중동, 유럽지역 — 안데스 산맥, 킬리만자로, 알라스카… 이름만으로도 신기하고도 흥미를 끌 수 있는 내용이었다. 때로는 걷고 때로는 노숙도 해

---

[*] 「무전여행 중의 지군, 21일 이한」, 동아일보, 1957. 4. 24.
[**] 「이번엔 아내 데리고 내한/ 무전여행의 명수? 브라질 청년」, 동아일보, 1962. 6. 18.

야 하는 고된 여정이 신문 지면에 펼쳐졌다. 비행기, 선박, 자동차, 자전거, 도보, 낙타… 갖가지 교통수단을 이용하면서 수행했던 모험 여행담은 이색적인 읽을거리로 큰 인기였다.

김찬삼의 여행기는 단순한 흥밋거리 기사가 아니라 기자의 현지 취재와 같은 역할을 하는 것이었고 살아있는 지리학 교재였다. 신문사 기자의 발길이 닿지 않은 세계 여러 지역의 정치, 경제, 사회, 문화 등을 독자에게 전달하는 르포기사라고 할 수 있었다.

10월에는 서울중앙공보관에서 사진전을 가졌고, 해를 넘긴 1962년 1월 14일에 국민회당(현 서울시의회 강당)에서 개최한 여행 보고 강연회는 대성황을 이루어 그의 인기가 얼마나 큰지 알 수 있었다. 그는 강연에서 무전여행이라고 해서 돈 한 푼 없이 떠나는 여행이 아니라고 설명했다. 준비 없이 떠났다가는 큰 낭패를 볼 수도 있다는 것이었다. 자신도 출국 할 때에 500여 달러를 준비했고 미국의 어떤 항공회사에 취직하여 1년간 모은 돈 2천여 달러, 고급 카메라와 컬러 필름, 여행구 준비금, 그리고 여행 중 각 나라에서 얻어 쓴 돈과 벌어서 쓴 돈을 합하면 1만여 달러가 넘었지만 돈 때문에 큰 고통을 받았다고 털어놓았다. 다만 한국의 돈을 쓰지 않았다는 뜻에서의 무전여행이었다고 우스개를 부렸다.

홍보 전문가 김찬삼

김찬삼은 타고난 홍보 전문가였다. 처음 찾아간 나라에서 신문을 홍보 매체로 활용했다. 그는 두 가지 방법으로 여행의 경비를 조달했다. 첫째는 '방문 메시지'의 활용이었다. 여행 떠나기 전에 여러 나라 말로 '방문 메시지'를 준비했다. 메시지에는 김찬삼이 한국의 지리 교사라는 소개와 교원으로서 가진 의문을 인간을 통해 알아 보고싶다는 열망, 서로의 이해를 증진시키며 좋은 점을 많이 배워가도록 해 달라는 내용을 담았다. 어느 나라든 도착하는 즉시 그 나라에서 가장 유력한 신문사를 찾아가서 메시지를 주면서 입국 인사를 했다.*

김찬삼은 먼저 신문사를 찾아가서 한국이라는 미지의 나라에서 찾아온 지리학 교사이자 여행가인 자신의 존재를 알렸다. 이러한 사실이 보도되면 대개의 경우 독지가가 나와서 모든 일을 돌보아 주었으며 버스 같은 것을 탔을 때에도 신문에서 본 '미스터 코리아'라고 환대했다. 여행 경비를 줄일 뿐만 아니라 금전적인 도움을 받는 경우도 있었다.

두 번째 방법은 문교부와 같은 관청을 찾아가서 계획서를 주고 여행하는 취지를 설명하면서 협조를 구하는 일이었다. 대부분 친절하게 대해주었을 뿐만 아니라 알라스카 같은 데서는 스케줄을 짜서 학교, 고적, 지형 등을 골고루 구경시켜 주면서 그 나라의 관련 문헌과 자료를 챙겨 주었다. 이리하여 돈을 아낄 수 있었으나 무전여행이란 완전히 돈 없이 하는 여행이 아니라 '최저한의 경비로 하는 여행'이라는 것을 느꼈다.

귀국 후에는 자신의 세계여행을 신문을 통해서 널리 알렸다. 그

---

* 「세계 일주 무전여행기」, 동아일보, 1962. 6. 28.

1961년 6월 23일 조선일보에 실린 '무전여행 59 나라' 기사. 해외여행이 어려웠던 시대 김찬삼의 인기는 대단했다.

의 여행 소식과 여행기는 신문의 인기 있는 읽을거리였다. 신문에 기고한 여행기는 많은 사람들에게 깊은 감명을 주었고 신문의 발행부수와 독자유치에 크게 기여했다. 반면에 원고료 수입은 여행 경비조달 수입원이 되었을 것이다. 신문과 김찬삼은 공존하고 공생하는 관계였다. 신문에 연재한 여행기는 다시 책으로 출간 완결되어 베스트셀러가 되었고, 그 인세는 다음 여행에 자금원이 되었다. 무작정 돈 없이 무전여행을 떠나서는 안 되며 치밀한 사전 준비와 현지에서 요령을 가져야 한다는 점을 알려주었다.

1962년 1월 10일, 김찬삼은 자신의 첫 번째 여행기 『세계일주 무전여행기』를 출간했다. 출판사는 주로 인문서적을 출간하던 어문

각語文閣이었고, 360여 쪽 분량에 정가 1,200환이었다. 김찬삼은 여러 중앙 일간지에 무전 여행기를 연재했다.

> 한국일보, 1961년 8회 연재: 나그넷 길 32개월, 전 인천고 교사 김
> 찬삼 씨의 59개국 무전여행기.
> 동아일보, 1961. 06. 28~1962. 09. 23 57회 연재: 세계일주 무전여
> 행기, 독점연재.
> 동아일보, 1963. 01. 15~1964. 06. 09 51회 연재: 나그네, 두 번째
> 무전여행기.
> 중앙일보, 1970. 01. 13~1971. 03. 08 201회 연재: 세계의 나그네.
> 중앙일보, 1974. 01. 05~1974. 06. 26 41회 연재: 아마존 비경 탐험.
> 중앙일보, 1976. 01. 20~1976. 08. 00 50회 연재: 세계의 나그네 김
> 찬삼 교수 세계 여행기.
> 중앙일보, 1976. 11. 00~1977. 06. 24 29회 연재: 세계의 나그네 김
> 찬삼 교수 북극여행.
> 중앙일보, 1978. 03. 21~1978. 06. 12 8회 연재: 북회귀선에서 남회
> 귀선까지 김찬삼 교수 제7차 세계여행기.
> 경향신문, 1983. 03. 10~1983. 09. 29 31회 연재: 오토바이 2만 km,
> 김찬삼 중남미 일주 여행.

김찬삼의 여행기를 가장 많이 연재한 신문은 중앙일보였다. 중앙일보는 당시로서는 가장 늦게 창간된 신문이었다. 미지의 세계에 도전하는 기획으로 새로운 독자를 확보하려는 의욕을 보이고

있었다. 1978년 1월에는 당시 2억 원의 거금을 투입하여 극지 탐험을 후원하여 이를 보도했다. 이듬해에는 남극 탐험의 여정에 올랐고, 1978년 10월에는 아프리카 횡단 취재를 실시했다.[*]

중앙일보에 김찬삼의 여행기가 가장 많이 실린 것도 중앙일보가 이처럼 미지의 세계에 도전하는 편집 방침과 연관이 있었다. 김찬삼은 신문의 새로운 기획취재를 유도하는 것으로 평가할 수 있다.

지구를 32바퀴나 도는 여행을 한 한국인은 처음이었고, 이렇게 많은 여행기를 연재한 인물도 한국 언론사에서 처음이었다. 김찬삼은 많은 기록을 지닌 다양한 얼굴의 인물이었다. 여행가, 교육자, 지리학자, 저술가, 그리고 민간외교관이었다.

---

[*] 『중앙일보 20년사』, 중앙일보사, 1985, 412~420쪽.

함께 길을 가다

초판 1쇄 인쇄 2020년 4월 20일
초판 1쇄 발행 2020년 4월 25일
지은이 이석연 · 김정 · 정진석
펴낸곳 논형
펴낸이 소재두
등록번호 제2003-000019호
등록일자 2003년 3월 5일
주소 서울시 영등포구 당산동 29길 5-1 502호
전화 02-887-3561
팩스 02-887-6690
ISBN 978-89-6357-235-2 03810
값 16,000원

이 도서의 국립중앙도서관 출판예정도서목록(CIP)은 서지정보유통지원시스템 홈페이지
(http://seoji.nl.go.kr)와 국가자료공동목록시스템(http://www.nl.go.kr/kolisnet)에
서 이용하실 수 있습니다.(CIP제어번호: CIP20200011086)